COMING HOME FOR MY FORBIDDEN BOSS

LOVE IN ALASKA
BUCH 1

AVA AVERY

IMPRESSUM

Ava Avery, c/o WirFinden.Es, Kirchgasse 19, 65817 Eppstein
Kontakt: avaavery.romane@gmail.com, www.avaavery.de

Deutschsprachige Erstausgabe: November 2024
Copyright © Ava Avery
ISBN: 9783759250643

Disclaimer
Dieses Buch ist reine Fiktion. Alle in diesem Buch geschilderten
..

Herstellung und Druck über tolino media GmbH & Co. KG, Albrechtstr. 14, 80636 München. Printed in Germany. Fragen zu Produktsicherheit an: gpsr@tolino.media.

VIEL FREUDE BEIM LESEN VON:

COMING HOME
for my
forbidden Boss

Ein Ava Avery Liebesroman

*Das Geheimnis der Weihnacht besteht darin,
dass wir auf unserer Suche nach dem Großen
und Außerordentlichen auf das Unscheinbare
und Kleine hingewiesen werden.*

Von Unbekannt

EXKLUSIV FÜR DICH

Hast du Lust auf ein kostenloses **Bonuskapitel**
zu Virginia und Harley?

Hier kannst du es dir als **kleines Dankeschön für deine
Treue** sichern und im Anschluss an dieses Buch lesen:

https://bookhip.com/CNMJNLQ

Alternativ scanne mit deinem Handy einfach diesen
QR-Code:

1

»Wie Wilhelm Busch einst sagte: Erstens kommt es anders.
Zweitens als man denkt.« (Harley)

Harley

us der Stereoanlage in meinem Büro drang der
Sound des neuen Songs von *The Niners*, eine der
bekanntesten Bands von *Golden Records*. Der
Bass dröhnte so laut, dass ich nichts und niemanden außer
der Musik wahrnahm. Ich befand mich in meiner *Zone*,

wie die Coolkids von heute es nannten. Voll *eingegrooved* in meiner *Sphere*.

Bei dem hippen Slang, den man heutzutage in der Musikbranche kennen und beherrschen musste, um *in* zu sein, verdrehte ich genervt die Augen und zweifelte einmal mehr an der Anzahl der Gehirnzellen meiner Mitmenschen.

Doch ich verbot mir, mich von meinem Ärger ablenken zu lassen und studierte stattdessen weiter die mir vorge-schlagene Tourplanung von Lila Lush, eine unserer Newcomerinnen des letzten Jahres.

Es war mal wieder ein langer Tag gewesen und obwohl ich mir vorgenommen hatte, kürzer zu treten und das Leben mehr zu genießen, schien diese Mission – wie bereits gestern, vorgestern, den Tag davor ... und den davor ... irgendwie zum Scheitern verurteilt.

Schon seltsam: Alles, was mit anderen Menschen zu tun hatte, bekam ich problemlos auf die Reihe. Ich war ein Macher. Jemand, der die Dinge anpackte und sie so formte, wie er sie brauchte. Jemand, der Scheiße zu Gold machte. Ich war ein verdammter Goldgräber. Ein Trüffelschwein für Goldadern.

Bei anderen.

Aber eben nicht bei mir.

Mein eigenes Leben glich eher einem heillosen Chaos, in dem nur einer den Überblick bewahrte. Und das war ganz sicher nicht ich, sondern meine *P.A.* Meine *Persönliche Assistentin* Virginia Montgomery.

Ich kannte Virginia, oder Virgin, wie ich sie liebend

gern nannte, schon ewig. Naja ... für Musikbranchenver-hältnisse ewig. Ich begegnete ihr zum ersten Mal, als die Rockband aus Alaska, bei der sie damals aushalf, von *Golden Records* entdeckt und unter Vertrag genommen wurde.

Virgin besaß ein außergewöhnliches Talent für Planung und Organisation. Etwas, das kreativen Köpfen absolut zuwider war. Denn wie sollte man gleichzeitig kreativ und ordentlich sein? Das Eine schloss das Andere meiner Meinung nach vollumfänglich aus.

Und da Virgin nicht nur ein außerordentliches Talent für dieses lästige Ordnungszeugs an den Tag legte, sondern es auch noch in vollen Zügen genoss, bot ihr das Label einen Praktikumsplatz an und teilte sie mir zu. Ich war damals einer der Junior Manager und bekam mit *Falling from Grace*, der Band aus Alaska, die Verantwortung für meine erste eigene Band. Virgin sollte mich dabei unter-stützen. Einerseits mit ihrem perfektionistischen Ordnungsfimmel und andererseits mit ihrem fundierten Insiderwissen über die Jungs der Band, mit denen sie aufgewachsen und zur Schule gegangen war.

Erst war ich skeptisch gewesen, doch es dauerte keinen Tag, um mich vom Gegenteil zu überzeugen und um mich zu fragen, wie ich mein Leben bisher ohne Virginia auf die Reihe bekommen hatte.

Mit ihrer hilfsbereiten, empathischen, vertrauensvol-len, diskreten und logischen Art, räumte sie mir alle Probleme aus dem Weg und sorgte dafür, dass ich mich auf das Wesentliche konzentrieren konnte. Seitdem sie zu meinem Leben gehörte, lief es tausend Mal besser für mich. So gut, dass ich mich nicht einmal mehr daran erinnerte, wie es ohne sie gewesen war.

Das Lied von *The Niners* verklang und ich blinzelte verwundert, als sich die Wolken in meinem Kopf lichteten und ich wieder zu klarem Verstand kam.

Wieso kreisten meine Gedanken um Virgin?

Wollte ich mich nicht mit der Tourplanung von Lila Lush beschäftigen?

Ich konnte mich nicht daran erinnern, sie abgeschlossen zu haben. Warum also dachte ich über meine Assistentin nach, statt endlich meine Arbeit zu beenden und nach Hause zu fahren?

Auf mich wartete immerhin eine schicke Hütte mit Meerblick und beheiztem Pool in Malibu, in dem ich abends zum Runterkommen stets ein paar Runden drehte, wenn ich ihn nicht gerade dazu benutzte um ... nun ja ... mich anderweitig darin zu vergnügen.

Doch heute Abend stand mir nicht der Sinn nach Gesellschaft und Pool-Sex. Heute Abend wollte ich einfach nur meine Ruhe.

Meine Schläfen pochten, mein Nacken spannte und in meinen Gedanken herrschte einfach nur ein kompletter Overload.

Es wurde höchste Zeit, dass ich meinen Urlaub antrat, der unmittelbar bevorstand. Und ja, zugegeben, Virgin musste mich jedes Jahr dazu zwingen, ihn zu nehmen. Aber mit steigender Verantwortung, stieg nun mal auch die Präsenzpflicht im Büro.

Seitdem ich der Boss im Laden war, lief hier nichts

mehr ohne meine Unterschrift ... oder die von Virgin, die Deals bis zu fünf Millionen Dollar notfalls auch ohne mein Zutun unterzeichnen konnte. Sie war die Einzige, die die Befugnis dafür besaß.

Warum? Weil sie die Einzige war, der ich vertraute.

Dass jemand mit Mitte 30 der CEO eines milliardenschweren Musiklabels sein konnte, war ungewöhnlich. So ungewöhnlich, dass es viele Neider gab, die alles dafür tun würden, mich über die Klinge springen zu lassen. Doch da hatten sie die Rechnung ohne mich gemacht. Ich war fest entschlossen, das Ding zu rocken. Schließlich arbeitete ich seit über einem Jahrzehnt für *Golden Records* und verstand mehr vom Geschäft, als alle in diesem Laden zusammen.

Mein Vater war Produzent gewesen. Meine Mutter Songschreiberin.

Das Business konnte man also gut und gerne als meine Kinderstube bezeichnen. Die Musik lag mir im Blut. Und Künstler zu entdecken, ihnen den Weg zu ebnen, sie groß rauszubringen und sie auf ihrem Abenteuer zu begleiten und zu beraten, war quasi meine Berufung.

Als der alte Boss in Rente ging und ich von ihm zum Geschäftsführer ernannt wurde, ging mein Lebenstraum in Erfüllung. Und nichts und niemand in dieser Welt, würde ihn mir jemals wieder wegnehmen. Niemals.

»Harley?«

Die Stereoanlage, in der gerade ein neuer Song von *The Niners* anlief, verstummte und Virginias melodische Stimme erfüllte den Raum.

Ich hob den Blick und sah sie verwundert an. »Du bist noch hier?«

Ihr kupferroter Longbob war etwas verwuschelt, so als hätte sie sich mehrfach die Haare gerauft. Ihre grünen, strahlenden Augen wirkten müde und die orangene Bluse, die sie zu ihrer ockerfarbenen Hose trug, wies Falten auf.

Alles Anzeichen dafür, dass ich nicht der Einzige war, der wieder einmal Überstunden schob.

Nein, Virgin war genau so ein Workaholic wie ich. Meistens ging sie erst nach Hause, wenn ich es tat. Ob nun, um mir ein schlechtes Gewissen zu machen, um mich dazu zu animieren, früher zu gehen, oder weil ihr die Arbeit so viel Freude bereitete wie mir ... ich konnte es nicht mit Sicherheit sagen.

Was ich aber mit Sicherheit sagen konnte, ist, dass ich dankbar war, sie zu haben. Denn ohne sie wäre ich restlos aufgeschmissen.

»Ich wollte gerade gehen, als mich ein Anruf für dich erreichte«, sagte Virginia zaghaft und mit einer Miene, die nichts Gutes verhieß.

»Wer ist es?«

Meine Stimme klang trocken und ernst. Wie ein Pflaster, das man mit einem Ruck von der Wunde abriss, statt es langsam und qualvoll Millimeter für Millimeter davon abzuschälen.

Im Musikgeschäft musste man immer auf das Beste hoffen und auf das Schlimmste vorbereitet sein. Drogen, Schlägereien, Schießereien, Entführungen und Erpressungen gehörten fast schon zum Alltag.

Meine Connections zum LAPD, zu Top-Anwälten im ganzen Land, luxuriösen Entziehungskliniken und wohlgesonnenen Journalisten hatten sich schon vielfach ausgezahlt, aber mich auch entsprechend viel gekostet.

»Daphne Cassidy, die Mutter von …«

»Owen«, beendete ich Virginias Satz, wobei es mir nicht gelang, die Überraschung in meiner Stimme vor ihr zu verbergen. »Hat sie gesagt, warum sie anruft?«

»Das möchte sie nur mit dir besprechen«, entgegnete meine Assistentin schulterzuckend. »Aber wenn du mich fragst, klang sie …«

Virginia legte den Kopf schief und kniff die Augen zusammen, während sie an ihre Unterhaltung mit der Mutter des vor ein paar Jahren verstorbenen Bassisten von *Falling from Grace* zurückdachte.

»Sie klang … *okay*.«

»*Okay*?«, echote ich verblüfft. »Wie meinst du das?«

»Naja … nicht traurig oder niedergeschlagen, sondern eher … positiv gestimmt.«

Positiv gestimmt?

Ich ließ zischend die Luft aus meinen Lungen entweichen.

Das war gut zu wissen.

Denn der Tod von Owen hatte unweigerlich dazu geführt, dass sich die Band vor etwas mehr als drei Jahren trennte und jeder der drei noch verbliebenen Mitglieder seines Weges ging. Und das, obwohl sie zu jener Zeit extrem erfolgreich waren. Doch der Tod eines geliebten Menschen veränderte vieles. Und in diesem speziellen Fall veränderte er alles.

Ich hatte nach Owens Tod den Kontakt mit Daphne

gehalten, weil ich es als meine Pflicht ansah, dafür zu sorgen, dass sie nicht auf sich alleine gestellt war.

Denn obwohl sie mit Phoenix noch einen zweiten Sohn besaß, der ebenfalls Mitglied von *Falling from Grace* gewesen war, konnte dieser es nicht über sich bringen, nach Hause zurückzukehren, wo ihn alles an seinen älteren Bruder erinnerte, den er für immer verloren hatte. Und Lloyd, Daphnes Mann, versuchte zwar alles, um seiner Frau zur Seite zu stehen, doch der Verlust seines ältesten Sohnes nagte auch an ihm.

Im letzten Jahr war der Kontakt zu Daphne etwas eingeschlafen, was, wie ich zugeben musste, auch dem Umstand geschuldet war, dass ich als neuer Boss von *Golden Records* alle Hände voll zu tun hatte. Doch egal, wie sehr mich der Job auch forderte: Für die Menschen, die mich brauchten, war ich immer und zu jeder Zeit erreichbar. Also auch für Daphne.

»Stell sie durch«, wies ich Virginia an und atmete tief durch, um mich für das bevorstehende Gespräch zu wappnen.

Als Leiter eines der bekanntesten und einflussreichsten Plattenlabels der Welt sollte man meinen, dass ich jedem Gespräch gewachsen war. Doch in Wahrheit ging mir das entsetzliche Schicksal von Owen noch immer sehr nahe.

Vor ihm hatte eine goldene Zukunft gelegen. Eine Zukunft voller Möglichkeiten. Eine Zukunft voller Träume. Voller Rekorde.

Doch das Leben war nun mal nicht fair und hatte ihm die Chance auf all das verwehrt.

Das *Warum* war umso tragischer. Doch mir blieb keine

Zeit, weiter darüber nachzudenken, weil ich Daphne, die am anderen Ende der Leitung darauf wartete, dass ich das Gespräch annahm, nicht mehr länger warten lassen wollte.

»Daphne, hi. Es ist schön, von dir zu hören. Wie geht es dir dieser Tage?«

2

»Wenn du glaubst, schlimmer geht's nicht mehr, kommt Harley mit unglaublichen News daher.« (Virginia)

Virginia

Ich saß auf meinem Schreibtischstuhl und versuchte, mich auf die geöffnete Excel-Datei vor mir auf dem Bildschirm zu konzentrieren, doch es fühlte sich so an, als hätte ich Hummeln im Hintern, die mich daran hinderten, sitzen zu bleiben.

Also stand ich auf und lief unruhig im Vorzimmer von Harleys Büro auf und ab.

Es war lächerlich, um nicht zu sagen absurd, dass ich

mich derart verrückt machte. Dazu gab es weder einen Grund, noch einen Anlass.

Dass Daphne von sich aus meinen Boss anrief, war zwar eine Seltenheit, aber es musste nicht zwingend etwas Schlimmes zu bedeuten haben. Also sollte ich nicht den Teufel an die Wand malen und befürchten, dass Phoenix, Daphnes jüngerem Sohn, oder Lloyd, ihrem Mann, etwas zugestoßen sein könnte, weil sie den Tod von Owen, dem ältesten Sohn der Cassidy Familie, noch immer nicht überwunden hatten.

Vielleicht hatte Daphne einfach nur angerufen, um sich zu erkundigen, wie es Harley ging. Immerhin lag der letzte Kontakt der beiden schon eine Weile zurück.

Ich knetete grüblerisch meine Hände, während ich unablässig durch das Vorzimmer tigerte und darauf wartete, dass Harley das Gespräch mit Daphne beendete.

Mein Blick fiel immer wieder auf mein Telefon und auf das blinkende, rote Lämpchen, das mir signalisierte, dass Harley noch telefonierte.

Es dauerte gefühlt eine Stunde, bis es endlich erlosch. Doch wenn ich gehofft hatte, dass Harley im Anschluss daran direkt zu mir kommen und mich in den Inhalt des Telefongesprächs einweihen würde, so hatte ich mich getäuscht.

Die Tür zu seinem Büro blieb verschlossen.

Ich heftete meine Augen darauf und mit jeder Sekunde, die verstrich, ohne dass sie sich öffnete, beschleunigte sich mein Herzschlag.

Sollte doch etwas passiert sein? Etwas, dass Harley erst einmal verdauen musste, bevor er mir davon erzählte?

Ich grub die Fingernägel in meine Handflächen und atmete langsam und tief durch, um so meiner steigenden Beunruhigung entgegenzuwirken. Doch die innere Rastlosigkeit und Nervosität wanderten von meinem Kopf und meinem Hals in meinen Bauch und sorgten dafür, dass mein Magen ganz flau wurde. Der Appetit, den ich noch bis eben verspürt hatte, war verflogen. An seine Stelle trat eine Übelkeit, die mit jeder Minute, die ich nichts von Harley hörte, zunahm.

Nach fünf Minuten hielt ich es nicht mehr länger aus. Ich durchquerte energischen Schrittes den Raum, klopfte an die verschlossene Tür und trat, ohne Harleys Antwort abzuwarten, ein.

»Was ist passiert?«, fragte ich atemlos, während meine Augen den Raum nach meinem Boss absuchten.

Er stand, die Hände in die Hosentaschen seiner schwarzen Jeans geschoben, am Fenster und sah hinaus auf die übergroßen Hollywood-Buchstaben, die in einiger Entfernung in den Hollywood Hills zu dieser späten Stunde angestrahlt wurden.

Harley schwieg. Es dauerte eine Weile, bis er seinen Blick von den berühmten Lettern riss und sich zu mir umdrehte.

»Hast du schon zu Abend gegessen?«

Ich schüttelte den Kopf. Einerseits, weil das die Antwort auf seine Frage war und andererseits, weil ich mich darüber wunderte, wie er jetzt an so etwas Belangloses wie Essen denken konnte.

Ich saß hier mit rumorendem Magen auf glühenden

Kohlen, die schlimmsten Horrorszenarien vor Augen und er ... er sprach vom *Essen*? Sein Ernst?

»Das trifft sich gut. Lass uns was essen gehen. Mexikanisch. Tacos«, schlug er vor und ging zu seinem Schreibtisch, um Handy und Portemonnaie einzustecken.

Ich kannte Harley verdammt gut. Ich würde sogar behaupten, dass ich ihn besser kannte, als jeder andere. Aber gerade wurde ich nicht schlau aus ihm.

Es sah ihm nicht ähnlich, mir etwas vorzuenthalten – gut oder schlecht – und dass er so nachdenklich und durch den Wind wirkte, passte ebenfalls nicht zu ihm.

»Was wollte Daphne von dir?«, versuchte ich es noch einmal. »Kannst du bitte aufhören, mich auf die Folter zu spannen? Das ist unfair.«

Harley sah auf und fuhr sich mit der Hand durch die braunen, nach vorne hin etwas längeren Haare, die seinen bronzefarbenen Teint, den er der kalifornischen Sonne zu verdanken hatte, umrahmten.

»Sie will ...« Er stockte und lachte auf, so als könnte er selbst nicht glauben, was er im Begriff war zu sagen. »Sie will, dass ich *Falling from Grace* wieder auf die Bühne hole. Für ein Benefizkonzert an Weihnachten. In ... Alaska.«

»Was?«, stieß ich ungläubig hervor. »Das ist ... unmöglich.«

»Jap«, stimmte Harley mir zu. »Das habe ich ihr auch gesagt. Gibson und Carver würde ich ja noch in den Griff bekommen, aber Phoenix ... never.«

Ich strich meinen verwuschelten Bob hinter die Ohren und lehnte mich gegen den Türrahmen. »Also habt ihr die Idee verworfen?«

Harley schüttelte den Kopf. »Nein. Daphne hält daran fest. Sie wird sich Phoenix höchstpersönlich vornehmen. Ich soll mich derweil um Carver und Gibson kümmern.«

»Verstehe«, murmelte ich nachdenklich, während ich versuchte, dem Geschehen irgendeinen Sinn zu verleihen. Doch es ergab nicht den geringsten.

Wieso sollte Daphne wollen, dass *Falling from Grace* wieder als Band auftrat? Und warum gerade für *ein* Konzert? Ausgerechnet an Weihnachten. Und in Alaska.

Als ob Harley meine Gedanken erraten hätte, kam er auf mich zu und umfasste meine Schultern.

»Das ist nichts für leere Mägen. Komm, lass uns zu unserem Lieblingsmexikaner fahren und in Ruhe darüber sprechen. Es gibt nichts, was Tacos, Tequila und Tabasco nicht lösen könnten.«

»Da sind wir ausnahmsweise mal einer Meinung«, murmelte ich und ließ mich von Harley in den Vorraum schieben, wo ich meinen Blazer und meine Handtasche vom Stuhl nahm und mit ihm zu den Aufzügen ging.

Auf der kurzen Fahrt nach unten sagte niemand ein Wort, da wir beide unseren Gedanken nachhingen. Gedanken an damals. Als *Falling from Grace* noch auf den großen Bühnen dieses Landes spielte und die Arenen rockte. Und an das Danach. An das tiefe, schwarze Loch, das alles verschlungen und zerstört hatte.

Wir durchquerten den Eingangsbereich der Platten-firma, grüßten den Nachtportier und traten durch die Schiebetüren, auf denen in geschwungenen, goldenen Lettern die Buchstaben *G* und *R* für *Golden Records* prang-ten, nach draußen auf den Parkplatz der Führungsetage.

Obwohl ich nur ein Anhängsel der Führungsetage war, durfte auch ich auf Harleys Geheiß dort parken, was mir den langen Fußmarsch zum Mitarbeiterparkplatz in einiger Entfernung ersparte.

Man konnte Harley vieles nachsagen. Dass er unfassbar anstrengend war zum Beispiel. Aber an großzügigen Zugeständnissen wie die eines eigenen Parkplatzes in der ersten Reihe merkte ich, dass er mich und meine Arbeit wertschätzte.

Meistens jedenfalls.

»Was ist? Worauf wartest du?« Er stieg auf seine Maschine – eine umgebaute Harley Davidson Breakout – und sah mich erwartungsvoll an.

»Darauf, dass du deinen Helm anziehst«, antwortete ich tadelnd.

Ich hasste es, dass Harley ständig ohne jeglichen Schutz Motorrad fuhr. Denn er heizte für sein Leben gern über die Küstenstraße und den Highway, während sein Haar und sein T-Shirt dabei lässig im Wind flatterten.

Das mochte sich nach Freiheit anfühlen, wie er nie müde wurde, zu betonen und es mochte meinetwegen auch cool aussehen. Aber es war nun mal lebensgefährlich und das wollte einfach nicht in seinen verfluchten Dickschädel hinein, selbst wenn ich schon wie eine kaputte Schallplatte klang.

»Das hört sich fast so an, als würdest du dir Sorgen um mich machen. Dabei wäre dein Leben ohne mich so viel einfacher. Und bevor du dich jetzt empört aufplusterst: Das waren vorgestern *deine* Worte, Virgin, nicht meine«, sagte er mit einem neckenden Unterton und zwinkerte mir zu.

»Du sollst mich nicht so nennen. Außerdem wäre mein Leben dann vielleicht einfacher, aber ich würde höchstwahrscheinlich mein VIP-Parkplatz und meine Urlaubs- und Weihnachtszulagen verlieren, mit denen du mich bei Laune hältst«, erwiderte ich unbeeindruckt von seiner Stichelei.

Harley zog einen Mundwinkel in die Höhe. »Frauen. Ihr seid doch alle gleich. Euch geht's nur ums Geld.«

»Und euch Männern nur um Sex. Da sind wir Frauen doch deutlich schlauer, meinst du nicht?«

»Warum?«, grinste Harley und sprang auf meine Provokation an.

»Weil Sex vergänglich ist, Geld nicht«, informierte ich ihn mit zuckersüßer Stimme und fügte hinzu: »Wenn man damit umzugehen weiß.«

Er wusste, was ich damit meinte. Denn dass Harley es liebte, Geld auszugeben, war kein Geheimnis.

Seine Luxusvilla in Malibu, seine Sportwagen, die Motorräder, die Partys, der Jet ... er lebte auf der Überholspur. Nahm alles mit, was er kriegen konnte.

Und obwohl ich mit diesem Luxus herzlich wenig anfangen konnte, respektierte ich seine Einstellung dazu. Auch, weil er sich das Geld, dass er mit beiden Händen zum Fenster rauswarf, ehrlich und hart verdiente.

Ob er es anschließend investierte, sparte, oder ausgab, war seine Sache. Es stand mir nicht zu, darüber zu urteilen. Außer natürlich, wenn er mich mal wieder damit beauftragte, eine seiner Verflossenen mit einem teuren Geschenk loszuwerden.

Denn Harley liebte nicht nur Geld, sondern auch Frauen im Überfluss und ging mit beidem gleichermaßen verschwenderisch um.

Auch das konnte man ihm nicht verübeln. Abgesehen davon, dass er mit seinem Surfer-Teint, seinen braunen, etwas längeren Seidensträhnen, seinen treuen, tannengrünen Augen und seinen muskelbepackten ein Meter fünfundachtzig wie ein echter Superstar aussah, besaß er auch Charisma, Sex-Appeal, Charme, Humor und Intelligenz im Überfluss. Und ganz nebenbei verfügte er auch über erstklassige Connections und ein unerhört üppiges Bankkonto.

Harley Grant war der Hauptgewinn einer jeden Frau. Doch es gab einen fetten Haken, wie das mit Preisen dieser Größenordnung so üblich war. Zu schön um wahr zu sein eben.

Speziell auf Harley bezogen bedeutete das: Man durfte den Jackpot nur für eine sehr begrenzte Zeit behalten. Danach musste man ihn wieder zurückgeben.

Und dieser Umstand warf die Frage auf, ob es nicht weniger schmerzhaft gewesen wäre, niemals in den Genuss dieses Gewinns zu kommen, statt zu wissen, wie perfekt es sich anfühlte, ihn in den Händen zu halten, nur um ihn kurz darauf wieder hergeben zu müssen.

Himmel, allein der Gedanke daran war grausam.

Und ja, ich sprach leider aus Erfahrung.

Denn ich war einst eine dieser Frauen gewesen, auch wenn es schon Jahre zurücklag.

So lange, dass sich Harley wahrscheinlich gar nicht mehr daran erinnerte, weil er seitdem mit so vielen Frauen geschlafen hatte, dass seine Erinnerung an unsere gemeinsame Nacht mit Sicherheit längst verblasst war. Ganz abgesehen davon, dass wir beide damals extrem betrunken waren und nicht wussten, was wir da taten.

Jedenfalls lauteten so Harleys Worte, als ich am nächsten Morgen aufwachte und er mit nacktem Oberkörper total angespannt auf der Bettkante saß, das Gesicht in seinen Händen vergraben.

Ich schüttelte die Erinnerung an den furchtbaren *Morgen danach* ab und zwang mich dazu, in die Gegenwart zurückzukehren.

Was damals zwischen Harley und mir geschehen war, war heute nicht mehr von Relevanz. Es gehörte der Vergangenheit an. Mehr noch: Wir hatten einander versprochen, es zu vergessen. Es so zu behandeln, als wäre es nie geschehen.

Doch das gestaltete sich an manchen Tagen schwieriger als an anderen. Und heute war einer dieser schwierigen Tage, was ich auf Daphnes Anruf schob, der das Vergangene wieder aufgewirbelt hatte und uns an das erinnerte, was einmal war.

»Virgin? Hey! Hey, Virgin«, riss mich Harleys Rufen aus meinen Gedanken.

»Hm?«, entgegnete ich und widmete meine Aufmerksamkeit wieder ihm.

»Ich habe keinen Helm dabei. Also wird es heute ohne gehen müssen. Aber ich verspreche nicht zu rasen und gelobe Besserung«, meinte er und schenkte mir seinen unwiderstehlichen Welpenblick, bei dem alle Frauen schwach wurden.

Alle außer mir.

»Das sagst du jedes Mal und tust es dann doch nicht. Wie ein Mann, der verspricht, seine dreckigen Socken nicht mehr länger in der Wohnung zu verteilen, sondern sie ordentlich in den Wäschekorb zu legen, oder ...«

»Wie ein Mann, der verspricht, sich beim Pinkeln hinzusetzen und dann doch im Stehen danebenpisst. Ja, ich weiß«, unterbrach mich Harley schmunzelnd, weil wir diese Diskussion andauernd führten.

»Wir sehen uns im Restaurant, Puppe. Bis gleich.«

Mit diesen Worten erwachte der röhrende Motor seiner Maschine zum Leben und erklärte unsere Debatte lautstark für beendet.

Ich sah Harley hinterher, wie er vom Parkplatz fuhr und ging seufzend zu meinem Jeep Wrangler, um Harley zu unserem Lieblingsmexikaner in South L.A. zu folgen.

HARLEY WARTETE BEREITS LÄSSIG an sein Motorrad gelehnt auf mich, als ich im *Los Chicos* ankam.

Obwohl der November schon fortgeschritten war, lagen die Temperaturen in Los Angeles in diesem Jahr noch immer in einem sehr angenehmen, milden Rahmen, sodass ich mit offenem Verdeck fahren konnte.

Ich sprang aus dem Jeep, ging auf Harley zu und richtete mit zusammengezogenen Brauen und geübten Griffen seine vom Wind zerzausten Haare. Er tat dasselbe bei mir.

Was das anging, waren wir beide ein eingespieltes Team.

Als wir unser Stammlokal betraten, wurde uns derselbe Tisch zugewiesen, an dem wir immer saßen, wenn wir hier einkehrten.

Wir bestellten, ohne uns die Speisekarte anzusehen, da wir die Gerichte allesamt auswendig kannten und widmeten uns, kaum dass unsere alkoholfreien Margheritas serviert wurden, dem Gesprächsthema, das uns beiden auf der Seele brannte. An einem Mittwochabend war um diese fortgeschrittene Uhrzeit zum Glück nicht mehr viel los, sodass die Geräuschkulisse sich im Rahmen hielt und eine Unterhaltung problemlos zuließ.

»Also ... nun erzähl schon. Spann mich nicht länger auf die Folter«, drängte ich Harley dazu, mich endlich einzuweihen.

»Na schön«, brummte er und lehnte sich mit seinem Cocktail in das rote, durchgesessene Sitzpolster zurück. »Daphne möchte zu Ehren von Owen eine Stiftung gründen. Sie möchte musikalische Talente aus Alaska fördern und gleichzeitig präventive Arbeit leisten, damit sie nicht nur die glorreiche Seite des Erfolgs sehen, sondern eben auch die dunkle Seite und die Risiken, die mit dem Erfolg einhergehen.«

»Und was hat das mit der Wiedervereinigung von *Falling from Grace* zu tun?«, fragte ich, obwohl ich mir die Antwort auf diese Frage eigentlich auch selbst geben konnte.

Doch die Neuigkeiten hatten mich derart von den Socken gehauen, dass mein ansonsten messerscharfer Verstand momentan etwas hinterherhinkte.

»Es wäre eine Sensation, die Band wieder auf die Bühne zu bekommen. Es würde eine Menge Aufmerksamkeit erregen und der Stiftung zu landesweiter Publicity und Bekanntheit verhelfen. Außerdem würde so ein Konzert einen Haufen Geld in die Kassen spülen. Geld, das Daphne prima als Startkapital für ihre Stiftung gebrauchen kann«, brachte mich Harley ins Bild.

»Der Zeitpunkt ist schlau gewählt«, überlegte ich laut, was mir ein zustimmendes Nicken von meinem Boss einbrachte.

»Ja, das ist er. Nicht nur, dass sich der Todestag von Owen ein weiteres Mal nähert, Weihnachten steht ebenfalls vor der Tür. Die Zeit der Besinnlichkeit, in der sich jeder Mühe gibt, ein guter Mensch zu sein und über sein Leben reflektiert. Daphne hätte keinen besseren Zeitpunkt wählen können. Aber vielleicht einen besseren Ort.«

Bei Harleys letzter Bemerkung zuckten meine Mundwinkel belustigt.

»Was willst du damit sagen? Etwa, dass es nicht ganz oben auf deiner Wunschliste steht, im Winter nach Alaska zu reisen? Was hast du gegen zwanzig Stunden Dunkelheit, minus fünfundzwanzig Grad Außentemperatur und fünfzig Zentimeter Neuschnee einzuwenden?«

»Hmm ... lass mich mal überlegen.« Er zog spöttisch eine Augenbraue in die Höhe und legte den Zeigefinger an sein Kinn. »Womöglich, dass ich meinen Karibiktrip nach

Barbados jetzt wegen dieser arktischen Provinzscheiße canceln muss.«

Dass Harley seinen Urlaub absagen wollte, bedeutete, dass es ihm wirklich ernst war. So unrealistisch wie die Umsetzung dieses Konzerts auch schien.

»Du willst das also echt durchziehen?«, fragte ich, um meine Vermutung zu bestätigen.

»Daphne hat mich darum gebeten, also ja. Ich werde sie nicht im Stich lassen. Keine Ahnung, ob es mir gelingt, die Streithähne unter Kontrolle zu bekommen, aber ich bin es ihr schuldig, dass ich es wenigstens versuche.«

»Was damals passiert ist, ist nicht deine Schuld«, sagte ich eindringlich und beugte mich über den Tisch zu Harley, um meiner Aussage Nachdruck zu verleihen.

Ich wusste, dass er sich Vorwürfe wegen Owens Tod machte, doch ich meinte, was ich sagte: Harley konnte nichts dafür.

Er hatte bei der Betreuung der Band sein Bestes gegeben. Doch manchmal war selbst das Beste nicht gut genug und da niemand von uns auf übermenschliche Fähigkeiten zurückgreifen konnte, mussten wir uns damit abfinden, dass wir nicht alle retten und nicht alles Schlimme verhindern konnten.

Harley schwieg einen Moment lang, dann räusperte er sich. »Wie dem auch sei, ich werde gleich morgen mit Gibson und Carver reden und sollte dieses Gespräch positiv verlaufen, fliegen wir im Anschluss daran nach Alaska, um das Ding ins Rollen zu bringen.«

»So bald schon?«

»Sieht ganz so aus. Daphne meinte, dass sie Phoenix

über Thanksgiving nach Hause bestellt hat. Er wird also in Keetna Creek sein. Und ich muss sicherstellen, dass er dort auch bleibt.«

»Warum ausgerechnet dort?«, erkundigte ich mich verblüfft und legte den Kopf schief.

Keetna Creek war meine Heimat. Die Jungs und ich waren dort aufgewachsen und zur Schule gegangen und unsere Familien wohnten noch immer dort. Dass wir allerdings die Zeit bis zum Konzert ausgerechnet in Keetna Creek verbringen würden, war mir nicht bewusst gewesen. Harley hatte zwar erwähnt, dass das Konzert in Alaska stattfinden sollte, aber das hieß nicht zwingend, dass wir uns auch dort darauf vorbereiten mussten. Das konnten wir auch woanders tun. Hier, in L.A. zum Beispiel. Schließlich wohnten mit Gibson und Carver zwei der drei noch lebenden Bandmitglieder quasi direkt um die Ecke. Es galt also nur Phoenix einfliegen zu lassen und ich würde wetten, dass er tausend Mal lieber in Los Angeles probte, als in Alaska, wo ihn alles an seinen verstorbenen Bruder erinnerte.

»In Keetna Creek hat damals alles angefangen, Virgin. Es erscheint mir also der perfekte Ort für einen Neuanfang. Außerdem bietet uns das die Möglichkeit, inkognito mit den Jungs zu arbeiten, ohne dass wir dabei von Fans und Journalisten belagert werden. Daphne hat mir versichert, dass die Menschen in Keenta Creek alle dichthalten werden und nichts durchsickern lassen. Damit ist dieses Dorf also so ziemlich der einzige Ort im Land, wo wir uns in Ruhe auf das Comeback vorbereiten können, ohne nach Südamerika oder Europa ausweichen zu müssen.«

Ich nickte wie in Zeitlupe und führte genauso langsam meine Margherita an meine Lippen.

Harley entging mein Zögern nicht. Dafür kannte er mich zu gut.

»Was ist los, Virgin? Ich dachte, du freust dich, mal wieder nach Hause zu deiner Familie zu kommen.«

»Das tue ich ja auch.«

»Aber?«

»Aber ich glaube, dass das alles nicht so einfach wird, wie du es dir vorstellst« wandte ich ein, was mir ein diebisches Grinsen von meinem Boss einbrachte.

»Das will ich doch schwer hoffen. Einfach ist langweilig und einfach kann jeder. Doch das, was wir beide gerade im Begriff sind zu tun, ist Musikgeschichte schreiben. Da darf es auch gern etwas schwieriger sein. Dann schmeckt der Erfolg nämlich umso süßer.«

3

»Wer Geschwister hat, braucht keine Feinde.« (Virginia)

Virginia

»Hallo Schwesterherz«, begrüßte mich meine Schwester Donna am anderen Ende der Leitung, als ich sie am nächsten Nachmittag in Keetna Creek anrief.

»Hi. Bist du schon in der Bar?«

»Äh nein. Warum?«, fragte sie misstrauisch, da ich mich normalerweise erst einmal danach erkundigte, wie es ihr ging.

»Ich muss dir was sagen, aber es ist nicht für die Öffentlichkeit bestimmt. Jedenfalls noch nicht.«

»Du bist schwanger«, platzte es aus ihr heraus, was mich erschrocken zusammenzucken ließ.

»*Was?*« Ich umklammerte den Telefonhörer fester bei dem Gedanken daran, dass ich schwanger sein könnte, was faktisch zwar absolut unmöglich war, mir aber trotzdem eine Heidenangst einjagte. »Um Gottes Willen, nein. Ich habe ja nicht mal einen Partner. Jedenfalls keinen festen.«

»Dazu braucht man auch keinen Partner, du Dummerchen. Hast du im Biologie Unterricht bei Ms Blair damals etwa nicht aufgepasst?«

Ich verdrehte genervt die Augen und lockerte meinen Griff ein wenig. »Doch, natürlich habe ich das. Aber mit *ich habe keinen Partner* meine ich, dass ich keinen Sex habe. Und für eine künstliche Befruchtung fehlt mir die Zeit. Also nein. Tut mir leid, dich enttäuschen zu müssen, Sis.«

Donna gab einen undefinierbaren Laut von sich, den ich unkommentiert ließ. Sie war zwar meine große Schwester und ich liebte sie. Aber bisweilen schoss sie auch gern mal über das Ziel hinaus.

»Was ist dann so Top-Secret, dass es keiner erfahren darf?«

»Ich komme bald nach Hause.«

»*Nach Hause?* Wie meinst du das? Etwa nach Alaska?«

Donna konnte die Aufregung in ihrer Stimme nicht vor mir verbergen. Offenbar gefiel ihr der Gedanke, denn sie begann begeistert zu quietschen.

»Ja, genau«, erwiderte ich lächelnd. »Ich komme nach Keetna Creek. Aber … ich komme nicht allein.«

»*Nicht allein*?« Ich konnte ihr Stirnrunzeln förmlich vor mir sehen. »Sagtest du nicht noch vor zwei Minuten, dass du keinen festen Partner hast?«

»Habe ich ja auch nicht. Ich bringe Harley mit.«

»*Harley*?«, rief sie verblüfft und so langsam nervte es, dass sie wie ein Papagei alles wiederholte, was ich ihr erzählte. »Sag bloß, ihr beiden habt endlich gerafft, dass ihr zusammen gehört?«

»Nein«, seufzte ich und rieb mir resigniert die Nasenwurzel. »Weil wir das nicht tun, Donna. Wir gehören nicht zusammen, wir *arbeiten* zusammen. Und wir sind Freunde. Mehr nicht.«

»Wir wissen beide, dass das so nicht stimmt«, widersprach meine Schwester ungerührt von meinem Einwand. »Und ich habe dir schon hundert Mal gesagt, dass du mit ihm über damals reden sollst. Dass es für dich kein Unfall war. Und dass du in ihn verliebt bist.«

»Das kann ich nicht, okay?«, fuhr ich meine Schwester an und klang dabei schroffer, als beabsichtigt.

Doch Donna wäre nicht Donna, wenn sie sich so leicht beirren lassen würde. »Du *kannst* schon. Du *willst* nur nicht. Das ist ein gewaltiger Unterschied, Virginia.«

»Schluss jetzt«, verlangte ich und ärgerte mich, dass meine Unterhaltungen mit Donna immer auf ein und dieselbe Art verliefen, wenn es um Harley ging.

Hätte ich ihr doch damals bloß nichts von unserem One-Night-Stand und meinen Gefühlen für ihn erzählt. Dann müsste ich mir diese Leier nicht seit Jahren in Endlosschleife anhören.

Egal, was Donna sagte und egal, wie recht sie damit

hatte: Ich würde Harley meine Gefühle niemals gestehen, weil ich wusste, dass er sie nicht erwiderte und weil das bedeuten würde, dass ich ihn verlor. Als Boss. Als Freund. Und als unabdingbaren Bestandteil meines Lebens.

Es stimmte: Ich liebte Harley Grant. Es war Liebe auf den ersten Blick gewesen und mit jedem Tag, den ich ihn besser kennenlernte, wuchs diese Liebe.

Die Nacht mit ihm war die beste Nacht meines Lebens gewesen. Denn im Gegensatz zu ihm, erinnerte ich mich noch an jedes Detail davon. Und der Schmerz, zu wissen, dass ich ihn nie wieder auf diese Art würde spüren können, fraß mich manchmal regelrecht auf.

Es war furchtbar mit der Tatsache zu leben, dass der Mann meiner Träume jeden Tag wenige Meter von mir entfernt saß und somit zum Greifen nahe war, ich ihn jedoch nicht haben konnte.

Aber noch furchtbarer wäre es, ganz ohne ihn zu leben.

Ihn nicht mehr heimlich zu beobachten. Seine Stimme nicht mehr zu hören. Sein Lächeln nicht mehr zu sehen. Nicht mehr mit ihm zu streiten. Nicht mehr mit ihm zu lachen. Und nicht mehr mit ihm zu reden.

Ein Leben ohne Harley Grant war für mich unvorstellbar.

Also nahm ich von ihm, was ich kriegen konnte: Freundschaft.

Harley war ein wertvoller Mensch und ein noch wertvollerer Freund. Ich schätzte mich glücklich, ihn in meinem Leben zu haben, auch wenn mich die Sehnsucht nach ihm bisweilen innerlich zerriss.

Doch im Großen und Ganzen hatte ich mich über die

Jahre mit der Situation abgefunden und arrangiert. Und eigentlich gelang es mir, trotzdem ein glückliches Leben zu führen. Bis auf die Male, die ich mit meiner großen Schwester telefonierte und sie munter in der Wunde stocherte. Egal wie oft ich sie darum bat, das Thema ruhen zu lassen: Sie tat es nicht.

Ich wusste, dass sie nur mein Bestes wollte, aber sie musste einsehen, dass wir keine Kinder mehr waren. Wir waren erwachsene Menschen mit einem eigenen Leben, in das sich der andere nicht ungefragt einzumischen hatte.

Doch leider sah Donna das anders, weshalb wir immer wieder aneinandergerieten und weshalb ich meiner Heimkehr nach Keetna Creek mit gemischten Gefühlen entgegensah. Vor allem, weil ich bei ihr unterkommen musste.

Nach meinem Auszug und dem von Donna, hatten meine Eltern unsere Kinderzimmer in ein Atelier für meine Mutter und in ein Büro für meinen Vater umgewandelt. Wenn ich also nicht auf der Couch im Wohnzimmer schlafen wollte, musste ich meine Schwester bitten, in ihrem Gästezimmer wohnen zu dürfen. Und das Ferienhaus, das sie während der Sommermonate an Touristen vermietete, musste entsprechend für Harley hergerichtet werden.

Denn Keetna Creek war für mich persönlich zwar einer der schönsten Orte auf dieser Welt, aber es war auch einer der kleinsten Orte dieser Welt. So etwas wie ein richtiges Hotel gab es dort nicht. Keenta Creek konnte lediglich mit ein paar Ferienhütten und mit vereinzelten Zimmern in den Häusern der Dorfbewohner, die so ihr Gehalt aufbessern wollten, dienen.

Also war ich, was unseren Unterschlupf betraf, gewissermaßen auf Donnas Hilfe angewiesen. Und ich konnte nur hoffen, dass sie mir diese auch gewährte, wenn sie erst den Anlass meiner Rückkehr erfuhr.

»Hör zu«, sagte ich in der Hoffnung, so das leidige Thema beenden zu können. »Der Grund, aus dem Harley und ich nach Keetna Creek kommen, ist folgender ...«

4

»Ich hasse Alaska. Nur für den Fall, dass ich das noch nicht erwähnt haben sollte.« (Harley)

Harley

Als der Jet am frühen Nachmittag zum Landeanflug auf Keetna Creek ansetzte und mein Blick über die schneebedeckte, karge Landschaft glitt, kam ich nicht umher, ungläubig den Kopf zu schütteln.

Auf was habe ich mich da nur eingelassen? Was tat ich hier?

Eigentlich sollte ich jetzt mit einem Cocktail am Strand

von Barbados sitzen und sexy Ladies in knappen Bikinis beim Beachvolleyball spielen zusehen, bevor ich mich im Anschluss daran hingebungsvoll um eine andere Art von Bällen kümmerte.

Stattdessen klatschten jetzt gefrorene Eiskristalle gegen die Scheiben des Jets und die blutorangene Sonne hing so tief am Horizont, dass ein Teil von ihr schon nicht mehr zu sehen war. Ein klares Zeichen dafür, dass sie bald verschwinden würde. Dabei hatten wir nicht mal ansatzweise Abend.

Dass es in Alaska während der Wintermonate bisweilen nur drei, vier oder fünf Sonnenstunden gab, hatte Virginia mir zwar erzählt, aber glauben konnte ich das nicht.

Tja, jetzt tat ich es.

Für einen kalifornischen Sunnyboy wie mich waren Schnee, Eis und Kälte der reinste Albtraum. Alaska vereinte all das und trieb es auf die Spitze.

Es gab ungefähr eine Million Orte, an denen ich jetzt lieber wäre. Aber nein ... ich musste mir ja hier den Hintern abfrieren. Blieb nur zu hoffen, dass wenigstens mein bestes Stück wieder unbeschadet aus dieser Sache herauskam. Bei den Minusgraden, die hier herrschten, würde es nämlich definitiv in eine Schockstarre verfallen und tiefgefrieren.

An Sex war also in den nächsten Wochen nicht zu denken.

Na super.

Konnte es noch schlimmer kommen?

Womöglich war es besser, diese Frage nicht zu stellen.

Virginia, die schon vor drei Tagen nach Keenta Creek geflogen war, um rechtzeitig zu Thanksgiving dort zu sein, würde mich vom Flughafen abholen und zu meiner Unterkunft bringen.

Jedenfalls lautete so der O-Ton ihrer Nachricht, die sie mir geschickt hatte.

So etwas wie eine Autovermietung gab es in Keetna Creek wohl nicht, weshalb wir auf das Auto ihrer Schwester angewiesen waren. Und da dieses Kaff offenbar auch über keinerlei Hotels verfügte, lieh sie uns nicht nur ihren Wagen, sondern versorgte uns auch mit einer Bleibe.

Ich hatte Virginia gebeten, mir Fotos von der Hütte zu schicken, in die sie mich zu stecken gedachte. Ihre ausbleibende Reaktion wertete ich als Bestätigung dafür, dass mein Albtraum gerade erst begonnen hatte.

Zum Glück war die Band damals, als ich begann sie zu betreuen, schon so erfolgreich und gefragt gewesen, dass ich sie nie in dieses Provinznest am Ende der Welt hatte begleiten müssen.

»Sir?« Die Flugbegleiterin kam zu mir herüber. »Bitte schnallen Sie sich jetzt an. Wir landen in Kürze.«

Meine Laune war derart im Keller, dass nicht mal ihr kokettes Lächeln mich dazu animieren konnte, mit ihr zu flirten, oder wenigstens etwas Charmantes auf ihre Aufforderung zu erwidern.

Ich stieß lediglich einen weiteren Seufzer aus und nickte.

Als wir zehn Minuten später auf dem Rollfeld, das verdächtig nach einer verschneiten Wiese aussah, aufsetzten, fröstelte es mir schon allein beim Anblick dessen, was ich sah.

Schnee. Nichts als Schnee und verschneite Bäume.

Wer tat sich das freiwillig an?

Ich jedenfalls nicht.

Das Flugzeug rollte noch ein paar Meter weiter und blieb dann stehen.

Erstaunt presste ich das Gesicht gegen das Fenster des Jets.

Wo war der verdammte Terminal?

Wir konnten doch nicht einfach mitten im Nirgendwo landen.

Dass Keetna Creek nicht groß war, hatte ich ja inzwischen begriffen, aber wenn es einen Flughafen besaß, sollte es auch mit einem Tower und mit einem Terminal samt Geschäften und Annehmlichkeiten ausgestattet sein.

»Ähh, hallo?«, rief ich der Flugbegleiterin, die sich gerade abgeschnallt hatte, zu. »Sind wir hier richtig? Wir haben uns doch nicht etwa verflogen oder so?«

Ihr bis eben noch kokettes Lächeln schwand. An seine Stelle trat Mitleid. Offenbar sah sie mir an, dass mein Fluchtinstinkt gerade eingesetzt hatte und ich kurz davor war, in Schnappatmung zu verfallen.

»Das hier ist Keetna Creek, Mister Grant«, sagte sie und zuckte mit den Schultern. »Uns wurde gesagt, dass das Ihr Zielort ist.«

In meinem Kopf ratterte es. Gab es vielleicht mehrere Keetna Creeks in den USA und wir hatten aus Versehen das Falsche angeflogen?

»Sehen Sie. Da ist auch schon jemand, um Sie abzuholen«, machte die Flugbegleiterin in diesem Moment all meine Hoffnungen zunichte.

Sie beugte sich zu mir hinab und deutete mit dem ausgestreckten Arm aus dem Fenster, wo sich ein in die Jahre gekommener Toyota SUV dem Flugzeug näherte und schließlich ein paar Meter daneben anhielt.

Die Tür öffnete sich und Virginia stieg aus.

Sie trug eine dicke Jacke und eine ebenso dicke Mütze, doch ihr kupferrotes Haar leuchtete auch in dem Dämmerlicht der anbrechenden Dunkelheit so unverkennbar, dass man es nicht übersehen konnte, selbst wenn man es – so wie ich in diesem Moment – wollte.

»Sie sollten besser Ihre Jacke anziehen, Mister Grant«, riet mir die Flugbegleiterin, als sie zur Tür ging, um diese zu entriegeln. »Die Außentemperatur beträgt derzeit minus 15 Grad Celsius.«

Na super. Mir waren schon plus 15 Grad Celsius zu kalt, um guter Laune zu sein. Bei minus 15 Grad würde meine Laune gleich mit unter den Gefrierpunkt fallen.

Ich erhob mich genervt, streifte meine Jacke über und schnappte mir meine Tasche, während mein Koffer vom Bauch des Jets ausgeladen und in Virginias Auto verstaut wurde.

»Ich wünsche Ihnen einen angenehmen Aufenthalt in Alaska, Mister Grant«, brummte der Kapitän, als ich ihm die Hand schüttelte und ausstieg.

»Sie bleiben nicht?«

Er verkniff sich ein Lachen, als er sagte: »Nein, Sir. Wir fliegen direkt zurück nach L.A.«

»Denk gar nicht erst daran«, hörte ich Virginia hinter mir rufen.

Verärgert drehte ich mich zu ihr um und entdeckte sie am unteren Ende der jeteigenen Gangway, die ich gerade betreten hatte.

»Ach bitte! Du weißt doch gar nicht, woran ich denke«, rief ich angefressen zurück.

»Also wolltest du den Kapitän nicht gerade darum bitten, dich wieder mit nach Los Angeles zu nehmen?«

Ich presste ertappt die Lippen aufeinander.

Manchmal nervte es, dass mich Virginia besser kannte als ich mich selbst. Denn das bedeutete, dass ich ihr nichts vormachen konnte. Sie las in mir, wie in einem offenen Buch, was dazu führte, dass ich mich verdammt nackt und schutzlos fühlte und mein Schwanz in sich zusammensackte.

»Jetzt steig schon aus, Harley. Wenn du festgefrierst, musst du bis zum Frühling so verharren. So lange, bis du wieder auftaust. Denn ich werde dich ganz bestimmt nicht enteisen.«

Na das waren ja mal entzückende Aussichten.

Hatte ich schon erwähnt, dass ich Alaska hasste?

Und ja, ich wusste, dass ich streng genommen noch nicht mal einen Fuß in diesen Bundesstaat gesetzt hatte, aber das musste ich auch nicht, um zu wissen, dass ich in der Hölle gelandet war.

Missmutig ging ich die Treppenstufen hinunter und stapfte durch den Schnee, der unter meinen Schuhen knirschte, zu dem SUV.

Die Kälte, die mir entgegenschlug, ließ meine Zähne

klappern und ich bereute es, keine Mütze und keine Hand-
schuhe angezogen zu haben.

Erleichtert atmete ich auf, als ich die Tür von Virginias
Wagen – oder besser gesagt, dem Wagen ihrer Schwester –
hinter mir zuzog und die beißende Kälte damit ausschloss.

Virginia hingegen wechselte noch ein paar Worte mit
der Crew. Dann wurde die Gangway eingefahren und die
Tür zum Flugzeug geschlossen. Kurz darauf rollte der Jet
los und hob wenig später ab. Virginia sah ihm hinterher
und kehrte dann, als er am Horizont verschwunden war,
mit einem Lächeln auf den Lippen zum Wagen zurück.

Schön, dass wenigstens einem von uns zum Lachen
zumute war.

Sie öffnete die Tür der Fahrerseite und ließ sich auf den
abgewetzten Sitz plumpsen. Der Schwall kalte Luft, der
dabei ins Auto drang, ließ mich erneut frösteln.

»Willkommen in Alaska«, rief sie und strahlte mich an.

Als sie meine grimmige Miene bemerkte, wurde ihr
Strahlen noch eine Spur breiter.

»Du wirst dich schon noch dafür erwärmen, glaub
mir.«

»Wärme und Alaska sind in der Realität genauso weit
voneinander entfernt wie im Alphabet. Alaska und
Albtraum hingegen ... das passt schon eher. Oder ... Alaska
und arschkalt.«

Virginia stieß ein amüsiertes Lachen aus und startete
den Motor.

»Nun fahren wir erstmal zu deinem Häuschen, damit
du es dir gemütlich machen und ankommen kannst«, sagte
sie versöhnlich und fuhr los.

»Ich kann es kaum erwarten«, knurrte ich und scannte mit den Augen die Gegend nach einem Flughafenterminal oder so etwas wie einem Tower ab.

Vergeblich.

Offenbar waren wir wirklich auf einem Acker gelandet. Denn das hier – so wahr wie ich Harley Grant hieß – hatte mit einem Flughafen so wenig gemein, wie Alaska mit der Karibik.

Schweigend saß ich neben Virginia und verkniff mir weitere Kommentare. Auch, weil mich mit der einsetzenden Dunkelheit die Müdigkeit überkam.

Im Gegensatz zu der gut gelaunten Dame zu meiner Linken hatte *ich* mir nämlich nicht über Thanksgiving freigenommen, sondern stattdessen durchgearbeitet. Und so war es nicht verwunderlich, dass mir jetzt, in dieser tristen, verschneiten und vereisten Einöde bei der wärmenden Heizung die Augen zufielen und ich erst wieder aufwachte, als Virginia mich am Arm rüttelte und mir bedeutete, auszusteigen.

Der Schein ihrer Taschenlampe fiel auf ein kleines Blockhaus aus Holz, zu dessen von Schnee bedeckter Veranda vier Treppenstufen führten.

Virginia öffnete den Kofferraum und wollte mein Gepäck daraus entnehmen, doch ich kam ihr zuvor. Sie war zwar meine Assistentin, aber so weit, dass sie mein Gepäck schleppen musste, würde ich es nie kommen lassen.

Wir gingen die Stufen zur Veranda hinauf und Virginia öffnete die Tür, ohne sie jedoch vorher zu entsperren.

»Lasst ihr eure Häuser immer unverschlossen?«,

wunderte ich mich und erntete dafür ein belustigtes Schmunzeln.

»Wer soll denn in diesem Teil von Keetna Creek schon einbrechen, oder klauen? Hier kennt doch jeder jeden.«

»Wie konnte ich das vergessen«, murmelte ich leicht genervt und folgte Virginia in das Hausinnere.

»Die Heizung ist eingeschaltet und der Kühlschrank ist voll. Allerdings solltest du zusätzlich dazu den Kamin im Schlafzimmer anzünden, weil die Winter hier bisweilen ziemlich kalt werden. Wenn du willst, helfe ich dir dabei.«

»Nein, schon gut. Ich werde ja wohl noch alleine einen Kamin anbekommen.«

Es war nicht fair, meine miese Laune an Virginia auszulassen. Denn sie konnte nichts dafür, dass ich zugestimmt hatte, *Falling from Grace* wieder zu vereinen, zumindest für ein Konzert.

Virgin war auf meiner Seite. Sie war hier, um mich zu unterstützen. Ich wusste das und doch behandelte ich sie nicht entsprechend. Das war mies von mir und mit ein Grund, warum ich sie so schnell wie möglich loswerden wollte. Gerade konnte ich mich nämlich selbst nicht leiden. Und da es keinen magischen Schalter gab, mit dem sich das abstellen ließ, half nur das Alleinsein.

»Okay, dann zeige ich dir jetzt das Haus«, ließ sich Virginia nicht beirren.

Wahrscheinlich auch, weil sie an meine Launen gewöhnt war und mit ihnen umzugehen wusste. Womöglich störte es sie nicht mal halb so viel wie mich, dass ich sie gerade zur Zielscheibe meiner Übellaunigkeit machte.

»So groß ist das Haus ja nun auch wieder nicht«,

murrte ich. »Ich werde mich schon zurechtfinden, keine Sorge.«

»Sicher?« In Virginias Stimme lagen Zweifel, was mich umso wütender machte. Traute sie mir etwa nicht zu, allein zu überleben, oder was?

»Sehe ich so aus, als wäre ich zehn Jahre alt, Virgin?«

»Nein, das nicht. Aber du benimmst dich so«, konterte sie und überkreuzte kampflustig die Arme vor der Brust.

»Ja, ich weiß«, gab ich seufzend zurück, weil ich mich nicht mit ihr streiten wollte. Gelegentlich tat ich das eigentlich ganz gern, doch jetzt war ich nicht in der Stimmung dafür. »Tut mir leid. Ich kann gerade nicht aus meiner Haut. Du weißt, dass ich es nicht so meine, oder?«

»Wenn du das sagst.« Virginia beäugte mich aus schmalen Schlitzen. »Ich lasse dich dann jetzt wie gewünscht allein, damit du in Ruhe ankommen kannst. Wir sehen uns dann morgen früh. Falls etwas ist, hast du ja meine Nummer. Und wenn dir nach Gesellschaft sein sollte: Die Bar meiner Schwester befindet sich eine halbe Meile Richtung Süden. Du kannst sie nicht verfehlen. Es ist die Einzige.«

Mit diesen Worten öffnete sie die Eingangstür und ging nach draußen. Ich eilte ihr hinterher, weil ich nicht wollte, dass wir im Streit auseinandergingen.

Keine Ahnung warum es mir so wichtig war, aber wenn es eine Person gab, die nicht sauer auf mich sein durfte, dann Virginia.

»Virgin, jetzt warte mal ...«

»Es ist okay, Harley«, sagte sie und drehte sich zu mir um. »Mach dir keinen Kopf.«

»Wir sind also noch Freunde?«

Bei meiner Frage nahm Virginias Gesicht einen wehmütigen Ausdruck an. Jedenfalls glaubte ich das. Aber vielleicht irrte ich mich auch, weil der Schein der Taschenlampe Schatten auf ihr Gesicht warf, die eine aussagekräftige Interpretation ihrer Mimik erschwerten.

»Ja«, flüsterte Virginia und räusperte sich. »Freunde. Natürlich sind wir das. Gute Nacht, Harley.«

»Gute Nacht, Virgin.«

5

»Er hat jetzt nicht wirklich das Haus abgefackelt, oder?«
(Virginia)

Virginia

»Na, ist dein Boss gut angekommen?«, fragte meine Schwester grinsend, als sie die heiße Schokolade vor mich auf den Tresen stellte und sich ein Küchentuch über die Schulter warf.

»Ich glaube, er braucht noch etwas Zeit, um mit Keetna Creek warmzuwerden. Harley ist mehr der Kalifornien-Typ, weißt du? Sommer, Sonne, Meer und das möglichst das ganze Jahr.«

»Na, dann steht Alaska ja nicht gerade weit oben auf seiner Wunschliste.«

»Das kann man wohl so sagen«, murmelte ich und schleckte mit meiner Zunge die Sahne von meinem Kakao.

»Hast du ihm im Haus alles gezeigt?«

»Er meinte, dass er auch ohne meine Hilfe zurechtkommt«, entgegnete ich achselzuckend. »Und wer keine Hilfe will, dem soll man sie auch nicht aufzwingen.«

Donna zog einen Mundwinkel in die Höhe und machte sich daran, drei Gläser zu spülen. »Du sorgst dich um ihn, oder? Du klingst zwar abgeklärt und desinteressiert, aber wir wissen beide, dass du das nicht bist. Bestimmt fährst du nachher nochmal bei ihm vorbei, um nach dem Rechten zu sehen.«

»Äh ... nein?!«

»Wetten, dass doch?«

Ich warf Donna einen missbilligenden Blick zu und nippte an meiner heißen Schokolade, dem perfekten Seelenwärmer. Donnas Spezialrezept sah nämlich vor, einen großzügigen Schuss cremigen Baileys zu der Milch zu geben, was zusätzlich von innen heraus wärmte.

»Ich wette nicht. Und außerdem ist es mein *Job*, nach meinem Boss zu sehen. Ich werde dafür *bezahlt*, Donna. Du brauchst also gar nicht so blöd zu grinsen. Das ist alles rein beruflich.«

»Na klar ist es das«, lachte sie. »Rede dir das nur weiter ein. Vielleicht glaubst du es ja dann irgendwann. Mich jedenfalls kannst du nicht für dumm verkaufen.«

Sie ließ mich stehen, um die Bestellung von zwei Stammgästen aufzunehmen, woraufhin sich ihr Mann

Travis hinter dem Tresen zu mir gesellte und mich in ein Gespräch verwickelte.

Travis war ein lustiger Typ und ich konnte gut verstehen, warum Donna sich in ihn verliebt hatte. Ich war so in das Gespräch mit ihm vertieft, dass ich meine Schwester, die zu uns zurückkehrte, erst bemerkte, als sie direkt neben ihm stand.

»Hey, Schwesterherz, sieht ganz so aus, als müsstest du dir nicht die Mühe machen, später noch bei deinem Boss vorbeizufahren, um nachzusehen, ob er noch lebt«, sagte sie schmunzelnd, was mich verwundert die Stirn kraus ziehen ließ.

»Warum nicht?«

»Weil er hier ist. Der hustende Kerl mit dem verrußten Gesicht und den in Asche getränkten Haaren. Das ist er doch, oder?«

Mein Kopf schnellte herum und ich entdeckte Harley, der eben zur Tür hereingekommen war und aussah, wie der Weihnachtsmann nach einem missglückten Kamineinstieg.

Mit einem Satz war ich von meinem Stuhl gesprungen und eilte zu ihm.

»Was ist denn mit dir passiert?«, rief ich besorgt und tastete ihn notdürftig nach Verletzungen ab.

»Ich hab' das Haus abgefackelt«, hustete er, was mich jäh innehalten ließ.

»Du hast *was*?«

»Irgendwas stimmt mit dem Kamin nicht. Der Rauch ist nicht *aus* dem Haus, sondern *in* das Haus gezogen.«

»Hast du denn die Abzugshaube eingeschaltet?«

Harley sah mich verständnislos an. »Die *Abzugshaube*? Ich dachte, sowas gibt es nur bei Küchengeräten.«

Seine Aussage machte mich einen Moment lang sprachlos und ließ mich verblüfft blinzeln.

»Du machst Witze, oder?«

»Sehe ich etwa so aus, als würde ich Witze machen?«, knurrte er und deutete auf sein derangiertes, um nicht zu sagen völlig zerstörtes Erscheinungsbild. »Das ganze Haus ist voller Rauch. Daran ändern auch die geöffneten Fenster nichts.«

»Hast du das Feuer denn gelöscht?«

»Natürlich. Und die Heizung habe ich auch ausgeschaltet, als ich die Fenster geöffnet habe. Für wie blöd hältst du mich?«

»Ganz ehrlich?«, schnaubte ich ungläubig. »Was diese Aktion angeht, für saublöd.«

»Na vielen Dank auch.«

»Gern geschehen. Und jetzt komm, lass uns zum Haus fahren und uns die Katastrophe mal ansehen.«

TJA ... HARLEY hatte nicht übertrieben. Im Gegenteil. Er hatte ganze Arbeit geleistet.

Der Strahl meiner Taschenlampe leuchtete die Außenfassade des Hauses ab, aus dessen geöffneten Fenstern schwarzer Rauch stieg.

Ich kramte aus Donnas Kofferraum ein Tuch hervor,

presste es mir vor den Mund und ging ins Haus, um mir
den Ursprung dieses Chaos näher anzusehen. Und
tatsächlich. Der Kamin rußte vor sich hin und der Rauch
verbreitete sich vom Schlafzimmer aus im ganzen Haus.

Ich tastete nach dem Schalter für die Abzugshaube
und öffnete sie, sodass der Rauch nach oben, statt durch
das Haus abziehen konnte. Dann schloss ich die Fenster
und die Tür hinter mir. Ich würde morgen wiederkommen,
um alles durchzulüften und Ordnung zu schaffen. Doch
bei den Minusgraden, die sie für heute Nacht gemeldet
hatten, musste nicht das gesamte Haus offenstehen.

»Und?«, fragte Harley zähneknirschend, als ich wieder
nach draußen kam und hustend das Tuch zurück in den
Kofferraum legte.

»Du hast ganze Arbeit geleistet, herzlichen
Glückwunsch.«

Er stieß ein frustriertes Knurren aus und rieb sich das
verrußte Gesicht. »Fuck! Was für ein Scheiß. Ich komme
selbstverständlich für den Schaden auf.«

»Bis auf den Umstand, dass das Haus voller Rauch ist,
ist alles okay. Aber das ist nichts, was man mit gründli-
chem Lüften nicht wieder in den Griff bekäme. Es gibt also
keinen Schaden, für den du aufkommen müssest. Das
eigentliche Problem ist vielmehr, was wir jetzt mit dir
machen sollen.«

Harley zog verständnislos eine Braue in die Höhe. »Was
meinst du damit?«

»Na, hier schlafen und wohnen kannst du im Moment
nicht. Also wirst du woanders unterkommen müssen und
da fällt mir spontan nur das Gästezimmer meiner

Schwester ein. Wir werden es uns teilen. Zumindest für heute Nacht. Die Alternative wäre, dass du in der Bar auf dem Tresen schläfst. Du kannst es dir also aussuchen.«

Nicht über Harley zu lachen, der mit seinem kohlschwarzen Gesicht und seinen verdreckten Haaren so schuldbewusst und beschämt dreinschaute, dass man einfach Mitleid mit ihm haben musste, fiel mir verdammt schwer.

Harley Grant mochte ein Genie sein. Ein Macher. Ein knallharter Hund. Aber gerade war er vor allem eins: Hilflos und verloren in der Wildnis Alaskas.

Doch damit war er nicht allein. Die meisten Menschen waren Alaska nicht gewachsen. Denn die Schönheit dieses vergessenen Bundesstaates der USA zeichnete sich vor allem durch seine Unberechenbarkeit aus.

»Bist du sicher, dass deine Schwester nichts dagegen hat? Sie wird doch bestimmt total sauer auf mich sein.«

»Da kennst du meine Schwester aber schlecht«, grinste ich. »Sie wird nicht sauer sein, sondern sich über dich lustig machen. Und zwar bis ans Ende deiner Tage. Keine Ahnung, ob das nicht sogar schlimmer ist, als dir eine Standpauke zu halten.«

Der arme Harley stand vor mir wie ein Häufchen Elend. Für heute hatte er wahrlich genug mit den Tücken des Lebens gekämpft. Und so gerne ich ihn noch ein bisschen gepiesackt und aufgezogen hätte, so siegte doch das Mitleid und ich erbarmte mich ihm.

»Lass uns zu meiner Schwester fahren. Dort kannst du duschen, dich aufwärmen, was essen und eine Runde schlafen. Hast du alles, was du für die Nacht brauchst?«

Harley nickte und ich bedeutete ihm, einzusteigen.

Da Keetna Creek dem Inbegriff eines Dorfs entsprach, dauerte es kaum mehr als drei Fahrminuten, bis wir das Haus meiner Schwester erreichten.

»Am besten, du gehst sofort unter die Dusche. Ich koche dir derweil einen Tee und mache dir was zu essen«, sagte ich und ging voraus ins Haus.

Zum Glück hatte Harley seinen Koffer noch nicht ausgepackt, weshalb seine Klamotten nicht nach Rauch stanken und er sich nichts von Travis leihen musste.

»Hier ist das Gästezimmer. Und das Gästebad findest du dort«, informierte ich ihn und nahm ein paar Badetücher aus dem Regal. »Du kommst zurecht?«

»Wenn man bei der Dusche nicht auch irgendeine Abzugshaube einschalten muss, damit das Wasser abläuft, ja«, nörgelte Harley, dessen Männerstolz gerade sehr in Mitleidenschaft gezogen wurde.

Ich zwinkerte ihm verschmitzt zu und übergab ihm die Badetücher.

»Muss man nicht. Komm runter, wenn du fertig bist. Und bring deine verdreckten Sachen mit in die Küche. Ich werfe sie in die Waschmaschine. Dann sind sie morgen wieder sauber und trocken.«

6

»Am liebsten würde ich vor Scham im Schneeboden versinken.
Aber das geht ja nicht, weil der Kackboden in diesem Kackstaat
tiefgefroren ist.« (Harley)

Harley

Als ich frisch geduscht und in sauberen Klamotten die Treppe hinunterstieg, schlug mir die Melodie von Bing Crosbys *Winter Wonderland* Song entgegen und erinnerte mich prompt daran, dass Weihnachten in etwas weniger als vier Wochen vor der Tür stand.

Ich war kein Weihnachtsmensch, was wohl vor allem

daran lag, dass ich niemanden hatte, mit dem ich es feiern konnte.

Meine Eltern hatten sich getrennt, als ich noch ein Kind war und ihre Karrieren in der Musikbranche immer vor das Familienleben gestellt. Außerdem war Schnee ein Phänomen, das in Los Angeles nur selten auftrat. Und bei Sonne und Palmen wollte sich bei mir keine richtige Weihnachtsstimmung einstellen.

Für gewöhnlich verbrachte ich den Abend des 24. Dezember in irgendeinem angesagten Club und ging am Weihnachtsmorgen surfen, bevor ich den Rest des Tages auf der Couch herumlümmelte und den Schlaf des Vortages nachholte.

Das war meine Art, Weihnachten zu feiern. Meine Tradition.

Ich backte keine Plätzchen, kaufte keine Geschenke, hörte keine Weihnachtslieder und sah mir keine Weihnachtsfilme an. Ich besaß auch keine komischen Pullover mit aufgestickten Santas und Rentieren, oder beteiligte mich gar an irgendwelchen lächerlichen Wichtelspielen.

Nein. Man konnte gut und gern behaupten, dass ich nicht zu den Weihnachtsmenschen dieses Landes gehörte. Im Gegensatz zu Virginia, die Weihnachten liebte. Und da wir die Vorweihnachtszeit zusammen im Schnee verbringen würden, ging ich fest davon aus, dass ich mich diesem nervigen Tamtam dieses Jahr nicht entziehen konnte.

So wie jetzt, als ich die Küche betrat und Virginia fröhlich zu der Melodie von *Winter Wonderland* summte und ihren Po rhythmisch im Takt der Musik schwang.

»Als Mitarbeiterin eines angesagten Plattenlabels solltest du wirklich einen besseren Musikgeschmack an den Tag legen«, brummte ich griesgrämig und ging zu ihr herüber. »Nicht, dass du mich sonst noch blamierst.«

»Um dich zu blamieren, brauchst du mich nicht, Harley. Das bekommst du auch wunderbar alleine hin, wie du heute eindrucksvoll bewiesen hast«, zwitscherte Virginia unschuldig, konnte sich aber ein diebisches Grinsen nicht verkneifen.

»Wirst du jetzt für immer darauf rumreiten?«

»Wir können ja einen Deal machen«, schlug sie vor und wirbelte mit funkelnden Augen zu mir herum.

Hätte Virginia hundert Jahre früher gelebt, hätte sie manch einer bestimmt für eine Hexe gehalten. Mit ihren leuchtend roten Haaren und den giftgrünen Augen, die wie tausend Diamanten funkelten, wenn sie etwas im Schilde führte, war sie der Inbegriff des Übernatürlichen.

»Was für einen Deal?«, fragte ich skeptisch.

»Ich erzähle niemandem davon, dass du dich beinahe selbst abgefackelt und erstickt hast und du nennst mich im Gegenzug nicht mehr Virgin.«

Ich lachte amüsiert auf. »Vergiss es. Never.«

Virginia zog eine Schnute und reckte kämpferisch das Kinn. »Na schön. Wie du willst. Aber sag später nicht, ich hätte dir keine Wahl gelassen.«

»Was hast du vor? Etwa eine Rundmail an sämtliche Mitarbeiter der Firma schreiben, oder was?« Ich grinste siegessicher, weil ich wusste, dass sie dafür viel zu loyal war.

»Das wirst du dann schon sehen.«

»Klar«, prustete ich.

»Du glaubst mir nicht?«

»Nein.«

»Na dann wart's ab. Man sollte eine Frau nie unterschätzen.«

»Wenn du das sagst.«

Ich lugte über ihre Schulter und roch an dem Eintopf, der auf dem Herd brodelte. Prompt begann mein Magen zu knurren.

»Willst du weiter streiten und darüber verhungern, oder lieber friedlich sein und essen?«, erkundigte sich die miese, kleine Hexe, mit einem unschuldigen Lächeln auf den Lippen.

»Essen«, murmelte ich kaum hörbar, weil sie den Kochlöffel und somit den Stab der Macht in der Hand hielt.

»Dann setz dich hin und sei still.«

Jetzt fühlte ich mich wie ein Hund, der in die Ecke geschickt und aufgefordert wurde, Platz zu machen und Pfötchen zu geben.

Mich so zu unterdrücken schaffte auch nur Virgin.

Ich warf ihr einen säuerlichen Blick zu, setzte mich aber brav an den mit einer rot-weiß karierten Tischdecke versehenen Tisch und wartete darauf, dass man mir meinen Napf vorsetzte.

»Guten Appetit.«

Aha. Das Signal von meinem Frauchen, dass ich essen durfte.

Ich schnappte mir meinen Löffel und schaufelte die warme Mahlzeit regelrecht in mich hinein, weil ich wirklich kurz vor dem Hungertod stand.

»Schling nicht so, Harley«, mahnte Virginia.

Da! Schon wieder! Sie unterdrückte mich. Behandelte mich wie einen Streuner.

»Ich bin kein Hund«, beschwerte ich mich mampfend, verlangsamte aber mein Ess-Tempo.

»Stimmt«, konterte sie. »Jeder Hund, den ich kenne, ist besser erzogen als du es bist.«

Ich löste den Mittelfinger von meinem Löffel und wies ihn in Virginias Richtung, woraufhin mir der Löffel aus der Hand fiel und platschend in die Suppe klatschte. Ups.

»Harley!«

Ich gab einen jaulenden Ton von mir, der dem eines gebeutelten Hundes verdammt nahekam und befürchtete schon, Virginia würde mich zum Teufel jagen, weil ich die Tischdecke und meinen Pullover versaut hatte. Doch stattdessen stand sie auf und kam kurz darauf mit Küchenpapier wieder, das sie mir auffordernd hinwarf. Ich löste es von der Rolle und beseitigte den Schaden, so gut es mir möglich war.

Den Rest der Mahlzeit verzichtete ich allerdings auf weitere Drohgebärden und Diskussionen. Denn anscheinend stand das Glück heute nicht auf meiner Seite. An solchen Tagen war es am besten, sich ins Bett oder auf die Couch zu legen, sich die Decke über den Kopf zu ziehen und darauf zu warten, dass der Tag vorüberging.

Zum Glück war er das schon fast. Denn über den aufregenden, nervenaufreibenden letzten Stunden hatte ich glatt die Zeit vergessen und staunte nicht schlecht, als ich nun auf die Uhr sah und erkannte, dass der Abend weit vorangeschritten war.

»Geht's dir jetzt besser?«, fragte Virginia, als wir aufstanden und ich meinen Suppenteller in die Spülmaschine räumte.

»Ja, schon. Aber hast du vielleicht …«

Ich brauchte meinen Satz nicht zu Ende zu sprechen, da hielt sie mir auch schon eine Tafel Milchschokolade mit ganzen Haselnüssen unter die Nase.

Wieso nur kannte mich diese Frau so verflucht gut?

Sie war über alle meine Schwächen im Bilde und wusste, was ich brauchte, noch bevor ich es tat. Und sie konnte hellsehen. Ja, richtig. Hellsehen. Sie las meine Gedanken, als stünden sie mir auf die Stirn geschrieben. Wort für Wort.

Wie ich schon sagte: Diese Frau war eine Hexe. Nicht von dieser Welt.

Ich öffnete die Schokoladenpackung und aß ein großzügiges Stück davon. Dabei beließ ich es normalerweise, doch weil der heutige Tag so beschissen gelaufen war, genehmigte ich mir noch eine zweite Portion. Dann übergab ich die Schokolade wieder Virginia, die sie für mich wegsperrte und mir das Versteck selbst unter Androhung ihrer Kündigung nicht verriet, weil ich sonst binnen einer Stunde alles aufgegessen hätte und als Kugel durch die Welt rollen würde.

»Schlafe ich heute Nacht hier?« Ich deutete auf die Couch im angrenzenden Wohnzimmer.

»Wenn du morgen alle deine Knochen einzeln einsammeln willst, ja«, gab sie achselzuckend zurück. »Ansonsten teilen wir uns das Bett im Gästezimmer.«

Oha. Ich sollte mir ein Bett mit einer Frau teilen, ohne

mit ihr zu schlafen? Also ... ohne *nackt und schwitzend aufeinanderliegend* mit ihr zu schlafen?

Ich hatte keine Ahnung, ob ich sowas überhaupt konnte, denn es war definitiv eine ganz neue Erfahrung für mich. Und ich wusste nicht, ob ich diese Erfahrung machen wollte.

Andererseits ... die Couch wirkte tatsächlich nicht allzu einladend. Bequem schon. Irgendwie jedenfalls. Aber ziemlich klein. Ich würde mich wie einen Karton zusammenfalten müssen, um auf sie draufzupassen.

Außerdem sah es ganz danach aus, als würde ich sie mir mit einer Fellnase teilen müssen, die ich jetzt erst bemerkte.

Ich ging zu dem schlafenden, leise vor sich hinschnarchenden Hund hinüber und kraulte ihn vorsichtig hinter den Ohren, um ihn nicht zu wecken.

»Wer ist das?«, wollte ich wissen und sah zu Virginia, die mir lächelnd gefolgt war.

»Das ist Denali. Er ist nach dem Denali Nationalpark benannt. Nicht sehr einfallsreich, ich weiß. Aber dort haben ihn meine Schwester und ihr Mann vor vielen Jahren aufgegabelt. Sie dachten erst, er sei ein Wolf. Bis sich dann herausgestellt hat, dass Denali eigentlich ein Hund ist.«

»Wie alt ist er?«

Virginia zuckte die Schultern. »Das weiß niemand so genau. Als Donna und Travis ihn fanden, war er noch recht klein. Das dürfte mittlerweile gut zehn Jahre her sein. Es war damals ihr erster Urlaub als Paar und sie entschieden sich dazu, Denali zu behalten, weil die Suche nach seinem eigentlichen Besitzer erfolglos blieb. Mittlerweile schläft er die meiste Zeit des Tages. Dafür ist er nachtaktiv, was in mir den Zweifel weckt, ob er nicht doch ein Wolf ist. Ein Wolf im Schafspelz sozusagen.«

Ich blickte auf den schlafenden Hund hinab, dessen weißes, dichtes Fell sich unter seinem langsamen Atem hob und senkte.

Er war flauschig und besaß tatsächlich eine verblüffende Ähnlichkeit mit einem Wolf.

»Seine Augen sind eisblau. Wenn er dich ansieht, hast du das Gefühl, dass er bis in die Untiefen deiner Seele schauen kann«, meinte Virginia und kraulte Denali hinter den Ohren. »Willst du bei ihm auf der Couch schlafen?«

Ich schüttelte den Kopf. »Ich will ihn nicht aufwecken.«

»Dann komm, lass uns nach oben gehen. Meine Schwester und Travis werden gleich nach Hause kommen und wenn du nicht mit Fragen gelöchert werden willst, sollten wir uns jetzt verziehen.«

7

»Es ist grausam, jemanden zu lieben und ihn nicht haben zu dürfen, obwohl er direkt neben dir liegt und dich anlächelt.« (Virginia)

Virginia

»Hast du eine Lieblingsseite?«, fragte ich Harley und deutete mit dem Kinn auf das schmale Doppelbett, das wir uns heute Nacht teilen würden.

Mit seiner Zahnbürste im Mund kam er aus dem Bad und sah mich verständnislos an.

»Lieblingsseite?«, brachte er mühsam zwischen Zahnpasta und Bürste hervor und hob den Finger. »Moment.«

Er ging zurück ins Bad, spülte seinen Mund aus und gurgelte dabei so laut und ausgiebig, dass ich in einer Mischung aus Genervtheit und Belustigung die Augen verdrehte.

Als er das Schlafzimmer nach getaner Abendhygiene wieder betrat, klebten weiße Zahnpastareste auf seiner Nasenspitze, die ich mit meinem Zeigefinger wegwischte.

»Ich habe keine Lieblingsseite im Bett, Virgin, nur eine Lieblingsstellung«, grinste er und schlackerte vielsagend mit den Augenbrauen.

Natürlich nahm er mich nur aufs Korn. Und wahrscheinlich dachte er, ich würde das lustig finden.

Nur leider tat ich das nicht. Mir vor Augen zu führen, wie Harley mit anderen Frauen intim wurde, stimmte mich traurig. Dass ich mir das nicht anmerken lassen durfte, machte es umso schwerer und anstrengender. Denn lügen kostete auf Dauer Kraft. Viel Kraft. Und ich log, was das betraf, schon seit Jahren …

»Wenn das so ist, schlafe ich rechts und du links«, informierte ich ihn, ohne auf seine Bemerkung weiter einzugehen.

»Hat das einen bestimmten Grund?«, wollte Harley wissen, als wir uns ungelenk aneinander vorbeischoben, um zu unserer jeweiligen Bettseite zu gelangen. »Also, dass du rechts schlafen willst?«

»Das ist meine Einschlafseite. Wenn ich links schlafe, liege ich mit dem Gesicht zu dir.«

»Und das wäre so schlimm, weil …?«

Ich schlug die Bettdecke zurück und warf Harley einen abschätzigen Blick zu. »Weil ich nicht gern beim Schlafen beobachtet werde.«

»Warum? Sabberst du etwa?«

»Nein. Ich will beim Schlafen einfach nur meine Ruhe haben.«

Harley stieg grinsend zu mir unter die Decke und bettete einen Arm unter seinem Kopf. Mit seinen etwas längeren braunen Haaren, dem markanten Gesicht, den langen Wimpern und den verschmitzt funkelnden, tannengrünen Augen sah er einfach umwerfend aus.

»Also erstens: Ich wüsste nicht, wie dich jemand, der dich beim Schlafen beobachtet, davon abhält, deine Ruhe zu haben. Und zweitens: Du solltest dich mal locker machen, Virgin. Auf eine Frau, die im Bett keinen Spaß versteht, hat kein Mann Bock.«

Mit zusammengekniffenen Augen feuerte ich wütende Blitze auf Mister Besserwisser ab. Auf seine Ratschläge in Sachen Liebesleben konnte ich gut und gerne verzichten. Denn sein Liebesleben mochte vielleicht nicht so langweilig sein wie meins, dafür aber umso chaotischer.

»Erstens: Ich kann fühlen, wenn mich jemand beobachtet. Also stört es mich sehr wohl in meiner Ruhe. Zweitens: Ich *bin* locker. Und drittens: Nicht die Männer haben keinen Bock auf mich, sondern *ich* habe keinen Bock auf die Männer. Großer Unterschied.«

Harley stieß ein resigniertes Seufzen aus. »Ach Virgin.«

»Nenn mich nicht so.«

»Aber wenn du weiter mit dieser Einstellung durchs Leben gehst, wirst du genau das bleiben: Virgin. Jungfrau.«

»Dafür vögelst du genug für uns beide. Ich sorge also mit meiner Enthaltsamkeit lediglich für den dringend notwendigen Ausgleich.«

»Aha.« Seine Mundwinkel zuckten amüsiert. Er liebte es einfach, mich aufzuziehen.

»Können wir dieses absurde Thema jetzt beenden und schlafen? Morgen wartet ein langer Tag auf uns.«

»Yes, Ma'am«, spottete Harley und salutierte mit seiner Hand.

Ich schlug ihm mit der Faust spielerisch gegen die Schulter und kuschelte mich in die Kissen.

»Hey, Virgin?«

»Was ist denn noch?«, knurrte ich und öffnete genervt ein Auge.

»Du hast den Wecker für uns gestellt, oder?«

»Natürlich, Boss.«

In Los Angeles gehörte es zu meinen ungeschriebenen Pflichten, Harley aus dem Bett zu klingeln. Vor allem nach langen Partynächten, in denen er es ordentlich krachen ließ. Er verließ sich darauf, dass ich ihn für seine Termine rechtzeitig weckte. Und so war es anscheinend auch jetzt. Vielleicht sollte ich eine fette Gehaltserhöhung auf meinen Weihnachtswunschzettel hinzufügen. Denn verdient hätte ich sie allemal.

Aber wenn ich ehrlich war, konnte ich mich, was mein Gehalt und die Boni anging, nicht beschweren. Harley verlangte mir zwar viel ab und er verließ sich auch, was die Organisation seines Lebens anging, voll auf mich, aber man musste ihm zugutehalten, dass er sich dessen bewusst war und mich entsprechend dafür entlohnte. Er nutzte mich nicht aus und er war auch nicht ignorant, sondern einfach nur bequem.

»Na dann ... Schlaf gut, Virgin. Ich schätze ... ein schöner Rücken kann auch entzücken.«

»Wieso drehst du dich nicht um und starrst die Wand an? Die Bärentapete wird dir gefallen.«

»Aber die sehe ich in der Dunkelheit doch nicht.«

»Meinen Rücken auch nicht.«

»Stimmt.«

»Harley?«

»Ja?«

»Halt einfach die Klappe und schlaf.«

Er lachte leise, tat aber wie geheißen und gab endlich Ruhe. Das hinderte ihn allerdings nicht daran, sich wie ein Hund gefühlt tausend Mal zu drehen und zu wenden, bis er schließlich seine Einschlafposition gefunden hatte.

Ich lauschte in die Dunkelheit und nach einer Weile konnte ich seinen langsamen, regelmäßigen Atem vernehmen.

Er war eingeschlafen.

Nur ich, ich lag noch immer hellwach und stocksteif im Bett und grübelte vor mich hin.

Das letzte Mal, als Harley und ich uns ein Bett teilten, hatten wir uns schwitzend und stöhnend darin rumgewälzt und uns gegenseitig um den Schlaf gebracht. Allerdings schien ich die Einzige zu sein, die sich noch an jene Nacht erinnerte, da Harley mit meinem ungeliebten Spitznamen *Virgin* andauernd implizierte, ich sei noch Jungfrau.

Dabei müsste er doch am besten wissen, dass das nicht stimmte.

Nur leider schien er damals so betrunken gewesen zu sein, dass er sich nicht mehr im Geringsten an unsere gemeinsame Nacht erinnerte. Im Gegensatz zu mir. Denn für mich war sie etwas Besonderes gewesen. Etwas unvergessliches.

Diese bittere Erkenntnis tat weh. Es tat weh, zu wissen, dass der Mann, für den mein Herz schlug, keine zwanzig Zentimeter neben mir lag und ich mich weder an ihn kuscheln, noch ihn in irgendeiner Weise berühren, oder gar ansehen durfte.

Harley und ich, wir waren Freunde. Und obwohl ich mir wünschte, wir wären mehr als das, würde sich dieser Wunsch auf meinem Wunschzettel wohl nie erfüllen. Auch nicht hier, in Alaska, in der Heimat des Weihnachtsmanns, dem man nachsagte, er würde in dem kleinen Ort namens North Pole, ganz in der Nähe von Fairbanks, wohnen.

Harley und ich ... das würde wahrscheinlich nicht einmal ein Weihnachtswunder richten können.

8

»Das Problem mit Geistern ist, dass sie unberechenbar sind. So verhält es sich auch mit den Geistern der Vergangenheit. Weckst du sie, lassen sie dich nicht mehr los.« (Virginia)

Virginia

»**U**nd, wie viele Kinder werde ich mal haben?«, fragte Donna und beugte sich interessiert vor. Ich blinzelte und musterte sie verständnislos. »Hä?«

»Na irgendwas Brauchbares muss doch bei deinem Ausflug in die Zukunft rausgekommen sein, oder wo warst du die vergangenen fünf Minuten mit deinen Gedanken?«

Ich stieß ein ironisches Schnauben aus. »Jedenfalls nicht in der Zukunft.«

»Sondern?«

»Nirgendwo.«

Donna legte den Kopf schief und kniff die Augen zusammen. »Das kauf ich dir nicht ab.«

»Dann lass es.«

Ich biss in meinen Toast und tat so, als würde ich mich ungemein für einen Artikel in der *Keenta Creek Gazette* interessieren, den meine Freundin Aimee Hunt geschrieben hatte.

»Wenn du also nicht über die Zukunft nachgedacht hast, dann vielleicht über die Vergangenheit? Über die ... *nahe* Vergangenheit?«, mutmaßte meine Schwester weiter.

»Ich weiß gar nicht, was du meinst«, murmelte ich desinteressiert und las dieselbe Zeile nun schon zum fünften Mal. Aber Hauptsache meine Augen bewegten sich dabei und erweckten vor Donna den Eindruck, ich würde mich tatsächlich mit der Zeitung beschäftigen.

»Na die letzte Nacht. Die mit deinem Boss. Ist da was zwischen euch gelaufen? Ich habe zwar gelauscht, konnte aber nichts hören. Aber das heißt ja nicht, dass nichts gelaufen ist. Man kann ja auch durchaus leisen Sex haben.«

Ich riss meinen Blick von der Gazette und starrte Donna mit einer Mischung aus Fassungslosigkeit und Unglauben an.

»Du hast *gelauscht*? Wie darf ich mir das vorstellen? Hast du etwa vor dem Zimmer gekniet und dein Ohr an die Tür gepresst?«

Donna grinste ertappt.

Das durfte doch nicht wahr sein! An manchen Tagen zweifelte ich ernsthaft daran, dass wir beide wirklich Geschwister, oder überhaupt miteinander verwandt waren.

»Hat dir eigentlich schon mal jemand nahe gelegt, dich untersuchen zu lassen, Donna? Man könnte glatt meinen, du seist in deiner Entwicklung im Kleinkindalter stehengeblieben. Und auch wenn es dich nichts angeht: Nein, wir hatten keinen Sex. Wir stehen in einem Arbeitsverhältnis zueinander. Er ist mein *Boss*.«

»Ja und? Das hat euch doch damals auch nicht davon abgehalten, es miteinander zu treiben«, konterte Donna und überging dabei geflissentlich meine spitze Bemerkung.

»Damals waren wir ja auch noch Kollegen. Das war was anderes.«

»Jaaah, klaaar«, entgegnete sie gedehnt und brach in schallendes Gelächter aus.

Ich schob genervt meinen Stuhl zurück und räumte meinen Teller in die Spülmaschine.

Höchste Zeit, von hier zu verschwinden. So sehr ich meine Schwester auch liebte: Man konnte sie nur in geringen Maßen genießen, bevor man es bereute, überhaupt ihre Nähe gesucht zu haben.

Mit ihr verhielt es sich in etwa so, wie mit einem Glas Nutella, das man löffelte. Anfangs schmeckte es himmlisch. Doch wenn der Zuckerschock einsetzte und man förmlich fühlen konnte, wie sich die Kalorien an Hüften und Beinen in Fettpölsterchen umwandelten, wusste man, dass man den Zeitpunkt, aufzuhören und den Deckel drauf zu schrauben, mal wieder verpasst hatte.

»Ich treffe mich jetzt mit Aimee in der Redaktion. Danach helfe ich Harley mit der Organisation der Bandprobe – vorausgesetzt, er schafft es, Phoenix zu dem Comeback zu überreden. Rechne also nicht allzu bald mit mir«, informierte ich meine Schwester und schnappte mir meine Tasche.

Dadurch, dass Travis in die nächstgelegene Stadt gefahren war, um Lebensmittel für zuhause und für das *Keenta Inn* zu kaufen und Harley den anderen Wagen genommen hatte, um zu Daphne und anschließend zu Phoenix zu fahren, musste ich nun zu Fuß zur Redaktion der *Keetna Creek Gazette* gehen.

Doch zum Glück herrschte heute strahlender Sonnenschein, auch wenn die Temperaturen im Minusbereich lagen und so sprach nichts gegen einen kleinen Morgenspaziergang.

Zuvor würde ich allerdings noch in Donnas Blockhaus vorbeischauen, um zu lüften, damit Harley heute Abend wieder dort einziehen konnte. Denn eins stand fest: Noch eine Nacht in seiner Gegenwart würde ich nicht überstehen.

Ich hatte die letzte Nacht kaum ein Auge zugetan und war heute dementsprechend hundemüde.

Wie sich herausstellte, war Harley alles andere als ein ruhiger Schläfer. Er wälzte sich hin und her und umklammerte mich mit seinen Armen und Beinen, als wäre ich ein Teddybär, den es zu wärmen galt.

Und zu meiner Schande musste ich gestehen, dass ich

es genossen hatte, bevor ich mich eines Besseren besonnen und eingesehen habe, dass ich das nicht durfte.

Letzten Endes habe ich also den Rest der Nacht auf dem Boden neben dem Bett verbracht, wo Harley mich heute Morgen super ausgeschlafen und bestens gelaunt vorgefunden hat, nachdem ich zu meinem Leidwesen den Wecker verpennt habe.

Ich brauchte wohl nicht zu erwähnen, dass er seitdem damit prahlte, dass er der Pflichtbewusste von uns beiden sei und dass wir – wenn er nicht gewesen wäre – glatt unsere Morgentermine verpasst hätten.

Während Harley duschte, war ich nach unten zu Donna gegangen, weil ich nicht Gefahr laufen wollte, ihn nackt oder nur mit einem Badetuch bekleidet zu sehen. Erst, als er vollständig bekleidet in die Küche kam und sich für sein Frühstück mit Daphne von uns verabschiedete, hatte ich mich wieder nach oben getraut, um mich ebenfalls fertigzumachen.

»Also dann ...« Ich ging zu meiner Schwester und umarmte sie flüchtig, bevor ich mich bückte, um Denali durch das Fell zu wuscheln. »Bis später.«

»Bis daaaann«, zwitscherte sie auf ihre nervtötende, neckende Art. »Habt ganz viel Spaß, ihr zwei.«

»UND DU BIST dir wirklich sicher, dass dein Boss das bis morgen hinbekommt?«, fragte Aimee zweifelnd, als wir in dem Pausenraum der Redaktion saßen und uns über das bevorstehende Comeback von *Falling from Grace* unterhielten.

Die *Keenta Creek Gazette* war ein kleines Lokalblatt und die Redaktion somit kaum größer als ein Schuhkasten. Dass sie überhaupt so etwas wie einen Pausenraum besaß, wunderte mich. Aber wenigstens konnten Aimee und ich so ungestört reden.

»Carver und Gibson sind bereits hier, wie du weißt. Und das wären sie nicht, wenn sie daran zweifelten, dass Harley auch Phoenix von dem Vorhaben überzeugen könnte. Also ja, ich bin mir sicher. Und deshalb möchte ich mit dir über die PR-Planung der nächsten Wochen reden. Über die bevorstehenden Interviews und die Publicity, die du für uns machst.«

Auf Harleys Anfrage hin hatte Aimee nämlich zugestimmt, die Band bei ihren Vorbereitungen für das Konzert zu begleiten und den Weg dorthin medienwirksam zu dokumentieren.

Aimee nestelte nervös an dem Saum ihres Pullovers und ich wusste, was sie in diesem Moment beschäftigte.

Carver. Sie und den Sänger der Band verband eine gemeinsame Vergangenheit. Und zwar eine gemeinsame Vergangenheit ohne Happy End.

Dass sie deshalb nicht sonderlich scharf darauf war, ihn wiederzusehen, leuchtete mir ein. Aber wenn das Konzert ein Erfolg werden und seinen Zweck erfüllen sollte, brauchten wir alle Hilfe, die wir kriegen konnten. Und Aimee spielte dabei eine wichtige Rolle.

Denn obwohl sie für eine kleine Lokalzeitung schrieb,

besaß sie ausgesprochen gute Kontakte im ganzen Bundesstaat, die sie gezielt für unsere Kampagne und damit auch für Daphnes gemeinnützige Stiftung aktivieren und einsetzen konnte.

»Haben du und Carver jemals über das gesprochen, was damals passiert ist?«, fragte ich vorsichtig und sah sie mitfühlend an.

Zwischen Aimee und mir herrschte eine stillschweigende Übereinkunft, dass wir weder über ihre gescheiterte Beziehung zu Carver, noch über meinen One-Night-Stand mit Harley sprachen. Wir hatten beschlossen, die Vergangenheit ruhen zu lassen und unsere Wunden mit Gewalt zuzunähen, statt sie immer wieder von neuem aufzureißen, indem wir über das Geschehene sprachen.

Und eigentlich funktionierte unser Deal, was das anging, super. Jedenfalls so lange wie ich in Los Angeles und Aimee in Keetna Creek wohnte und wir lediglich ab und an mal miteinander telefonierten.

Doch dieser Ort und der Umstand, dass wir nun alle hier versammelt waren, sorgte dafür, dass die Vergangenheit wieder hochkochte.

»Da gibt es nichts zu besprechen«, murmelte Aimee und strich sich energisch eine lose Haarsträhne hinter das Ohr. »Es ist vorbei. Schon lange. Und dabei wird es auch bleiben.«

»Du bist ihm also bereits über den Weg gelaufen?«

Sie stieß einen entmutigten Seufzer aus. »Na was denkst du denn? Er und Gibson sind schließlich sowas wie eineiige Zwillinge. Den einen gibt es nicht ohne den anderen.«

Gibson war Aimees großer Bruder und der Gitarrist von *Falling from Grace*. Zudem war er auch der beste Freund von Carver, was die ganze Angelegenheit noch zusätzlich verkomplizierte.

»Ich weiß, du meinst es nur gut. Aber können wir bitte das Thema wechseln, Virginia? Das kam alles so plötzlich und unverhofft. Ich hatte gedacht, ich würde ihn nie wiedersehen und dann auf einmal ... stand er vor mir. Du kannst dir nicht vorstellen, was das mit mir gemacht hat.«

Doch, das konnte ich. Ich konnte mir sogar sehr gut vorstellen, wie es sich anfühlte, der Person, die man noch immer liebte, gegenüberzustehen und damit konfrontiert zu werden, was man verloren hatte.

Ich presste die Lippen aufeinander und umarmte Aimee ungefragt.

»Es tut mir leid, Süße«, flüsterte ich und drückte ihr einen Kuss auf das hellbraune Haar.

»Das muss es nicht. Ich bekomme das schon hin. Ich bin schließlich Profi und hier geht es um etwas viel Größeres, als um Carver und mich«, schniefte sie und straffte die Schultern.

Aimee war eine der stärksten Personen, die ich kannte, was nicht zuletzt auf ihre komplizierte Kindheit und Jugend zurückzuführen war. Sie hatte sich über die Jahre einen harten Schutzpanzer zugelegt und manchmal gelang es nicht mal mir, zu ihr durchzudringen.

In diesen Fällen half es nur, sie zu bestärken und ihr eine gute Freundin zu sein. So wie jetzt, als ich merkte, dass sie sich wieder einmal von der Außenwelt abschottete.

»Natürlich wirst du das. Wäre ich davon nicht absolut

überzeugt, hätte ich Harley nie vorgeschlagen, dich als unser Sprachrohr auszuwählen, um die Band auf ihrem Weg bis zu dem Konzertabend zu begleiten.«

Aimee lächelte mich dankbar an und der harte Zug um ihren Mund verschwand.

»Hey ... ähm ... du weißt ja, dass ich morgen ein Interview mit jemandem aus der Band habe. Mit wem, hat Harley mir allerdings nicht gesagt. Da es das erste Band-Interview ist, würde ich es gerne mit Phoenix führen. Schließlich findet das Konzert zu Ehren seines verstorbenen Bruders statt. Und deswegen sollte er, stellvertretend für seinen Bruder, auch der Aufhänger meiner Story werden.«

Ich nickte zustimmend. Was Aimee da sagte, ergab durchaus Sinn. »Ich schaue, was sich machen lässt, okay?«

Versprechen konnte ich ihr zwar nichts, doch ich konnte es wenigstens versuchen.

»Danke, Süße. Und nun erzähl, was ist mit dir und Harley? Jetzt, wo ihr quasi im Exil seid, fernab von L.A. und so eng aufeinander, wäre das doch *die* Möglichkeit, um alte Gefühle wieder aufleben zu lassen, oder etwa nicht?«

Ich schnaubte und schüttelte traurig den Kopf. »Dieser Illusion darf und will ich mich nicht hingeben. Dafür steht zu viel auf dem Spiel. Und dass Harley nicht mal ansatzweise die Gefühle für mich hegt, die ich für *ihn* empfinde, ist mir während der letzten Jahre überdeutlich klargeworden. Was das angeht, kann ich dir versichern, dass es bei diesem einen Unfall von damals bleiben wird.«

»Wir wissen beide, dass es kein Unfall war«, meinte

Aimee und bedachte mich mit einem strafenden Blick, weil ich es wagte, sie anzuflunkern.

»Für mich nicht. Für ihn schon. Und damit ist sicher, dass es sich nicht wiederholen wird.«

»Bist du …«

Aimees Frage wurde von dem Klingeln meines Telefons unterbrochen.

»Das ist Harley. Wenn man vom Teufel spricht. Tut mir leid.«

Meine Freundin bedeutete mir, das Gespräch anzunehmen und verließ den Raum, um mich in Ruhe mit meinem Boss telefonieren zu lassen.

Ich schätzte es sehr, dass sie im Gegensatz zu Donna nicht nur wusste, wie man Diskretion buchstabierte, sondern auch, was es bedeutete.

»Harley, hi.«

»Hi Virgin. Das Ding ist geritzt. Der Sturkopf ist dabei. Jetzt müssen wir es nur noch rocken und ein Spezialteam zusammenstellen, damit wir das alles bis Weihnachten organisiert bekommen. Wo soll ich dich abholen? Es gibt viel zu tun.«

9

»*Finger weg vom Kakao, sonst hast du bald einen im Tee.*«
(Harley)

Harley

Als ich vor dem *Keetna Inn* vorfuhr, winkte mir Donna, die gerade im Begriff war Weihnachtsdeko an der Tür aufzuhängen, fröhlich zu.

Offenbar hatte mit dem Anbruch des Dezembers auch Weihnachten in Keetna Creek Einzug gehalten.

Auf meinem Weg zu dem Pub-Restaurant von Virginias Schwester war ich an einem Geschäft für Weihnachtsdeko und Gebäck vorbeigekommen, in dem sich die Leute die Klinke in die Hand gaben.

Einen vernünftigen Kleider- oder Schuhladen gab es in diesem Kaff nicht, dafür aber einen Laden für Weihnachtsdeko. War das denn zu fassen?

»Sag mal, dieser Weihnachtsladen ... *Home of Christmas* oder so ... ist der nur im Winter geöffnet, oder wieso herrscht dort so ein Ansturm?«, rief ich Donna zu, die auf einer Leiter herumkletterte, um die festlichen Lichter über der Tür anzubringen.

»Du meinst das Geschäft von Lizabelle«, lachte Donna und warf schwungvoll eine bauschige Lametta Kette über die Türglocke. »Das ist das ganze Jahr über geöffnet. Du würdest dich wundern, wie gut es für sie läuft. Touristen aus der ganzen Welt kommen zu ihr, um sich dort mit saisonalen Süßigkeiten und original Weihnachtsdeko aus Alaska einzudecken.«

Bitte? Man sollte meinen, dass jemand, der in Los Angeles aufgewachsen ist, schon jeden Schwachsinn, den es auf der Welt gab, gesehen hatte. Aber nein, dazu musste ich erst nach Alaska kommen.

»Virginia ist übrigens drinnen, falls du sie suchst. Sie hat angeboten, mir zu helfen, bis du kommst, weil Travis heute in die Stadt gefahren ist, um einzukaufen und erst in ein paar Stunden zurück sein wird.«

»Okay. Aber bist du sicher, dass ich dich hier draußen allein lassen kann?«, fragte ich skeptisch und sah von dem glatten, schneebedeckten Boden zu der wackeligen Leiter, auf der Donna wie eine Seilakrobatin rumbalancierte.

»Schätzchen ... ich nehme es mit Wölfen und mit Bären

auf. Da werde ich doch mit ein bisschen Lametta fertig werden«, schnaubte sie verächtlich.

»Na wenn das so ist, sollte sich das Lametta wohl besser vor dir in Acht nehmen«, lenkte ich ein, weil ich aus Erfahrung wusste, wie stur die weiblichen Mitglieder dieser Familie sein konnten.

Einen letzten Blick auf Donna werfend, trat ich ein und gab mir Mühe, sie dabei nicht von der Leiter zu stoßen.

Im Inneren des Pubs lief – wie sollte es auch anders sein – Weihnachtsmusik.

Brenda Lees *Rocking around the Christmas Tree* erfüllte den Raum und Virginia stolperte tanzend und mit Lichterketten behangen umher und warf dabei mit Tannenzweigen um sich.

»Ich wusste gar nicht, dass es in Keetna Creek auch ein Irrenhaus gibt«, rief ich gegen den Lärm der Musik an und erschreckte Virginia damit so sehr, dass sie aufschrie, über eine Lichterkette stolperte und wie ein nasser Sack zu Boden ging.

Mit drei Schritten war ich bei ihr angelangt und beugte mich prüfend über sie.

Sie wirkte lebendig. Zum Glück.

»Komm bloß nicht auf die Idee, vor dem Konzert das Zeitliche zu segnen. Ich brauche dich noch, klar?«

»Es ist auch schön dich zu sehen, Harley«, ächzte sie und setzte sich auf. »Wie ist es mit Phoenix gelaufen? Hat er dir das Leben sehr schwer gemacht?«

Ich zog Virginia auf die Beine und befreite sie von der kitschigen Deko.

»Ging so. Er wohnt bei einer Freundin, sagt seine Mom.

Liv ... irgendwas mit *C.* Liv Cars oder so. Sie scheint eine Autowerkstatt zu betreiben.«

»Du meinst bestimmt Liv Carson. Carsons Car Garage ist die einzige Autowerkstatt im Umkreis von fünfzig Meilen. Ich wusste gar nicht, dass sie und Phoenix befreundet sind.«

Virginia und ich gingen zum Tresen, wo sich die Weihnachtsdeko bis zur Decke stapelte. Lichterketten, Laternen, Rentiere, Weihnachtsmänner, Kugeln, Zuckerstangen, Sternschnuppen, ja sogar eine verdammte XXL-Grinch-Figur lagen dort herum und warteten darauf, ihren Platz in der urigen Kneipe zugewiesen zu bekommen.

»Ich glaube ja, dass die beiden mehr als nur befreundet sind«, gab ich nachdenklich zurück und musste bei der Erinnerung daran, wie verlegen Phoenix bei meinem unangekündigten Besuch gewesen war, grinsen.

»Wie meinst du das?«, staunte Virginia. »Dass die beiden was miteinander haben? Ich dachte, Phoenix sei erst seit kurzem wieder in der Stadt.«

Stadt? Keetna Creek war wohl kaum eine Stadt. Keine Ahnung, ob es überhaupt die Kriterien eines Dorfes erfüllte. Brauchte es dafür nicht auch eine Mindestanzahl an Einwohnern, oder zumindest mehr als fünf?

»Virgin, Süße ... wie lange arbeitest du jetzt schon in der Branche, hm? Ein Mann, der es draufhat, braucht nicht *Tage*, sondern *Minuten* um sein Schwert in das Schmuckkästchen einer Frau zu stecken.«

Virginia warf mir einen bitterbösen Blick zu und drückte mir den Grinch vor die Brust.

»Hier, du Blödmann. Mach dich zur Abwechslung mal nützlich und such einen netten Platz für deinen Freund.«

Ich umfasste den Grinch und beäugte ihn wohlwollend. Endlich mal jemand, der mit Weihnachten genauso wenig anfangen konnte, wie ich.

Mit meinem neugewonnenen Freund in meiner Hand ging ich hinter den Tresen und stellte ihn in den daran angrenzenden Abstellraum.

»Was machst du denn da?«, rief mir Virginia hinterher. »Ich sagte, du sollst ihm einen netten Platz suchen.«

»Und genau das habe ich getan«, entgegnete ich und schloss energisch die Tür. »Das ist der Grinch, schon vergessen? Der hat mit Weihnachten nichts am Hut. Also ist der perfekte Platz für ihn der, der am weitesten von diesem Weihnachtswahnsinn entfernt ist.«

»Aber da drin sieht ihn ja keiner«, protestierte Virginia.

»Das ist doch der springende Punkt. Sag mal, bist du gestern Nacht nicht nur aus dem Bett, sondern auch auf den Kopf gefallen, oder was stimmt nicht mit dir? Du bist doch sonst nicht so schwer von Begriff.«

»Sagt der Mann, der gestern fast sich selbst und das Haus meiner Schwester abgefackelt hat«, konterte Virginia und hob triumphierend eine Augenbraue.

»Das war ja wohl was anderes«, grummelte ich, weil ich mich ärgerte, dass sie mal wieder das letzte Worte haben musste. Wie so oft.

»Wohl kaum. Und jetzt hör auf zu schmollen und hilf mir lieber. Desto schneller sind wir hier fertig und können zurück zu deiner Unterkunft. Da stehen nämlich noch immer die Fenster offen, damit der Rauch abziehen kann.«

Verblüfft beäugte ich Virginia, die sich zwei Weihnachtsmänner schnappte und sie neben den blinkenden
Miniaturtannenbäumen auf den Tischen platzierte.

»Wir haben keine Zeit, um die Bar deiner Schwester
weiter zu verschandeln. Wir müssen *arbeiten*.«

»Das tun wir doch. Wir schmücken und besprechen
dabei unsere nächsten Schritte für das Comeback von
Falling from Grace. Einen geeigneteren und wärmeren Ort
wie diesen hier findest du dafür nicht. Außerdem gibt es
hier kostenlos zu essen und zu trinken. Also, worauf
wartest du? Und jetzt komm mir bloß nicht mit: *Männer
sind nicht Multitasking-fähig*.«

Seufzend gab ich mich geschlagen und machte mich an
die Arbeit.

Hatte ich schon erwähnt, dass ich Alaska, mit allem
was dazugehörte, hasste?

»Danke für eure Hilfe«, sagte Donna lächelnd und
reichte ihrer Schwester eine Thermoskanne. »Es wird
reichlich kalt im Blockhaus sein. Die hier wird euch
wärmen.«

»Was ist das?«, wollte Virginia wissen und schraubte
neugierig die Kanne auf.

»Mein Spezialkakao«, erwiderte Donna augenzwin-
kernd und mit einem verschwörerischen Unterton, der
mich hellhörig werden ließ.

Was bitte war ein *Spezialkakao*?

Leider kam ich nicht dazu, noch länger darüber nachzudenken, weil mich Virginia eilig nach draußen schob, wo es mittlerweile schon wieder dunkel geworden war.

Mit dem Auto dauerte es keine fünf Minuten bis zum Blockhaus, wo von den gestrigen Rauchschwaden nichts mehr zu sehen war.

Auch der Geruch war größtenteils verflogen und von einer eisigen, klaren Kälte ersetzt worden, die mich frösteln ließ.

Virginia schloss die Fenster und goss uns von Donnas Spezialkakao ein.

»Hier, probier' mal«, meinte sie und reichte mir den Becher, von dem sie zuvor selbst gekostet hatte.

Eigentlich war ich der Meinung, dass nur Kinder Kakao tranken. Aber mangels Alternativen ließ ich mich dazu bewegen, mich eines Besseren belehren zu lassen und musste anerkennen, dass Donnas Kakao echt gut schmeckte. Nicht nur nach Schokolade, sondern auch nach Sahne und Zimt.

»Ich stelle mal eben die Heizung an und versuche mich ein zweites Mal an dem Kamin«, informierte ich Virginia, während sie es sich mit der Thermoskanne auf dem Sofa gemütlich machte.

»Soll ich dir helfen?«

»Nein.« Das klang entschiedener als beabsichtigt, aber ich hatte schließlich auch meinen Stolz. Jedenfalls *vor* dem Vorfall mit dem Kamin. Jetzt galt es, ihn wieder unter der Asche auszubuddeln und ihn wie den Phoenix aus der Asche auferstehen zu lassen.

Und das gelang mir nur, indem ich mir selbst bewies, dass ich kein hoffnungsloser Vollidiot war.

Tatsächlich gestaltete sich dieses Vorhaben jedoch etwas schwieriger als zunächst angenommen, weil der Heizungsmechanismus in Alaska genauso eigen war wie seine Einwohner. Erst mit der Unterstützung von YouTube Videos, die ich mir heimlich im Badezimmer anschaute, gelang es mir, das Ding zum Laufen zu bringen. Man musste sich eben nur zu helfen wissen.

Gerade als ich zu Virginia ins Wohnzimmer zurückkehren wollte, begann mein Handy zu klingeln.

Es war Tom, der Musiker, den ich für das Konzert von *Falling from Grace* an Heilig Abend organisiert hatte. Durch Owens Tod fehlte der Band ihr Bassist und so kurzfristig jemanden zu finden, der bereit war ein paar Wochen am Arsch der Welt zu verbringen und mit einer zutiefst zerstrittenen Band zu spielen, war gar nicht mal so leicht gewesen.

Zum Glück hatte das üppige Honorar, das ich Tom bot, ihn zum Anbeißen gebracht, sodass er schon übermorgen herfliegen würde und nun nur noch ein paar letzte Details mit mir besprechen wollte.

Als ich schließlich nach einer halben Stunde ins Wohnzimmer zurückging, lag Virginia zusammengerollt auf der Couch und schlief.

Neben ihr auf dem Boden stand die Thermoskanne mit Donnas Spezialkakao, die, wie ich feststellte, als ich sie schüttelte, leer war.

Virgin hatte den ganzen Kakao vernichtet. Und zwar

ohne ihn, außer einen einzigen Schluck, mit mir zu teilen. Na vielen Dank auch. In Alaska waren im erbitterten Kampf ums Überleben wohl alle Mittel erlaubt.

Ich stellte die Kanne ab und rieb mir über die Arme.

Mittlerweile wärmte die Heizung das Haus zwar schon, doch es würde dauern, um es wieder auf eine angenehme Temperatur zu bringen. Der einzige Raum, in dem es sich in den nächsten Stunden warm und mollig aushalten ließ, war das Schlafzimmer, wo der – jetzt funktionierende Kamin – für eine gemütliche Atmosphäre sorgte.

»Hey Virgin, wach auf. Zeit, nach Hause zu gehen«, sagte ich und piekte sie mit dem Zeigefinger in die Seite.

Keine Reaktion.

»Nervensäge! Hey Nervensäge! Aufwachen!«

Noch immer rührte sich Virginia keinen Millimeter, dafür rührte sich aber so langsam etwas in mir: Angst.

Ich beugte mich besorgt zu ihr hinab und befühlte ihren Puls. Er schlug ruhig und regelmäßig.

Sie war also nicht erfroren.

Trotzdem – dass sie nicht ansprechbar war, sah ihr überhaupt nicht ähnlich. Sollte sie krank werden? Das würde uns gerade noch fehlen. So mitten in den Vorbereitungen für den großen Tag, von dem alles abhing.

Kurzentschlossen nahm ich ihr Handy vom Couchtisch, entsperrte es mithilfe ihres Daumens und suchte in ihrem Telefonbuch nach Donnas Nummer.

Nach dem dritten Klingeln nahm sie ab.

»Na, hast du ihn schon abgefüllt?«, kicherte sie, als sie das Gespräch annahm.

Ihn *abgefüllt*? Wen? Etwa mich? Mit was sollte mich Virginia denn bitteschön abfüllen? Mit Kakao? Seit wann konnte man jemanden mit einem Milchgetränk abfüllen? Keine Ahnung, von was Donna da faselte.

»Hier ist Harley«, gab ich mich zu erkennen. »Virginia kann gerade nicht. Sie schläft und egal, was ich tue, sie wacht nicht auf. Ich mache mir Sorgen, dass ihr schlecht geworden ist, oder dass sie krank wird. Gibt es in Keetna Creek vielleicht einen Arzt, der vorbeikommen könnte, um nach ihr zu sehen?«

Statt mir zu antworten, oder sich um ihre kleine Schwester zu sorgen, brach Donna in schallendes Gelächter aus.

Diese Familie wurde mir immer suspekter. Was zum Teufel stimmte mit ihnen nicht? Sollte die eisige Kälte, die hier das halbe Jahr lang herrscht, womöglich Einfluss auf ihren Verstand genommen und ihre Zurechnungsfähigkeit beeinträchtigt haben?

»Verrate mir eins, Harley: Ist noch was von dem Kakao da, den ich euch mitgegeben habe?«

»Nein, wieso?«, wunderte ich mich. Was hatte der Kakao denn jetzt damit zu tun?

»Dann braucht Virginia keinen Arzt«, informierte mich Donna abgeklärt.

»Aha. Und zu dem Entschluss kommst du, weil?«

»Weil sie einfach nur betrunken ist.«

»Vom *Kakao*?«

»Von meinem *Spezialkakao*. Da ist ein besonderer Zimt-Sahne-Rum drin. Und zwar nicht zu wenig. Für ein Leichtgewicht wie Virginia wahrscheinlich genug, dass es sie umhaut. Offenbar ist ihre Trinkfestigkeit mit dem Umzug nach L.A. flöten gegangen.«

»Das ist nicht dein Ernst«, seufzte ich verdrossen. Wo war ich hier nur gelandet?

»Doch! Virginia liebt meinen Donna-Spezialkakao. Ich dachte, ich tue ihr und dir damit einen Gefallen«, sagte sie entschuldigend.

»Einen Gefallen? Inwiefern?«

»Äh naja ... also ... es ist so ... ich ... ähm ...« Donnas Rumgedrucke konnte nichts Gutes verheißen. Dieser Frau konnte man wirklich nicht trauen. »Dass er euch aufwärmt und so. Euch ... lockermacht.«

»Tja, wie es aussieht, hat er deine Schwester ausge-knockt. Ich bekomme sie nicht mehr wach. Was machen wir denn jetzt mit ihr?«

»*Wir*?«, rief Donna irritiert. »*Wir* machen gar nichts. Ich habe den Laden voller Leute. Außerdem ist Virginia viel zu schwer, als dass ich sie die Treppen hochtragen könnte. Nein, nein, nein. Sie soll schön bei *dir* bleiben. Trag sie in dein Bett und lass sie ihren Rausch ausschlafen. Und wenn du schon dabei bist, halt sie auch schön warm, damit sie sich nicht noch erkältet.«

Wie bitte? Ich soll *was*? Auf gar keinen Fall!

»Hör mal, Donna ... ich kann sie doch zu dir nach Hause bringen und sie die Treppen hochtragen. Ist doch kein Problem ...«

»Du willst sie in *dem* Zustand alleine lassen? Was, wenn ihr etwas passiert? Wenn sie sich erbricht und daran erstickt? Könntest du das mit deinem Gewissen vereinbaren?«

Oh Mann. Diese Frau war eine echte Dramaqueen.

Virginia mochte vielleicht betrunken sein, aber doch nicht so knülle, dass sie sich erbrechen und daran ersticken würde. Sie hatte Kakao mit Schuss getrunken und keine hochprozentige Vodka-Flasche geext.

»Sie wird nicht ...«

»Harley«, zischte Donna verärgert. »Ich werde das *nicht* mit dir diskutieren. Was glaubst du, machen meine Eltern mit dir, wenn Virginia wegen deiner Fahrlässigkeit etwas zustößt, hm? Glaub nicht, dass du Alaska dann noch verlassen wirst. Jedenfalls nicht lebend.«

Oha. Jetzt fuhr sie also die richtig harten Geschütze auf. Diesen Tonfall kannte ich nur allzu gut von ihrer Schwester Virginia. Diskutieren zwecklos.

»Also schön. Ich behalte sie hier und habe ein Auge auf sie«, gab ich mich geschlagen.

»Gut. Und denk daran, sie ins Bett zu legen und warm zu halten. Das funktioniert am besten, wenn ihr euch auszieht und eure Körper aneinander reibt.«

Bei Donnas Vorschlag fiel mir beinahe das Handy aus der Hand.

Ich sollte Virginia ausziehen und mich nackt mit ihr ins Bett kuscheln?

Jetzt war es amtlich: Donna hatte definitiv nicht mehr alle Tassen im Schrank.

»Ich lege jetzt auf, Donna«, informierte ich sie und wartete ihre Antwort gar nicht erst ab, bevor ich genau das tat.

Einen Moment lang starrte ich auf das Display, um

mich davon zu überzeugen, dass ich mir dieses abstruse Gespräch nicht nur eingebildet hatte.

Wobei – eigentlich war ich abstruse Gespräche gewohnt. Wenn man mit so vielen Diven und Superstars zusammenarbeitete, wie ich, gab es nichts, was es nicht gab. Keine Ahnung also, warum mich dieses Gespräch so dermaßen aus den Socken haute.

Vielleicht, weil es darin um Virginia ging? Um die einzige Person auf dieser Welt, der ich mein Leben anvertrauen würde?

Von den Andeutungen, die Donna gemacht hatte, konnte man fast annehmen, sie wollte erreichen, dass etwas zwischen ihrer Schwester und mir lief. Dabei war das doch vollkommen absurd.

Virginia und ich? Also bitte.

Andererseits ... es wäre nicht das erste Mal, dass wir uns näherkämen, als gut für uns war.

Es gab da mal eine Nacht ... vor ein paar Jahren ... Virginia und ich hatten beide zu viel getrunken. Es war das letzte Konzert nach einer langen, nervenaufreibenden und anstrengenden Tournee gewesen. Und eben diese Tournee hatte alle Rekorde gebrochen. Wir hatten Backstage gefeiert. Eins kam zum anderen und wir küssten uns. Und dabei sollte es nicht bleiben. Nein, wir trieben das Spiel weiter. Bis zum äußersten. Wir hatten Sex. Verdammt geilen Sex. Schmutzigen, verbotenen, harten, wilden und vollkommen ungezügelten Sex.

Gut möglich, dass es der beste Sex meines Lebens war.

Doch genauso geil wie er war, genauso verwerflich war er auch gewesen.

Ich hatte damals nämlich schon gewusst, dass ich nach der Tournee ins Management von *Golden Records* aufsteigen würde und hatte es zu meiner Bedingung gemacht, dass Virginia mich auf meinem Weg nach oben begleitete. Ich hatte den Vertrag nur in dem Wissen unterschrieben, dass sie meine *Persönliche Assistentin* werden würde. Bis zu jenem Zeitpunkt waren wir auf dem Papier bloß Kollegen gewesen. Zwar hatte man mir Virginia zugeteilt und sie arbeitete für mich, doch offiziell galt ich nicht als ihr Boss. Mit dem neuen Vertrag änderte sich das. Und mit dem neuen Vertrag kam das Verbot, mit ihr intim zu werden.

Keine Beziehung zwischen Mitarbeiter und Boss – diese Regel betreffend, duldete *Golden Records* keine Ausnahme.

Ich wollte nicht, dass Virginia und ich in Schwierigkeiten gerieten. Also hatte ich so getan, als würde ich mich nicht an unsere gemeinsame Nacht erinnern und hatte Virginia, als sie mir erzählte, was ich längst wusste, nahegelegt, dass es sich niemals wiederholen durfte und wir es vergessen mussten.

Sie hatte zugestimmt. Auch wenn dabei jeglicher Glanz aus ihren Augen gewichen war und die Enttäuschung sich wie ein Schleier über ihren Körper gelegt hatte.

Seitdem war zwischen uns beiden nie wieder etwas in dieser Richtung vorgefallen. Nicht mal ansatzweise.

Ich hatte es mir verboten. Allein den Gedanken daran.

Und sie offensichtlich auch.

Mein Plan war aufgegangen. Er hatte funktioniert.

Bis jetzt.

Bis heute.

Denn nun sah ich auf die schlafende Virginia hinab und fragte mich, ob es ein Fehler gewesen war, meine Gefühle für sie die letzten Jahre zu unterdrücken und zu verdrängen.

10

»*Könnte ich die Welt anhalten, würde ich es genau jetzt, in diesem Moment, tun.*« (Virginia)

Virginia

Draußen war es noch dunkel, als ich blinzelnd die Augen öffnete und mich umsah.

Ich lag im Bett. Warm in eine Decke gehüllt und umschlossen von starken Armen. An der braunen Holzwand, die den Raum umgab tanzten die Schatten des knisternden Kaminfeuers, das beruhigend knackte und zischte.

Vorsichtig wandte ich den Kopf und erkannte Harley,

dessen Kopf auf meinem Kissen lag und dessen Arme meinen Körper umschlangen.

Eng aneinander gekuschelt lagen wir eingeigelt im Schlafzimmer des Blockhauses und wärmten uns vor der Kälte, von der jedoch mittlerweile nichts mehr zu spüren war.

Ich wusste nicht, wie viel Uhr wir hatten. Doch anhand der hauchzarten Dämmerung, die durch das Fenster schimmerte, schätze ich es auf etwa acht Uhr in der Früh. Es würde noch ein paar Stunden dauern, bis die Dunkelheit dem Tag wich. Doch bis dahin würden wir schon unterwegs zur Musikschule sein, wo wir alles für die Proben herrichten mussten, die morgen beginnen sollten. Den Raum dafür hatte uns Phoenix' Mutter, die in der Schule arbeitete, organisiert.

Die Heizung, die Harley gestern Abend eingeschaltet hatte und das Kaminfeuer, das langsam herunterbrannte, hatten die Kälte aus dem Haus vertrieben und tauchten es stattdessen in eine angenehme, kuschelige Wärme, die es einem nahezu unmöglich machte, aufzustehen.

Ließe sich die Welt anhalten, ich würde es genau jetzt, in diesem Moment, tun. Hier, in Harleys Armen. Auch wenn ich keine Ahnung hatte, wie ich dorthin gekommen war, so wollte ich niemals wieder von dort weg.

Obwohl es falsch war, fühlte es sich absolut richtig an, mich an seine Brust zu schmiegen, während er mich schützend in seinen Armen hielt.

Eigentlich wäre es meine Pflicht gewesen, ihn zu wecken, aufzustehen und in den Tag zu starten. Denn wir hatten viel zu tun und es stand viel auf dem Spiel.

Doch ich tat, was ich sonst nie tun würde und ignorierte es. Ich ignorierte meine Pflicht. Meine Verantwortung. Und mein Gewissen.

Stattdessen kuschelte ich mich enger an Harley, lauschte seinem ruhigen, tiefen Atem und seinem regelmäßigen, kräftigen Herzschlag und schloss meine Augen, um all das für die Ewigkeit festzuhalten.

Darüber musste ich eingeschlafen sein, denn als ich das nächste Mal die Augen aufschlug, war es draußen bereits hell und Harley hielt mir mit Daumen und Zeigefinger die Nase zu.

»Willkommen zurück unter den Lebenden«, grinste er und tat so, als würde er nicht bemerken, wie nah wir uns gerade waren.

»Morgen«, murmelte ich und rieb mir verschlafen die Augen.

»Morgen? Es ist fast Mittag. Wie viel Rum war in diesem Kakao, dass es dich dermaßen ausgeknockt hat, hm? Und seit wann bist du so eine Schnapsdrossel?«

Der Kakao!

Richtig!

Donnas Spezialkakao!

Ich hatte ihn schon immer geliebt, vertrug ihn aber nicht sonderlich gut. Und da Donna das wusste, gab sie mir nie mehr als eine Tasse davon. Dass sie uns gestern eine ganze XXL-Thermoskanne davon gemacht hatte, war mein Verderben gewesen.

Denn bei ihrem Kakao konnte ich einfach nicht an mich halten und nicht eher aufhören, bis ich mich unter den Tisch gesoffen hatte, weil die Mischung aus Schoko und Sahne-Zimt-Rum einfach unwiderstehlich schmeckte und die Seele von innen heraus wärmte.

Armer Harley. Normalerweise teilte ich alles mit ihm. Aber bei Donnas Zaubertrunk fand mein Sozialismus ein Ende. Den wollte ich ganz für mich allein.

Und offenbar hatte ich es mal wieder so richtig übertrieben.

Erhitzter Alkohol in Kombination mit Müdigkeit war auch nach all den Jahren noch ein Garant für einen langen, traumlosen und erholsamen Schlaf.

Nur, dass ich dieses Mal nicht alleine geschlafen hatte.

»Tut mir leid, dass ich eingenickt bin. Du hättest mich wecken sollen«, murmelte ich verlegen und setzte mich auf.

Wenigstens hatte Harley mich nicht ausgezogen, denn ich trug noch immer meine Kleidung. Er hingegen war lediglich mit Boxershorts und einem T-Shirt bekleidet, was ich jetzt, wo er die Decke zur Seite schlug, sah.

»Das habe ich versucht, Virgin. Aber du warst wie Dornröschen: Nicht wachzukriegen. Zugegeben, ich habe nicht versucht, dich wachzuküssen. Aber nur, weil ich dachte, dass das bestimmt nicht in deinem Sinne wäre. Das … das wäre es doch nicht, oder?«

Harleys Frage ließ mich schlucken. Er musterte mich aus seinen wachsamen, grünen Augen und wartete mit gespitzten Ohren auf meine Antwort. Dabei sollte man meinen, seine Frage wäre bloß rein rhetorischer Natur.

»N … nein … wir … also ich glaube … ich glaube nicht, dass es eine gute Idee wäre, wenn wir uns küssen«, stammelte ich und errötete, weil ich Harley gerade direkt ins Gesicht log.

Ich wünschte mir nichts sehnlicher, als ihn zu küssen. So wie damals. Voller Leidenschaft und Magie.

Aber das konnte ich ihm ja wohl schlecht sagen.

Denn wir hatten uns geschworen, nie wieder darüber zu reden, geschweige denn auch nur daran zu denken.

»Sicher?«, bohrte Harley nach und stieg aus dem Bett.

Er zog sich sein Shirt über den Kopf und ein Teil von mir dachte, dass er das mit Absicht tat. Doch das war vollkommen abwegig. Wieso sollte er das tun?

Um mich mit seinem durchtrainierten, gebräunten Körper zu verführen? Mit dem muskulösen, sehnigen V, das unter seinem Sixpack in seinen Shorts verschwand?

Wohl kaum.

Oder etwa ... doch?

Auf seinem Gesicht bildete sich ein breites Grinsen, als er die Tür zum Badezimmer öffnete und pfeifend hindurch ging. Sein seidig glänzendes, braunes Haar hing ihm dabei locker ins Gesicht.

»Du kannst ja nochmal über deine Antwort schlafen, während ich dusche. Oder aber du stehst auf und machst uns was zu essen. Ich habe brutal viel Hunger«, rief er mir über die Schulter zu.

»Macho«, rief ich zurück. »Sehe ich vielleicht aus wie ein Heimchen am Herd?«

»Nein. Du siehst aus wie eine verkaterte Hexe ohne Besen. Aber falls dein Kakaorausch eine vorrübergehende Amnesie zur Folge hatte, helfe ich dir gerne auf die Sprünge, indem ich dich daran erinnere, dass du meine

Persönliche Assistentin bist. Und als solche ist es deine Aufgabe, mich am Leben zu halten und nicht umgekehrt. Also beweg deinen Hintern aus dem Bett und mach dich nützlich.«

Entrüstet stand ich auf und marschierte polternden Schrittes ins Bad, wo Harley fröhlich pfeifend in der Duschkabine verschwand.

Ich sah gerade noch seinen nackten Knackpo, bevor die Tür sich hinter ihm schloss und das Wasser angeschaltet wurde.

»Was ist, Virgin? Willst du mir beim Duschen zusehen, oder musst du aufs Klo?«

»Als würde ich aufs Klo gehen, während du mir dabei zusiehst«, entgegnete ich verächtlich und erntete dafür freches Gelächter.

Warum zum Teufel war Harley heute Morgen so gut gelaunt? Er war definitiv kein Morgenmensch, doch heute … heute strotzte er nur so vor Euphorie und Heiterkeit.

Irgendetwas stimmte nicht. Irgendetwas war hier im Busch.

Nur was?

Ich hatte keine Ahnung. Aber ich würde es schon noch herausfinden.

11

»Ich wiederhole mich ja nur ungern, aber ich hasse Alaska.«
(Harley)

Harley

»Nein, nein, nein ... Stopp«, brüllte ich gegen den Bass der Musik an. »Das ist scheiße. Hört ihr euch eigentlich selbst zu, oder habt ihr Marshmallows in den Ohren?«

Seufzend ging ich zu der provisorischen Bühne, die den Namen streng genommen gar nicht verdiente und bedachte die Jungs mit strafenden Blicken.

Das hier war nicht die Band, die sich noch bis vor drei

Jahren in die Herzen sämtlicher Teenies Nordamerikas gespielt und gesungen hatte. Das hier war ein Haufen verkrachter Idioten, die keinen Bock aufeinander und keinen Bock auf Musik hatten.

»Ich sehe mir das nicht mehr lange an, bis ich den Stecker ziehe. Und ihr wisst, dass ich keinen Müll labere, sondern es verdammt ernst meine. Wenn ihr glaubt, ihr seid es eurem toten Freund und Bruder nicht schuldig, seiner Mutter bei der Verwirklichung seines Vermächtnisses zu helfen, dann solltet ihr wenigstens die Eier in der Hose haben, Daphne das auch ins Gesicht zu sagen.«

Kollektives Schweigen, gefolgt von betretenem Zubodensehen. Schön. Offenbar hatte der Arschtritt gesessen.

»Hat irgendjemand von euch Vollpfosten was dazu zu sagen, oder wollt ihr es nochmal versuchen und euch zur Abwechslung mal Mühe geben?«

Mir war bekannt, dass Gibson und Phoenix ein echtes Problem miteinander hatten, weil Phoenix Gibson die Mitschuld am Tod seines Bruders gab. Dabei traf Gibson keine Schuld. Ich wusste das, weil ich über die Wahrheit im Bilde war. Aber ich hatte versprochen, meinen Mund zu halten, damit die Jungs das unter sich klären konnten. Und meine Versprechen nahm ich sehr ernst. Egal wie erfolgreich und wohlhabend ich mittlerweile auch sein mochte, eines wollte ich dabei nie aus den Augen verlieren: Meine Aufrichtigkeit.

Mein Wort zählte etwas. Es war etwas, worauf man sich verlassen konnte. Eine Konstante in einer Welt voller Variablen. Und daran würde sich auch nie etwas ändern. Selbst wenn es hieß: *Sag niemals nie*, so konnte ich doch mit

Sicherheit sagen, dass ich nicht im Traum daran dachte, die Geheimnisse, die mir andere Menschen anvertrauten, für meinen eigenen Vorteil zu nutzen, oder gar gegen sie zu verwenden.

»Also, was ist jetzt? Wenn ich mir ganz umsonst in Alaska den Arsch abfrieren muss, während ich Gefahr laufe, mich von blutrünstigen Bären fressen zu lassen, wird euch das teuer zu stehen kommen. Und glaubt ja nicht, dass ich bluffe. Ich werde es euch doppelt und dreifach von euren Tantiemen abziehen, die übrigens auch immer weniger werden. Noch ein Grund, endlich den Stock aus dem Arsch zu nehmen und sich an die beschissene Tonleiter zu erinnern.«

»Harley«, zischte Virginia kaum hörbar mit einem aufgesetzten Lächeln neben mir und legte mir unauffällig die Hand auf den Unterarm. »Sie haben es verstanden, denke ich. Atme mal durch.«

»Ich soll *durchatmen*?«, zischte ich zurück. »Das, was *die* Musik nennen, ist Körperverletzung an meinem Gehör. Ich vergesse mich gleich.«

Virginias Lächeln wurde bei meinen gestressten Worten merklich breiter.

Machte sie sich etwa gerade lustig über mich?

»Du wolltest doch, dass ich dich an die Leine nehme, wenn du wieder einen auf Pitbull machst. Jetzt gerade bist du voll im Kampfhund-Modus. Sollen wir mal eine Runde Gassi gehen und frische Luft schnappen?«

Mein Blick wanderte von Virginias Hand, die bestärkend und beruhigend zugleich auf meinem Arm lag, hin zu ihrem Gesicht.

Ihre grünen, übernatürlich intensiven Augen bedachten mich mit diesem warmen, vertrauensvollen Ausdruck, der mich jedes Mal, wenn ich vor Wut abzuheben drohte, wieder erdete. Der mich durchatmen ließ. Der mich daran erinnerte, dass ich keinen Weltkrieg zu verhindern hatte, sondern lediglich ein paar Musiker dazu bringen musste, das Beste aus sich rauszuholen.

»Nicht nötig«, seufzte ich. »Ich bin okay.«

»In Ordnung«, sagte sie und ich rechnete es ihr hoch an, dass sie mir glaubte, ohne nachzubohren oder zu versuchen, mich vom Gegenteil zu überzeugen.

Virginia kannte mich eben besser, als ich es selbst tat. Und dies hier war wieder einmal ein unumstößlicher Beweis dafür.

»Also schön. Machen wir fünf Minuten Pause. Geht vor die Tür. Schlagt euch die Köpfe ein. Holt euch einen runter. Oder tut, was auch immer ihr sonst tun müsst, damit der Song danach nicht mehr länger wie das Flötenkonzert von Drittklässlern klingt.«

Mit einer scheuchenden Handbewegung bedeutete ich Gibson, Carver, Phoenix und dem Ersatz-Bassisten Tom, die Flatter zu machen und gesellte mich zu Virginia an den Tisch, auf dem Getränke und Snacks für die Band bereitstanden.

»Das wird schon«, las sie meine Gedanken. »Du bist zu ungeduldig mit ihnen.«

»Was möglicherweise daran liegt, dass das Konzert unmittelbar vor der Tür steht und dass es eines der aufsehenerregendsten Konzerte wird, die die Welt in den letzten Jahren gesehen hat. Wenn das in die Hose geht …«

»Wird es nicht. Darüber reden wir erst gar nicht, weil es das nicht wird, okay?«, fiel mir Virginia entschieden ins Wort.

»Woher willst du das wissen?«, fragte ich skeptisch.

»Weil ich die Band kenne. Du vergisst, dass ich mit ihnen aufgewachsen bin. Hier, in Keetna Creek. Ich weiß, wie sie ticken. Und ich weiß, dass sie sich zusammenreißen und es hinbekommen werden. Sie würden Daphne und damit indirekt auch Owen niemals im Stich lassen.«

»Dein Wort in Gottes Ohr«, murmelte ich missmutig und öffnete zischend eine Cola Flasche.

Ich war unendlich dankbar, Virginia meine *Persönliche Assistentin* nennen zu dürfen, obwohl diese Bezeichnung dem, was sie für mich darstellte, nicht mal ansatzweise gerecht wurde. Vor allem nicht nach letzter Nacht, die mich noch immer verwirrte, verunsicherte und verfolgte.

Das Telefongespräch und die zweideutigen Bemerkungen von Donna waren mir nicht mehr aus dem Kopf gegangen und als ich Virginia schließlich ins Bett getragen und sie zugedeckt hatte, konnte ich nicht anders, als an damals zu denken.

Es war das erste Mal, dass ich es mir erlaubte und es fühlte sich so an, als hätte ich damit die Büchse der Pandora geöffnet.

Die letzten Jahre hatte ich Virginia immer nur als meine Assistentin und treue Weggefährtin gesehen und wahrgenommen. Als den einzigen Menschen, der mein vollstes Vertrauen genoss und es niemals missbrauchen würde.

In alledem war sie für mich aber so etwas wie ein

Neutrum gewesen. So etwas wie eine Schwester. Wie ein Kumpel. Ich hatte mir nie erlaubt, sie als etwas anderes wahrzunehmen.

Und der Umgang mit den zahlreichen Frauen, der sich in der Branche nicht vermeiden ließ, selbst wenn man es wollte, hatte dafür gesorgt, dass sich mir genug Möglichkeiten boten, mich von etwaigen unangebrachten Gedanken an meine Assistentin abzulenken.

Erst der Umstand, dass sie und ich uns hier gemeinsam am Arsch der Welt befanden, fernab von allen äußerlichen Einflüssen, sowie das skurrile Gespräch mit ihrer älteren Schwester, hatten dazu geführt, dass mich die Vergangenheit nicht nur einholte, sondern auch überrollte.

Und was tat ich jetzt mit diesem Wissen? Und mit diesen Gefühlen?

Fakt war, dass ich es mir erlaubt hatte, Virginia zu wärmen. Der Vorwand, dass ihre Schwester mich damit beauftragt hatte, reichte zwar aus, um das schlechte Gewissen fernzuhalten, als ich mich auszog und mich an ihren Körper schmiegte. Doch mittlerweile hatte sich das schlechte Gewissen längst zu Wort gemeldet. Denn ich war mit einem gewaltigen Ständer aufgewacht und einer unbändigen Lust auf Morgensex mit ... genau: Virginia.

Dieser Umstand hatte mich gleichermaßen schockiert wie bestürzt, weshalb ich am liebsten auf Abstand gegangen wäre, was jedoch komplett unmöglich war. Denn wenn aus diesem Chaos hier irgendetwas halbwegs Brauchbares herauskommen sollte, war ich auf Virginias Hilfe angewiesen.

»Wie sieht es mit der Location aus? Ist das geklärt?«,

erkundigte ich mich bei ihr, weil es nahezu unmöglich war, so kurzfristig noch eine passende Location für das Mega-Konzert zu finden. Und dann auch noch in Alaska.

»Das Glück ist auf unserer Seite, was das angeht. Eine andere Band hat abgesagt, weshalb wir ihren Slot übernehmen können. Samt dem Personal und dem Equipment. Das spart uns Unmengen an Zeit und Aufwand.«

»Yes! Gut gemacht, Virgin.« Ich atmete erleichtert auf, weil die Location-Herausforderung mir tierische Kopfschmerzen bereitet hatte.

»Hast du nach der Probe noch was vor, oder können wir die Marketing Strategie für die Konzertankündigung, die das Team in L.A. ausgearbeitet hat, durchgehen?«, fragte ich sie, als die Band in den Raum zurückkehrte und dabei einen deutlich entschlosseneren Eindruck erweckte als noch fünf Minuten zuvor.

Offenbar hatten sie – was auch immer sie beschäftigte – vor der Tür geklärt. Zumindest fürs Erste. Und da niemand ein blaues Auge, oder eine blutige Nase davongetragen hatte, ging ich davon aus, dass sie es friedlich klären konnten.

»Ich bin bei meinen Eltern zum Essen eingeladen. Danach kann ich aber vorbeikommen. Oder willst du mitkommen und wir besprechen es während dem Essen?«, erwiderte Virginia völlig selbstverständlich.

»Du willst mich mit zu deinen *Eltern* nehmen?«

Hatte sie das gerade wirklich vorgeschlagen? Wenn eine erwachsene Frau einen Mann mit zu ihren Eltern nahm, ging damit doch normalerweise eine tiefere Bedeutung einher.

»Warum nicht? Donna und Travis werden auch da sein. Und bei deinen miserablen Kochkünsten solltest du für jedes kostenlose, warme Essen hier in Alaska dankbar sein.«

Auch wieder wahr.

Aber bedeutete das, dass es bei dieser Einladung lediglich ums Essen und nicht etwa um ... naja ... um eine offizielle Vorstellung meinerseits bei ihren Eltern ging?

Und erleichterte oder enttäuschte mich dieser Umstand jetzt?

Oh Mann.

Auf was hatte ich mich da nur eingelassen?

Und hatte ich schon erwähnt, dass ich Alaska hasste? Mit jedem Tag ein bisschen mehr?

12

»Wie kann einem etwas, das man nie hatte, plötzlich so sehr fehlen?« (Harley)

Harley

»D a seid ihr ja endlich«, begrüßte uns Virginias Mutter Bridget, als sie die Tür aufriss und ihre jüngere Tochter stürmisch in die Arme schloss. »Das wurde aber auch Zeit.«

»Hi Mom«, nuschelte Virginia halb erstickt und machte sich los. »Das hier ist übrigens Harley.«

»Hallo Harley. Ich habe schon viel von dir gehört.« Ein wissendes Lächeln umspielte Bridgets Lippen, als sie auch mich in ihren Armen zerquetschte und ganz automatisch zum *Du* überging, obwohl wir uns noch nie zuvor gesehen hatten.

»Ähm ... was haben Sie denn so über mich gehört?«, fragte ich und räusperte mich verlegen, weil mich dieses Gruppengekuschele zugegebenermaßen etwas überrumpelte.

»Sag doch *Bridget* zu mir. Wir sind hier in Keetna Creek. Da ist jeder mit jedem per *Du*«, verlangte sie und hakte sich bei mir unter, um mich in das Hausinnere zu führen.

»Also gut, Bridget. Was sind das für Geschichten, die du über mich gehört hast? Ich behaupte jetzt einfach mal, dass mindestens die Hälfte davon gelogen ist.«

Bridget kicherte und endlich wusste ich, woher Virginia ihr süßes Kichern hatte.

Überhaupt glich sie ihrer Mom auf wundersame Weise. Beide hatten rotes Haar, leuchtend grüne Augen und ein einnehmendes, beruhigendes Wesen.

»Stimmt es, dass du ein Faible für Duftkerzen hast und jeden Raum in deinem Haus mit einer anderen Kerze bestückst?«

Ich kniff die Augen zusammen und schoss imaginäre Blitze in Virginias Richtung. Das war *privat*, verdammt. Wieso plauderte sie das aus?

»Und dass du, wenn du glaubst, dass niemand dich hört, mit deinem Motorrad redest und es *Little Harley* nennst, weil ... nun ja ...« Bridget kicherte erneut. »Weil *Big Harley* schon jemand, oder besser gesagt *etwas* anderes heißt?«

Ich schnappte empört nach Luft und verrenkte meinen Kopf in dem Versuch, Virginia mit meinen Blicken zu erdolchen. Doch die hatte sich, schlau wie sie nun mal war, klammheimlich und in leiser Vorahnung bereits verkrümelt. Aber wenn sie dachte, dass sie einfach so davonkäme, hatte sie sich getäuscht. Nicht mit mir.

»Weißt du, Bridget, ich glaube Virginia erzählt dir das alles nur, um von sich selbst abzulenken. Wenn du wüsstest, was sie so alles treibt«, sagte ich unheilvoll und machte dabei extra große Augen. »Stimmts, Virgin?«, rief ich absichtlich eine Spur zu laut, damit Virginia, wo auch immer sie sich versteckte, es definitiv hörte. »Wollen wir deiner Mutter mal von der letzten Grammy Afterparty erzählen?«

»Nein«, ertönte eine alarmierte Stimme aus dem Hintergrund und wie von Zauberhand erschien Virginia wieder auf der Bildfläche. »Wir wollen sie doch nicht mit den ollen Kamellen langweiligen, nicht wahr?«, beeilte sie sich zu sagen, wobei ein leicht panischer Unterton in ihrer Stimme schwang. »Das Essen ist bestimmt schon fertig und wird kalt, wenn wir hier noch länger herumstehen. Das würde Dad gar nicht gefallen.«

Bridget ließ mich los und sah schmunzelnd zwischen Virginia und mir hin und her.

»Na dann kommt. Setzt euch. Ich hole das Essen«, forderte sie uns belustigt auf und verschwand in der Küche.

»Was soll das?«, raunte ich beleidigt in Virginias Richtung. »Wieso erzählst du deiner Mutter Firmeninterna, hm?«

»*Firmeninterna*? Ich bitte dich. Das sind schräge Ticks von dir und ganz bestimmt keine Firmeninterna. Sei lieber dankbar, dass ich die *wirklich* schrägen Sachen für mich behalten habe. Ich sage nur: Schokofrüchte.«

Warnend hob ich den Zeigefinger. »Wag es ja nicht …«

Virginia reckte kampflustig das Kinn. »Sonst was?«

»Sonst …«

»Kommt ihr?«, ertönte in diesem Moment Bridgets Stimme hinter uns, sodass wir unsere Diskussion notgedrungen vertagen mussten.

»Sind schon da.« Virginia griff nach meinem Arm, um mich hinter sich durch die Küche ins Esszimmer zu ziehen.

»Lass uns später weiterreden«, flüsterte sie eindringlich. »Wenn mein Dad hungrig ist, ist er unausstehlich. Du solltest dich nicht schon unbeliebt machen, bevor ihr euch überhaupt kennengelernt habt.«

»Sieh an, sieh an. Und ich habe mich schon gefragt, woher du diese Ungeduld hast, wenn das Essen im Restaurant nicht schnell genug serviert wird, oder die Kellner auf den Aftershow Partys die Häppchen nicht direkt aus der Küche in deinen Mund fliegen lassen.«

»Wie du siehst, liegt das in der Familie.« Sie zwinkerte mir frech zu und zog mich in einen gemütlichen Raum, der Esszimmer und Wohnzimmer miteinander vereinte.

In der Mitte des Raumes stand ein runder Tisch, an dem Donna, Travis und Virginias Dad Bob saßen. Eine Tischdecke mit winterlichen Alaska Motiven hing von den Seiten hinab und berührt dabei fast den Boden.

Bilderrahmen zierten die Wände, soweit das Auge reichte.

Bilder von Virginias Geburt. Von Donnas Graduierung. Von der Hochzeit ihrer Eltern. Die Wände schienen die gesamte Lebensgeschichte der Montgomerys zu erzählen und zu dokumentieren.

Ich war versucht, mir die Fotos genauer anzusehen, doch ich besann mich auf meine – zumindest halbwegs – gute Erziehung und ging auf dem schweren, weichen Teppich, der meine Schritte verschluckte, auf Virginias Dad zu. Er saß, in ein einfaches Holzfällerhemd aus Flanell gekleidet, neben Donna und lachte über irgendetwas, das sie ihm erzählte. Als er mich bemerkte, stand er auf und entgegen meinen Erwartungen unterzog er mich nicht einer akribischen Musterung, sondern schlug mir wohlwollend auf den Rücken.

»Willkommen bei den Montgomerys, Harley. Es ist schön, endlich den Mann kennenzulernen, mit dem unsere Tochter so viel Zeit verbringt.«

»Äh ja ... ja, die Freude ist ganz meinerseits, Mister Montgomery, ähm ... Bob.«

Mein zerstreuter Gesichtsausdruck musste Donna wohl verraten haben, wie durcheinander ich gerade war. Denn auch sie erhob sich, umfasste meine Schultern und dirigierte mich zielsicher zu dem Stuhl zu ihrer Linken.

»Wieso fühlt sich das so an, als würden deine Eltern gerade ihren zukünftigen Schwiegersohn kennenlernen? Was hast du ihnen erzählt?«, zischte ich Virginias Schwester zu, weil ich mir gut vorstellen konnte, dass sie im Hintergrund mal wieder die Fäden zog.

»Das bildest du dir bloß ein.« Sie grinste, wobei ihr die Lüge ins Gesicht geschrieben stand und beugte sich an mein Ohr hinab, während sie beruhigend meine Schultern massierte. »Man nennt diesen Zustand auch *Wunschdenken*, Harley.«

»Wunschdenken? Wieso?«, flüsterte ich verschnupft, wobei meine Augen sie durch schmale Schlitze hindurch mit einem missbilligenden Blick bedachten. »Wäre ich etwa nicht gut genug für deine Schwester, oder was?«

»Bist du es denn?«, konterte Donna und zog, gespannt auf meine Antwort, die Brauen in die Höhe.

»Was tuschelt ihr beiden denn da?«, erklang in diesem Moment Virginias Stimme neben uns.

»Nichts weiter«, sagten wir beinahe unisono und eine Oktave zu hoch.

Donna richtete sich auf und ging mit einem letzten Schulterklopfen in die Küche, um ihrer Mutter beim Auftischen des Dinners zu helfen.

Wahrscheinlich wollte sie mich bloß aufziehen, doch ihre Frage hinterließ einen bitteren Beigeschmack und stimmte mich nachdenklich.

War ich gut genug für eine so umwerfende Frau wie Virginia?

Nicht, dass ich vorhatte, Virginia zu daten, aber wenn dem so wäre ... wäre ich ihrer würdig? Oder hätte ich eine Frau wie sie nicht verdient?

Wenn ich an meinen Dad zurückdachte ... er konnte keine Frau auf Dauer an seiner Seite halten. Er war sprunghaft. Untreu. Und pochte auf seine Freiheit.

Er sagte stets, er sei ein Künstler und könne nicht atmen, wenn man ihm Fesseln anlegte.

Meine Eltern hatten sich aus eben diesen Gründen

getrennt, als ich noch ein Kind war. Ich würde gerne behaupten, dass meine Mom einen stabileren Charakter besaß als mein Dad, doch auch sie war wie ein Schmetterling, der von Blume zu Blume flog, ohne sich jemals wirklich niederzulassen. Jedenfalls nicht auf Dauer.

Und da ich das Produkt ihrer DNA und somit auch ihrer Eigenschaften war, glaubte ich nicht, anders zu sein als sie, selbst wenn ich es wollte.

Mein oberflächlicher, schnelllebiger Lebensstil war doch der beste Beweis dafür.

So ein herzliches, vertrautes und bodenständiges Miteinander, wie ich es im Hause Montgomery gerade erlebte, kannte ich nicht. Und bis zu diesem Abend hatte ich auch nicht gewusst, wie sehr einem fehlen konnte, was man selbst nie hatte.

Virginias Mutter und Donna trugen zarte Spareribs, Süßkartoffelpommes und Salat aus der Küche und stellten es vor mich auf den Tisch. Es roch himmlisch! Bevor sie sich setzte, reichte Donna mir ein gekühltes Bier und da ich nirgendwo ein Glas dafür fand, nahm ich an, dass es in Ordnung war, es wie Travis und Bob aus der Flasche zu trinken.

»Na dann: Cheers. Auf einen schönen Abend«, sagte Bob und hob seine Bierflasche. Travis und ich taten es ihm gleich, während uns Bridget, Donna und Virginia mit ihren Weingläsern zuprosteten und allesamt glücklich lächelten.

Ich beobachtete Virginia, die sich ihren Teller füllte und es gefiel mir, sie in mitten ihrer Familie so entspannt und gelöst zu sehen.

Ich notierte mir in Gedanken, ihr ab nächstem Jahr mehr Urlaubstage in den Arbeitsvertrag eintragen zu lassen, damit sie ihre Familie öfter besuchen konnte. Zwar war mir schleierhaft, wie ich in ihrer Abwesenheit mein Leben unter Kontrolle behalten sollte, aber das war mein Problem und das durfte ich nicht zu ihrem machen.

DIE NÄCHSTEN ZWEI Stunden verflogen regelrecht. Zwischen vorzüglichem Essen, anregenden Gesprächen, lustigen Anekdoten und schrecklichen Witzen vergaß ich sowohl meine Müdigkeit, wie auch die Sorgen vor dem nahenden Konzert.

Dieser Abend stellte für mich eine Art Realitätsflucht dar. Für ein paar Stunden hatte ich das Gefühl, frei von Problemen zu sein. Ich fühlte mich geliebt und umsorgt. Denn obwohl mich Bridget und Bob Montgomery gerade erst kennengelernt hatten und auch Donna und Travis mich noch nicht lange kannten, behandelten sie mich wie Familie.

Sie gaben mir das Gefühl, zu ihnen zu gehören und schenkten mir damit das geborgene Zuhause, das ich nie hatte.

Als wir uns nach dem Essen in das angrenzende Wohnzimmer zurückzogen und uns auf der Couch und in den gemütlichen Sesseln niederließen, kuschelte sich

Donna zu Travis, während Bridget heiße Schokolade und Weihnachtsgebäck verteilte.

»Meine Mom liebt Weihnachten«, flüsterte Virginia mir zu und schmunzelte.

Das erklärte auch, warum das ganze Haus bereits weihnachtlich geschmückt war. Einzig der Tannenbaum fehlte noch, den Bob und Travis demnächst im Wald schlagen würden, wie sie mir eben erzählt hatten.

Ich blickte in den knisternden Kamin, in dem ein gelbgoldenes Feuer loderte und lauschte dem angeheiterten Geplänkel der Montgomerys.

Virginia, die ihrer Mutter beim Abräumen geholfen hatte, setzte sich auf die Kante meines Sessels und stieß mich neckend mit der Schulter an.

»Alles okay?«, fragte sie und musterte mich prüfend. »Geht's dir gut? Du schaust so komisch.«

Ich wandte den Kopf und sah zu Virginia auf, deren grüne, funkelnde Augen abwartend auf mir lagen.

»Ja. Ja, das tut es. Danke, dass ich dich heute Abend begleiten durfte. Das bedeutet mir viel.«

13

»*Man kann auch reich sein, ohne etwas Materielles zu besitzen.*« (Virginia)

Virginia

Es war schon spät, als wir das Haus meiner Eltern schließlich satt, kugelrund und mit einem zufriedenen Lächeln auf den Lippen verließen.

Dadurch, dass ich in Los Angeles lebte und arbeitete, sahen meine Familie und ich uns viel zu selten, weshalb Abende wie dieser etwas ganz Besonderes für uns darstellten.

Als wir die Treppen der Veranda hinunter zum Auto

gingen, rieselten Schneeflocken vom dunkelblauen Nachthimmel und verwandelten die Straßen, Vorgärten und
Häuser von Keetna Creek abermals in ein verschneites,
weißes Winter-Wonderland. Für die Einheimischen
gehörte dieses Phänomen von November bis Februar zum
Alltag. Doch da es in L.A. so gut wie nie Schnee gab,
versetzte mich dieser Flockensturm in eine derart vorfreu-
dige, vorweihnachtliche Stimmung, wie ich sie schon seit
Jahren nicht mehr verspürt hatte. Vielleicht würde ich
mich statt zu schlafen heute Nacht in den Fensterrahmen
meines Zimmers setzen und das idyllische Naturschau-
spiel mit einer heißen Tasse Honigmilch in eine Decke
gekuschelt verfolgen, bis mir irgendwann die Augen
zufielen.

»Ich fahre dich nach Hause«, sagte ich zu Harley und
schloss den Wagen meiner Schwester auf. »Sonst bist du
komplett eingeschneit, bis du in deiner Hütte ankommst.«

Eigentlich konnte man alles in Keetna Creek
wunderbar fußläufig erreichen, doch ich wollte nicht
riskieren, dass Harley sich erkältete und für die restlichen
Konzertvorbereitungen ausfiel. Ohne ihn wären wir vollkommen aufgeschmissen. Denn Harley mochte chaotisch
und flatterhaft sein, doch wenn es darum ging, in der
Musikwelt etwas Erfolgreiches auf die Beine zu stellen, gab
es niemanden, der das besser beherrschte, als er. Vielleicht
gerade *weil* er so unorganisiert und leichtfüßig war. Vielleicht sorgten genau diese unbegrenzte Fantasie und
impulsive Spontanität dafür, dass er größer, weiter und
innovativer dachte als alle anderen, mich miteingeschlossen.

Von Harley Grant konnte man unfassbar viel lernen. Ein Grund mehr, aus dem ich ihn so sehr bewunderte.

»Sicher, dass du bei dem Wetter noch fahren willst?«, fragte Harley skeptisch, was mich grinsen ließ.

»Ich bin ein Alaska Girl, schon vergessen? Das bisschen Schnee macht mir nichts aus und getrunken habe ich auch nicht viel. Also los, steig ein.«

Harley hob abwehrend die Hände und befolgte ohne einen weiteren Widerspruch meine Anweisung.

Als wir im Auto saßen und langsam die Straße entlangfuhren, sah er aus dem Seitenfenster und wirkte mit einem Mal nachdenklich und schweigsam.

Während des Essens hatte Harley geredet wie ein Wasserfall. Ohne Punkt und Komma. Dass er als ausgesprochen kommunikativer und geselliger Mensch galt, war zwar allgemein bekannt, doch heute Abend verhielt er sich anders. Außenstehenden fiel das wahrscheinlich nicht auf, weil sie ihn nicht so gut kannten, wie ich. Aber mir entging Harleys Wandel nicht.

War er auf Partys, Preisverleihungen, Konzertveranstaltungen und Firmenfeiern immer charismatisch, blendend gelaunt und urkomisch, so war all das doch vor allem eins: aufgesetzt.

Harley mochte zwar die größten Talente der Musikwelt betreuen, doch womöglich wäre er am Set von Universal Studios in Hollywood noch viel besser aufgehoben. Denn er verfügte über eine exzellente schauspielerische Begabung.

Manche Menschen bezeichneten diese Fertigkeit gerne als *Pokerface* und als unerlässliche Fähigkeit, um im Showbusiness erfolgreich zu sein. Und obwohl ich ihnen diesbezüglich zustimmte, so war mir überaus bewusst, wie sehr es Harley anstrengte, sich zu verstellen, um *Everybodys Darling* zu sein.

Umso schöner fand ich es, dass er heute Abend vollkommen authentisch und unverstellt wirkte. Er war einfach nur er selbst gewesen und hatte geredet, ohne vorher über seine Worte nachzudenken und ohne sie mit Bedacht zu wählen. Es ging nicht darum, irgendjemanden zufriedenzustellen, oder einem potenziellen Klienten Honig um den Bart zu schmieren, sondern lediglich darum, eine tolle Zeit zu haben.

Niemand wollte ihm hier etwas Böses. Niemand lauerte darauf, ihn aufgrund eines falschen Wortes zu stürzen. Niemand schnitt das Gespräch heimlich mit und drohte damit, es öffentlich zu machen, wenn Harley nicht auf seine Bedingungen einging.

Nein, heute Abend waren wir bloß eine einfache Familie gewesen, die zusammenkam, um Zeit miteinander zu verbringen.

Wir alle kannten die Macken und Eigenarten des anderen und akzeptierten, ja liebten ihn so, wie er war: als einzigartiges Individuum mit Wünschen, Hoffnungen, Sorgen und Fehlern.

Ich wusste, dass Harleys Familie der Definition einer Familie kaum gerecht wurde und er nur sporadischen Kontakt zu ihnen hielt. Seine Eltern hatten sich scheiden lassen, als er noch ein Kind war und seine Großeltern hatte er nie kennengelernt.

Möglicherweise hatte ihn diese Familienzusammen-

kunft, wenn auch im kleinen Rahmen, heute etwas überfordert, oder zumindest nachdenklich werden lassen.

Dabei dachte ich eigentlich, dass er eine genauso
schöne Zeit gehabt hatte, wie ich. Jedenfalls erweckte der
Esprit, den er während des Essens und auch danach
versprühte, exakt diesen Eindruck.

Auch sein Appetit sprach dafür. Denn normalerweise
blieb Harley fast nie Zeit, eine komplette Mahlzeit zu sich
zu nehmen, ohne dass sein Telefon klingelte, ihn jemand
belagerte oder ein Klient unangekündigt in seinem Büro
auftauchte, um ihm sein Leid zu klagen.

Dass er sein Telefon für den heutigen Abend auf
lautlos gestellt und es in seiner Jacke gelassen hatte, war
neu und absolut ungewohnt für ihn.

Ich wusste nicht, warum er sich dazu entschlossen
hatte, aber ich freute mich, *dass* er es getan hatte. Denn so
kam er wenigstens ein Mal in den Genuss einer vollstän-
digen Mahlzeit, sowie von ein paar friedlichen, unge-
störten Stunden, in denen er ohne zu überlegen er selbst
sein konnte.

»Ist alles in Ordnung? Du bist so schweigsam«, fragte
ich schließlich, als ich es nicht mehr länger aushielt und
wir schon fast vor dem Blockhaus, das er während seiner
Anwesenheit in Keetna Creek bewohnte, ankamen.

Es dauerte ein paar Sekunden, bis Harley sich rührte.
Doch dann riss er den Blick von der Scheibe los und
wandte sich mir zu.

»Klar. Was sollte denn nicht in Ordnung sein, abgesehen davon, dass *Falling from Grace* mich in den Wahnsinn
treibt und nicht auf das hört, was ich der Band sage?«

Er grinste schief, so als wollte er die Situation ins Lächerliche ziehen, doch mir konnte er nichts vormachen.

Ich hielt vor dem Haus, stellte den Motor ab und ließ meinen Blick auf ihm ruhen, ohne jedoch etwas zu sagen. Denn ich wollte, dass er es von sich aus tat.

Doch wie so oft stand sich Harley auch dieses Mal wieder selbst im Weg. Über Gefühle zu reden, lag ihm nicht sonderlich und ich vermutete, dass der Ursprung dafür in seiner zerrütteten Kindheit und Jugend zu finden war.

Zwar hatte es ihm materiell an nichts gefehlt, denn seine Eltern verdienten gutes Geld und konnten ihm seine Wünsche entsprechend erfüllen. Doch Liebe, Zuneigung, Stabilität und Geborgenheit konnte man sich nun mal nicht kaufen, egal wie viel Geld man besaß.

»Du wirst es mir nicht verraten, oder?«, seufzte ich enttäuscht, weil es nicht das erste Mal war, dass wir so eine Unterhaltung führten. Oder besser gesagt: Ich versuchte sie zu führen und Harley weigerte sich, indem er meine Versuche allesamt abblockte.

»Gute Nacht, Virgin. Schlaf gut. Danke fürs Bringen. Und schreib mir, wenn du bei Donna bist«, antwortete er, ohne auf meine Frage einzugehen.

Stattdessen beugte er sich vor, hauchte mir einen Kuss auf den Scheitel und stieg mit einem verschlossenen Gesichtsausdruck aus, ohne sich noch einmal umzudrehen.

14

»*Manchmal sieht man vor lauter Bäumen den Wald nicht mehr. Auch dann nicht, wenn er direkt vor einem steht.*«
(Harley)

Harley

Manchmal nervte es mich, dass Virginia mich so gut kannte. Das hatte einerseits zwar zur Folge, dass sie stets wusste, was ich brauchte noch bevor ich mir dessen überhaupt bewusst wurde. Aber andererseits hieß das eben auch, dass sie in mir las, wie in einem offenen Buch. Ich konnte nichts vor ihr verbergen. Sie durchschaute mich sofort.

Wie auch heute Abend.

Ihr war direkt aufgefallen, dass etwas an mir nagte, obwohl ich kein Wort gesagt hatte. Mir war der besorgte Ausdruck in ihren Augen nicht entgangen, als sie mich fragte, ob mit mir alles in Ordnung sei.

In Momenten wie diesen war ich überzeugt davon, Virginia nicht verdient zu haben. Dass sie meine Probleme stets zu ihren Problemen machte und mein Wohlbefinden das Ihre direkt beeinflusste, führte bei mir regelmäßig zu heftigen Gewissensbissen.

Womit hatte ich eine Frau wie sie bitte verdient? Sie gab mir alles und ich? Ich konnte ihr gefühlt nichts zurückgeben. Trotzdem war es undenkbar, mir ein Leben ohne sie vorzustellen. Es würde nicht funktionieren.

Mittlerweile war das Berufliche und Private bei uns so sehr miteinander verflochten, dass es sich als unmöglich gestaltete, es zu entknoten und zu wissen, wo das eine aufhörte und das andere begann.

Als ich die Treppen zum Haus hochstieg und Virginia hinter mir anfuhr, bemerkte ich aus den Augenwinkeln eine Bewegung am äußeren Ende der Veranda.

Ich leuchtete mit meinem Handy, das sich noch immer im Flugmodus befand, in die Richtung, aus der ich die Bewegung wahrgenommen hatte und zuckte erschrocken zusammen, als der Lichtstrahl auf die eisblauen Augen eines riesigen Hundes fiel.

Erst hielt ich den tierischen Besucher für Denali, doch bei näherem Betrachten fiel mir auf, dass dieser Hund kein Halsband trug.

Sein weiß-graues Fell war von Schneeflocken durchnässt und die strahlend blauen Augen sahen mich unverwandt an.

Ich machte einen Schritt auf ihn zu, woraufhin er einen Schritt zurückwich, ohne dabei jedoch den Blick abzuwenden.

Als ich nach einem weiteren, vorsichtigen Schritt den Sensor der Außenbeleuchtung auslöste und die Veranda in ein warmweiches, weißes Licht getaucht wurde, sprang der Hund erschrocken über das Geländer und war mit drei kraftvollen Sätzen im angrenzenden Wald verschwunden.

Erst da dämmerte es mir, dass es sich bei dem vermeintlichen Hund vielleicht gar nicht um einen Hund, sondern ... um einen *Wolf* gehandelt hatte.

Und Wölfe, da war ich mir ziemlich sicher, galten als verdammt gefährlich.

Zwar erweckte dieser Wolf im Hundepelz, oder eben der Hund im Wolfspelz nicht gerade den Eindruck, als wollte er mich fressen, aber auch ein Braun- oder Schwarzbär wirkte trügerisch kuschelig und flauschig, bis er zum Angriff ansetzte.

Eilig schloss ich die Tür auf und ging hinein.

Ich legte meine Jacke ab, befeuerte den Kamin und machte mir in der Küche eine Tasse Tee, die ich, aus dem Fenster in den Wald schauend, gedankenverloren trank.

Das Licht im Haus hatte ich bewusst nicht angeschaltet, weil ich insgeheim hoffte, so noch einen Blick auf meinen tierischen Besucher erhaschen zu können, während die Schneeflocken unablässig vom Nachthimmel hinabrieselten und die Dicke der Schneedecke auf der Wiese rasant anstieg.

Keine Ahnung, wie lange ich dort mit meiner dampfenden Tasse Tee im Dunkeln gestanden und meinen Gedanken nachgehangen hatte. Wahrscheinlich waren es nur Minuten gewesen, die mir jedoch wie Stunden vorkamen.

Gerade als ich mich abwenden und bettfertig machen wollte, hörte ich ein Geräusch vor der Tür, bevor sie sich kurz darauf öffnete und Virginia hindurchschlüpfte.

»Was machst du denn noch hier?«, fragte ich verblüfft und ging zu ihr, um ihr die durchnässte Jacke abzunehmen.

»Wohl eher *wieder*«, korrigierte sie mich und zog ihre Schuhe aus. »Ich war eigentlich schon zuhause, als ich beschloss, nochmal umzudrehen.«

»Okay«, sagte ich gedehnt. »Und warum würdest du das tun?«

Ich hing Virginias Jacke an dem Haken neben der Tür auf und musterte sie fragend.

»Wenn dich in L.A. etwas beschäftigt, ziehst du so lange deine Bahnen im Pool, bis du es aus deinem System geschwommen hast. Aber hier ... hier hast du keinen Pool. Hier bist du nicht mal in L.A., in deiner gewohnten Umgebung. Also wollte ich mich lieber noch einmal persönlich vergewissern, dass es dir auch wirklich gut geht.«

Ihre Worte trafen mich unerwartet und lösten ein Gefühl in mir aus, das ich weder beschreiben, noch benennen konnte. Es kam so plötzlich, wie ein Gewitter in den Bergen und erschütterte mich, wie der krachende Donner die vom aufkommenden Wind gebeutelten Baumwipfel.

Ohne darüber nachzudenken, schloss ich die Lücke zwischen uns, umfasste entschlossen Virginias Gesicht und ... küsste sie.

Ich presste meine Lippen auf die ihren, so als würde ich damit die aufgewirbelten Gefühle in mir ersticken können, die wie Blätter in einer Windhose in meinem Körper tanzten. Doch der Kuss bewirkte das genaue Gegenteil davon: Ich hob ab. Ich verlor den Boden unter den Füßen und begann zu fliegen. Die Erdanziehung setzte aus und bei dem flauen Gefühl in meinem Magen kam ich mir vor, wie auf einer loopingfahrenden Achterbahn.

»Was tust du da?«, keuchte Virginia atemlos, als ich, ebenfalls nach Atem ringend, von ihr abließ.

»Ich habe *keine* Ahnung, aber ich will nicht damit aufhören«, entgegnete ich mit rauer, zitternder Stimme und zog Virginia an meine Brust.

Meine Finger strichen über ihre rosigen Wangen und einmal mehr fragte ich mich, womit ich einen Menschen wie sie verdiente.

»Wieso bleibst du bei mir, Virgin? Warum hast du mich nicht schon längst verlassen? Wie hältst du es mit mir aus? Jeden Tag aufs Neue? Warum tust du dir das an?«

»Weil ich es liebe«, flüsterte sie und senkte ertappt den Blick. »Weil ich *dich* liebe«, schob sie so leise hinterher, dass ich an meinem Verstand und an meiner Wahrnehmung zweifelte. »Also ... ähm ... als Freund. Du weißt schon ...«

»Wieso solltest du das tun? Ich mache dir dein Leben unnötig schwer. Ich treibe dich in den Wahnsinn. Und ich verärgere dich. Regelmäßig«, gebe ich zu bedenken.

Ein belustigtes Schnauben lässt ihren Körper vibrieren, der so eng an den meinen gepresst ist, dass ich jede ihrer Regungen unverfälscht wahrnehme.

»Du meinst wohl: Du sorgst dafür, dass mir nie langweilig wird. Du forderst mich heraus. Und du befeuerst meine Emotionen, damit ich weiß, dass ich noch lebe.«

Meine Mundwinkel zuckten bei ihrer eigenwilligen Betrachtungsweise und ich empfand so viel Liebe für diesen wertvollen Menschen in meinen Armen, dass ich nicht mehr wusste, wohin damit.

Ich wusste nur, dass ich es ihr zeigen wollte. Dass ich Virginia zeigen wollte, wie wichtig sie mir war. Wie viel sie mir bedeutete. Und wie sehr ich sie schätzte.

Und da ich über Gefühle nicht sprechen konnte, weil ich es nie gelernt hatte, musste ich mir etwas anderes einfallen lassen, um sie zum Ausdruck zu bringen.

»Komm«, murmelte ich, das Gesicht an ihrem Haar vergraben, das durch die Feuchtigkeit der Schneeflocken intensiv nach Orange und Vanille duftete.

Ich entließ sie aus meinen Armen und nahm ihre Hand. Prüfend sah ich ihr dabei in die Augen und obwohl niemand etwas sagte, wusste ich, dass auch sie es wollte. Dass sie zusammen mit mir ins Schlafzimmer gehen wollte.

Was ich die letzten Jahre für komplett undenkbar hielt, erschien mit einem Mal vollkommen selbstverständlich und unverkennbar.

Hatte ich mir noch bis vor ein paar Tagen nicht einmal erlaubt, an unsere gemeinsame, intime Nacht von damals zurückzudenken, so konnte ich in diesem Augenblick an nichts anderes mehr denken und absolut nicht nachvollziehen, wie ich es geschafft hatte, die Erinnerung an jene leidenschaftliche Nacht so vollumfänglich und lange zu verdrängen.

Vor dem knisternden Kamin in meinem Schlafzimmer hielt ich inne und drehte mich zu Virginia um.

Ihre Silhouette wurde von den warmen, orangegoldenen Flammen weichgezeichnet und erweckte den Eindruck, sie sei bloß ein Produkt meiner Fantasie. Eine nahezu reale Projektion meines Wunschdenkens.

Doch als ich meine Finger nach ihr ausstreckte und mein Daumen ihre bebende Unterlippe berührte, wusste ich, dass ich mir das hier nicht bloß einbildete.

Langsam, ja fast schon behutsam schob ich Virginias Pullover nach oben und über ihren Kopf. Ich genoss den Anblick ihrer in ein goldenes Dämmerlicht getauchten Rundungen und liebkoste die Kurven ihrer üppigen Brüste mit meiner Nase, die ich daran entlanggleiten ließ, um ihren weiblichen, süßen Duft einzuatmen.

Virginia wandte sich unter meiner Berührung und bog lustvoll ihren Rücken durch, sodass ich mutiger wurde und die zärtliche Streicheleinheit meiner Nase durch das neckende Lustspiel meiner Zunge ersetzte.

Gierig leckte, knabberte und küsste ich mich an Virginias Oberkörper entlang und provozierte sie so lange, bis sie mit fahrigen Griffen ihren BH-Verschluss löste und sich die Träger von den Armen strich, sodass ich freien Zugang zu ihren weichen Brüsten bekam.

»So unglaublich schön«, raunte ich heiser und umschloss die sündigen Kirschen mit meinen Lippen, um sie mit meiner Zunge zu umkreisen und zu verwöhnen.

Sie stöhnte leise auf und klang dabei so sexy, dass mein Schwanz in meiner Hose ungeduldig zu zucken begann und darauf pochte, in die Freiheit entlassen zu werden.

IHRE HÄNDE GLITTEN an meinen Armen hinauf, hin zu meinen Haaren, wo sich ihre Finger hilfesuchend in meine Strähnen gruben.

»Mach meine Hose auf und hol ihn raus«, bat ich mit vor Erregung zitternder Stimme und vergrub meine Hände in den Potaschen ihrer Jeans, durch die ich lüstern ihren knackigen Po knetete. »Nimm ihn raus und kümmer' dich um ihn. Er ist so verflucht geil auf dich, Virgin, weil er weiß, wie eng und ausdauernd deine kleine Pussy ist.«

Virginia zog bei meinen derben Worten scharf die Luft ein und ihr Griff in meinen Haaren verstärkte sich. Sie drängte sich mir entgegen, bettelte um mehr, wusste aber gleichzeitig, dass sie meiner Aufforderung nachkommen musste, um mehr von mir zu bekommen.

Also löste sie widerwillig ihre Finger und tastete sich zu meiner Hose vor, die sie eilig und mit derart gekonnten Handgriffen öffnete, dass ich einen Stich der Eifersucht in meiner Brust verspürte, weil ich mich fragte, warum sie so geübt darin war, einem Mann quasi blind die Hose zu öffnen.

Ich hielt die Luft an und stöhnte an ihrer Brust, als sie meinen Schwanz befreite und ihn aufreizend durch ihre

Handfläche gleiten ließ, weil es sich so verdammt gut anfühlte, von ihr berührt zu werden.

Mit gemächlichen Beckenbewegungen stieß ich meinen Schwanz in das Loch, das sie mit ihrer Hand formte und stellte mir dabei vor, ich würde in Virginias Pussy eindringen. Stück für Stück. Zentimeter für Zentimeter.

»Fuuuck«, keuchte ich gedehnt und richtete mich auf. So gerne ich noch länger mit ihren verführerischen Brüsten gespielt hätte: Ich brauchte mehr. Ich wollte in ihr sein. Mich tief in ihr vergraben und mich in ihr vergessen.

Meine Finger fanden ihren Hosenbund, aber im Gegensatz zu Virginia benötigte ich deutlich mehr Zeit, ihre Hose zu öffnen und mit meinen Fingern in ihren Slip zu tauchen. Doch als es mir endlich gelang, wurde ich mit einem von Feuchtigkeit getränkten Höschen belohnt, das mir verriet, wie bereit Virginia für mich war.

Ich ging in die Knie und zog ihre Hose hinab. Half ihr dabei, sie und ihr Höschen auszuziehen. Dann stand ich auf und entledigte mich meiner eigenen Hose, bevor ich Virginia zum Bettende, unmittelbar neben dem Kamin führte.

»Leg dich hin«, verlangte ich mit ruhiger Stimme und deutete mit dem Kinn auf das Bett. »Leg dich auf den Bauch und spreiz die Beine für mich, Virgin. Ich will dich von hinten.«

Ich streifte meinen Pullover ab und sah Virginia, die an ihrer Unterlippe nagte, forschend an.

»Vertraust du mir?«, flüsterte ich und nahm ihr Kinn zwischen Daumen und Zeigefinger.

»Mehr als jedem anderen«, wisperte sie und schaute zu mir auf.

Ihre in dem Licht des Kaminfeuers golden leuchtenden Augen flackerten vertrauensvoll, als sie auf das Bett kletterte, sich auf ihrem Bauch niederließ und die Schenkel für mich öffnete.

»So ist es brav«, lobte ich sie und saugte den Anblick ihres nackten, sich mir anbietenden Körpers in mich auf.

Offen, verletzlich und voller Sehnsucht lag sie da und wartete darauf, von mir in Besitz genommen zu werden. Hoffte darauf, dass ich sie ausfüllte. Sie nahm. Sie liebte.

Und genau das hatte ich vor.

Als ich zu ihr aufs Bett stieg, gab die Matratze unter meinem Gewicht nach und meine Knie sanken neben Virginias Oberschenkel ein.

Ich umschloss ihren Körper mit meinen Beinen, streichelte behutsam ihren zarten Po und tastete mit meinen Fingern nach ihrem Eingang, den ich neckend und beruhigend zugleich umkreiste.

»Entspann dich. Du hast ihn schon einmal aufgenommen, du schaffst es auch wieder. Wir machen es langsam, versprochen.«

Für gewöhnlich lief Sex bei mir immer nach demselben Schema ab. Ich tankte jede Menge Alkohol, angelte mir die schönste Frau auf der Party und fickte sie hart und schnell in irgendeinem Nebenraum. Mit in mein Bett nahm ich die Damen nie. Höchstens in meinen Pool. Warum? Weil sie mir nichts bedeuteten. Weil der Sex mit ihnen mir nichts bedeutete.

Aber Virginia ... sie war die wichtigste Person in

meinem Leben. Ich wollte sie nicht ficken, so wie ich es damals getan hatte, als wir beide hackevoll und rattenscharf gewesen waren.

Ich wollte sie lieben. Langsam, behutsam und bedächtig.

Als ihre feuchte Lust meine Finger hinabrann, hob ich ihr Becken leicht an und platzierte mich hinter ihr. Mit zusammengebissenen Zähnen schob ich mich vorsichtig in sie und beobachtete dabei jede ihrer Regungen. Ich wollte sie nicht überfordern, aber gleichzeitig war die Versuchung, loszulassen und mich mit einem Ruck in sie zu schieben, so verlockend, dass es mich alle Kraft kostete, die Nerven zu behalten.

Mit jedem Herzschlag arbeitete ich mich ein kleines bisschen weiter vor und als ich schließlich mit meiner ganzen Länge in sie hineingetaucht war, erlaubte ich mir, endlich wieder tief Luft zu holen.

»Tut es weh?«, flüsterte ich und beugte mein Gesicht an ihr Ohr.

»Nein«, flüsterte sie mit bebender Stimme zurück. »Es fühlt sich unglaublich an.«

»Dann küss mich«, verlangte ich und umfasste mit meiner Hand ihren Nacken.

Sie wandte mir ihr Gesicht zu und schürzte ihre vollen, weichen Lippen, die ich hungrig für mich beanspruchte und ausgiebig erkundete.

Ich ließ mir Zeit. Viel Zeit. Doch mit jedem Kuss wurde ich schärfer und der Drang, mich in ihr zu bewegen, übermächtiger.

Als meine Zunge Virginias Lippen teilte und in ihren

Mund tauchte, stieß ich mit der Hüfte sanft in ihre Mitte und begann, mich im Takt unseres leidenschaftlichen Kusses in ihr zu bewegen.

Endlich!

Mein Becken klebte schweißnass an ihrem Po und die Stöße, mit denen ich sie nahm, waren zart wie der Flügelschlag eines Schmetterlings und doch so intensiv, dass ich die Befriedigung, die mich dabei erfasste, bis in meine Haarwurzeln spüren konnte.

Virginias feuchte, geschmeidige Pussy fühlte sich fantastisch an und das sinnliche Zungenspiel, mit dem wir einander vernaschten, raubte mir die Sinne und den Verstand, sodass meine Stöße aus dem Takt gerieten.

»Du bist mir so scheißwichtig«, keuchte ich erstickt an ihren Lippen und drehte uns leicht, damit ich mit meiner freien Hand ihre Klit massieren konnte. »Ich habe Angst, dich zu verlieren, weil ich so unstet und undankbar bin.«

»Hör auf zu reden und mach weiter«, wimmerte Virginia flehend und wand sich unter mir.

Doch ich konnte nicht. Ich konnte nicht aufhören zu reden, weil ich hören musste, dass sie mich nicht verlassen würde. Ohne sie konnte ich nicht überleben. Ich *brauchte* sie. Das spürte ich jetzt gerade, in diesem Moment, deutlicher als je zuvor.

»Versprich mir, dass du mich nicht verlässt. Versprich es mir, Virginia.«

Sie öffnete blinzelnd die Augen und ihr von Verlangen getrübter Blick traf auf den meinen.

»Ich verspreche es dir«, wisperte sie und schenkte mir

ein Lächeln, das dafür sorgte, dass ich kam, ohne dass ich es überhaupt wollte.

Mit letzter Kraft stieß ich in sie, presste meine Lippen auf die ihren und streichelte ihre geschwollene Klit, bis auch sie von ihrem Höhepunkt erfasst und ihr Stöhnen durch den von Holz und Harz geschwängerten Raum getragen wurde.

Erschöpft und überwältigt brach ich auf Virginia zusammen und vergrub sie unter mir, bevor ich vollkommen erledigt und überfordert von dem Sturm der Gefühle der mich in der letzten halben Stunde gänzlich unvorbereitet überfallen hatte, einschlief.

15

»*Zwischen dem Menschen, der man ist und dem Menschen,
der man sein will, liegen manchmal Welten.*« (Harley)

Harley

Als ich aufwachte, herrschte draußen noch
Dunkelheit und ich hatte keine Ahnung, wie
früh oder spät es war.

Irgendwann in der Nacht musste ich mich von Virginia
gerollt haben. Denn statt unter mir, lag sie jetzt neben mir
und atmete entspannt und gleichmäßig im Schlaf.

Ich widerstand dem Drang, ihr eine Haarsträhne aus

der Stirn zu streichen und ließ mich stattdessen auf den Rücken fallen.

Seufzend rieb ich mir das Gesicht und ging in Gedanken die Ereignisse des Vorabends durch.

Ich hatte mit Virginia geschlafen, obwohl ich mir damals, in jener fatalen Nacht, geschworen hatte, es nie wieder zu tun.

Warum hatte ich mein Versprechen an mich selbst nach all den Jahren gebrochen? Wieso ausgerechnet jetzt? Und wie sollte es nun weitergehen?

Ich *konnte* meine Mitarbeiterin nicht daten. Erstens datete ich nicht und zweitens – selbst, wenn ich wollte, ich *durfte* sie nicht daten. Die Firmenstatuten verboten ein Verhältnis zwischen Vorgesetztem und Angestellter und das aus gutem Grund. Denn dadurch sollte vermieden werden, dass die Machtungleichheit ausgenutzt und wehrlose Menschen von ihren Vorgesetzten ausgebeutet wurden.

Zugegeben – gewissermaßen beutete ich Virginia seit Jahren aus, wenn auch nicht sexuell. Daran änderte diese Regel rein gar nichts. Aber ich verstand ihren Ursprung und den Zweck, den sie erfüllte.

Wenn Virginia und ich diese intime Verbindung also fortführen wollten, musste einer von uns beiden gehen und die Firma verlassen.

Ging ich, gab ich damit meinen Traum auf. Ging Virginia, würde ich meinen Traum trotzdem verlieren, weil ich ohne sie nicht leben konnte. Ich war auf sie angewiesen. Als meine Mitarbeiterin und als meine Vertraute. Als meine beste Freundin. Mein moralischer Kompass. Mein Gewissen. Meine Retterin in der Not.

Ohne Virginia war es nur eine Frage der Zeit, bis ich scheiterte, weil ich ohne sie nicht funktionierte.

Und Geheimhalten ließ sich so eine Beziehung nicht. Jedenfalls nicht auf Dauer. Irgendwann kam sowas immer ans Licht und brachte die daran Beteiligten zu Fall. Das wollte ich uns ersparen. Denn wenn wir der Wahrheit ins Gesicht sahen, so endeten solche Geschichten doch stets auf ein und dieselbe Art: Der Mann kam ungeschoren davon und wurde als geiler Hengst gefeiert, während die Frau als billige, berechnende Schlampe abgestempelt wurde, die sich nach oben schlafen wollte.

Ich würde weitermachen können als sei nichts geschehen, aber Virginia ... ihr Ruf wäre ruiniert. Mehr noch: Sie wäre an ihrem neuen Arbeitsplatz permanent sexuellen Übergriffen ausgeliefert, weil man sie als leicht zu habendes Flittchen deklarierte.

Das durfte ich nicht zulassen. Davor musste ich sie schützen. Und da ich, selbst wenn ich das Wagnis einging, diese intime Verbindung weiterlaufen zu lassen, um zu sehen, wohin sie führte, irgendwann scheitern würde, war es das Risiko einfach nicht wert.

Seufzend setzte ich mich auf und sah auf Virginia hinab.

Ich würde ihr weh tun. Früher oder später würde ich es versauen.

Also tat ich es besser jetzt gleich, bevor wir dieses Spiel vertieften und uns so gegenseitig zerstörten.

Wir waren schon einmal miteinander im Bett gelandet.

Und es war uns schon einmal gelungen, es zu vergessen. Demnach sollte es uns auch ein zweites Mal gelingen.

Ich würde diesen Ausrutscher auf Alaska schieben. Die Abgeschiedenheit, in der wir hier lebten. Diese realitätsferne Blase, in der wir uns befanden. Den Alkohol, den wir intus hatten. Und den Erfolgsdruck, unter dem wir standen, sowie dem mäßigen Fortschritt, den wir machten.

Um uns beiden ein bisschen Luft und Raum zum Durchatmen zu gewähren, würde ich für ein, zwei Tage verschwinden. Ich hatte in L.A. sowieso einiges für das bevorstehende Konzert zu regeln. Deshalb bot es sich förmlich an, jetzt dorthin zu reisen, statt es noch länger aufzuschieben.

Je konkreter der Plan in meinem Kopf heranreifte, desto mehr fand ich Gefallen daran. Und desto mehr fühlte ich mich in dem Glauben bestätigt, dass ich mich keinen Deut von meinen Eltern unterschied. Ich war genauso verkorkst, selbstsüchtig und bindungsresistent wie sie. Wenn meine Reaktion auf gestern Nacht nicht der beste Beweis dafür war, dann wusste ich es auch nicht.

Virginia, so viel stand fest, verdiente etwas Besseres. Sie verdiente *jemand* Besseren. Jemand, der nicht so feige und unstet war wie ich. Jemand, der nicht so ein Scheißegoist war, wie ich.

Denn obwohl ich entschieden hatte, dass ich sie nicht daten konnte, war ich nicht gewillt, sie gehen zu lassen. Lieber lebte ich damit, ihr jeden Tag als meine Mitarbeiterin gegenüberzutreten, wohlwissend, dass sie dieser Zustand höchstwahrscheinlich verletzte und traurig stimmte.

Ich mochte zwar ein selbstsüchtiges Arschloch sein, aber ich war nicht blöd.

Dass Virginia gestern mit mir geschlafen und sich mir hingegeben hatte, bedeutete, dass sie mehr für mich empfand, als nur Freundschaft. Und da sie im Gegensatz zu mir alles andere als flatterhaft und unbeständig war, sahen ihr One-Night-Stands ohne Zukunft nicht ähnlich.

Sie hatte sich mehr davon erhofft, zweifellos.

Mehr, als ich ihr geben konnte.

Ich wusste das.

Und ich wusste auch, dass ich sie davon abhielt, dieses *mehr* mit jemand anderem zu finden, wenn ich sie gleichzeitig von mir stieß, sie aber trotzdem nicht freigab.

Ich ließ sie am ausgestreckten Arm verhungern, weil ich es nicht über mich brachte, sie loszulassen.

Also hielt ich sie fest, auch wenn das hieß, dass ich sie damit unglücklich machte.

Ich starrte angeekelt aus dem Fenster und hasste mich dafür. Ich hasste mich dafür, dem Menschen vorsätzlich wehzutun, der mir am meisten bedeutete. Und ich hasste mich dafür, dass ich nicht den Mut und den Anstand besaß, ihr Glück über das Meine zu stellen.

Ich war Abschaum. Und einer Frau wie Virginia Montgomery absolut unwürdig. Dass ich hoffte, dass sie das niemals bemerkte, befeuerte meinen Selbsthass nur noch mehr.

Gerade als ich aufstehen und in die Küche gehen wollte, räkelte und streckte sich Virginia neben mir.

Ihr Arm tastete über die Laken und als sie mich berührte, lächelte sie.

Sie drehte sich zu mir um und so wie ihr Blick auf mein Gesicht fiel, erstarb ihr Lächeln.

Virginia kannte mich in- und auswendig.

Sie hatte sofort verstanden, was Sache war. Sie hatte kapiert, dass ich einen Rückzieher machen und das Weite suchen würde.

So wie damals.

Aus denselben und doch auch vollkommen anderen Gründen.

»Ich muss nach Los Angeles. Heute noch. Kannst du mir einen Flug organisieren?«, rammte ich das Messer noch tiefer in die Wunde und drehte es darin um, indem ich sagte: »Du musst hierbleiben und dafür sorgen, dass die Jungs keinen Scheiß bauen, während ich weg bin.«

Sie schluckte und kämpfte die Tränen, die sich in ihren Augen bildeten, tapfer nieder.

»In Ordnung«, erwiderte sie mit dünner, nahezu tonloser Stimme. »Ich hänge mich gleich ans Telefon und leite alles in die Wege.«

16

»Ich bin gesund und ich lebe. Allein dieser Umstand ist ein Grund zur Freude. Warum also erfreue ich mich dann so selten daran?« (Virginia)

Virginia

»Hier. Trink noch ein bisschen Punch, dann sieht die Welt gleich viel besser aus.«

Donna reichte mir die dritte Tasse des nach Zimt und Vanille schmeckenden Glühweins und gab erst Ruhe, als ich einen großen Schluck davon getrunken hatte.

Sie glaubte, dass mich abzufüllen meine Laune heben und meinen Schmerz lindern würde.

Dabei wussten wir alle, dass Alkohol keine Lösung, sondern lediglich eine Betäubung war. Durch Alkoholkonsum verschwanden die Probleme nicht, sie wurden bloß für ein paar Stunden unsichtbar, bevor sie wieder in unser Bewusstsein und somit in unser Leben zurückkehrten.

Aber dieser heiße Zimt-Vanille Trunk sorgte nicht nur dafür, dass ich mich wie ein flummiartiges Einhorn auf rosa Wattewolken fühlte, sondern wärmte gleichzeitig auch meine Seele und mein Herz. Und gerade tat das verflixt gut, weshalb ich in Kauf nahm, morgen mit einem mörderischen Kater aufzuwachen.

Und überhaupt: Wer wusste schon, ob es ein Morgen gab?

Das Leben war jetzt. Nicht morgen und auch nicht übermorgen. *Jetzt* galt es zu leben. Spaß zu haben. Und Erinnerungen zu schaffen.

Nachdem Harley gestern Nachmittag nach Los Angeles aufgebrochen war, hatte ich die Probe mit den Jungs gemanagt und arbeitete danach an der Konzertvorbereitung weiter. Ich traf mich mit Aimee, um die Publicity Strategie auszuwerten, so wie die weitere Vorgehensweise zu besprechen und telefonierte danach mit der Firma, die online die Tickets für das Konzert verkaufen würde.

Heute Morgen war ich in aller Früh nach Anchorage gefahren, um mich vor Ort selbst von dem Fortschritt der Konzertvorbereitungen zu überzeugen.

Alles lief nach Plan. Der Social Media Teaser würde

morgen live gehen und ein Erdbeben der Stärke zehn auslösen. Morgen würde die Welt endlich erfahren, dass *Falling from Grace* an ihrem Comeback arbeiteten – zumindest für *ein* Konzert.

Den Tag darauf würde dann die offizielle Pressemitteilung folgen und gleichzeitig wurde die Voranmeldung für den online Ticketverkauf freigeschaltet.

Ich zweifelte nicht daran, dass die Tickets innerhalb von einer halben Stunde restlos ausverkauft sein würden. Allerdings hoffte ich inständig, dass der Server dem Ansturm auf die Plattform standhalten und nicht zusammenbrechen würde.

Für alle, die kein Ticket zu dem Konzert ergattern konnten, würden wir Special Deals zu einem Livestream anbieten. Zusätzlich dazu wurde das Konzert aufgezeichnet und zu einem Film verarbeitet, sodass man sich dieses einzigartige Comeback auch ins Wohnzimmer holen und es sich immer wieder ansehen konnte.

Daphnes Stiftung, so viel stand fest, erwartete ein Goldregen, auch wenn wir die Ticketpreise absichtlich nicht hoch angesetzt hatten, weil jeder *Falling from Grace* Fan, egal ob arm oder reich, in der Lage sein sollte, sich ein Ticket leisten zu können.

Von dieser neuartigen Preispolitik, die manche Superstars an den Tag legten, hielt ich nichts. Und das sagte ich Harley auch ganz offen. Eine Konzertkarte sollte nicht so viel kosten, wie ein Urlaub. Das war lächerlich und absolut unverhältnismäßig. Vor allem, weil *Falling from Grace* sich für den guten Zweck zusammenrauften und nicht, um sich damit eine goldene Nase zu verdienen.

Zum Glück teilte Harley diese Auffassung und gab mir freie Hand bei den Preisverhandlungen und den damit verbundenen Konditionen.

»Hörst du jetzt mal auf, an diesen Vollidioten zu denken, oder muss ich dich erst mit Schnee einseifen, damit du zur Abwechslung mal lächelst?«, beschwerte sich Donna und zog eine Schnute.

»Ich denke doch gar nicht an ihn«, log ich, obwohl ich wusste, dass man Donna nicht belügen konnte und es auch nicht sollte. Sie merkte einfach alles.

So wie jetzt, als sich ihre Augen zu kleinen, verärgerten Schlitzen verengten und sie demonstrativ die Arme vor der Brust überkreuzte.

»Natürlich tust du das.«

»Woher willst du das wissen?«

»Ich kann es sehen. An deinem Blick. Jedes Mal, wenn du an den Vollpfosten denkst, hast du diesen melancholischen Glanz in den Augen. Leugnen ist zwecklos.«

Ich seufzte und trank noch einen Schluck von meinem Punch, um Donna nicht antworten zu müssen.

Nachdem ich am späten Nachmittag aus Anchorage von den Konzertvorbereitungen zurückgekehrt war, hatte mich Donna dazu überredet, die Weihnachtsparade im Nachbardorf mit ihr zu besuchen.

Eigentlich war ich müde gewesen und hatte mich auf eine heiße Schokolade und ein gutes Buch in meinem Bett gefreut. Doch ich musste zugeben, dass ich dann wahrscheinlich wieder über Harley, unsere gemeinsame Nacht und seine Reaktion am Morgen darauf gegrübelt hätte.

So aber kam ich gar nicht erst dazu, auch nur einen

Gedanken daran zu verschwenden, weil Donna dafür sorgte, dass ich stets beschäftigt war.

Auch wenn sie mitunter eine echte Nervensäge und mega anstrengend sein konnte: In Momenten wie diesen war ich unglaublich dankbar, eine Schwester wie sie zu haben.

Sie ließ mich nicht hängen, machte mir keine Vorwürfe und tat alles, um mich aufzuheitern.

Eigentlich wollte ich ihr gar nicht von der Nacht mit Harley erzählen, aber natürlich hatte sie mitbekommen, dass ich nicht nach Hause gekommen war. Schließlich wohnte ich bei ihr. Als ich, nachdem Harley nach L.A. geflogen und die Probe mit den Jungs abgeschlossen war, ins *Keetna Inn* kam, um dort zu Abend zu essen, hatte sie mir sofort angesehen, dass etwas nicht stimmte und nicht eher Ruhe gegeben, bis ich ihr davon berichtete.

Sie war wütend gewesen. Nicht auf mich, sondern auf Harley, der seit seiner Abreise kaum von sich hören gelassen hatte.

Dabei sah ihm das überhaupt nicht ähnlich. Normalerweise rief er mich bis zu zwanzig Mal am Tag an, wenn wir nicht gerade an ein und demselben Ort verweilten. Doch seit seiner Abreise beschränkte sich die Kommunikation mit ihm überwiegend auf Textnachrichten.

Ich fragte mich, ob es jetzt immer so komisch zwischen uns sein würde, oder ob irgendwann wieder eine Art Normalität eintrat.

Denn so, wie es jetzt gerade war, konnte es nicht weitergehen. Nicht auf Dauer.

Ich würde es vorziehen, mich mit ihm auszusprechen

und die gemeinsame Nacht zu vergessen, wenn das bedeutete, dass wir wieder so vertraut und eingespielt miteinander umgehen konnten, wie zuvor.

Doch vielleicht war das gar nicht möglich. Vielleicht gab es kein Zurück. Vielleicht hatten wir eine Grenze überschritten, die unsere Welt und unser Verhältnis zueinander für immer veränderte.

Wir würden darüber reden müssen, auch wenn Harley dieser Unterhaltung mit allen Mitteln aus dem Weg ging.

Aber das half nichts. Es stand zu viel auf dem Spiel, als dass wir uns erlauben konnten, emotional auszuflippen und die Nerven zu verlieren.

Wir mussten uns zusammenreißen und uns auf *Falling from Grace* konzentrieren. Und das würde uns nur gelingen, wenn wir als eingespieltes Team auftraten, das einander blind vertraute.

»Wann kommt der Spinner wieder?«, riss mich Donna ein weiteres Mal aus meinen Gedanken.

»Morgen«, murmelte ich und leerte meine Tasse.

»Gut. Dann hör jetzt auf Trübsal zu blasen und ruf dir ins Gedächtnis, dass du verdammt privilegiert bist. Du bist gesund. Hast einen Job, der deine Rechnungen zahlt und dir ein schönes Leben finanziert. Du hast eine Familie und Freunde, die dich lieben. Und du bist bei einer Weihnachtsparade mit der besten Schwester der Welt und kannst dir jede Menge verrückte Menschen in noch verrückteren Kostümen anschauen, während du heißen Punch trinkst und die Schneeflocken auf uns hinabrieseln. Weißt du eigentlich, wie gut du es hast? Denk mal drüber nach.«

Donnas Worte ließen mich beschämt schlucken.

Sie hatte ja recht.

Es mochte zwar nicht alles so laufen, wie ich es mir wünschte, aber ich konnte mich im Grunde genommen wirklich nicht beschweren. Mir ging es gut. Richtig gut sogar.

Und statt mich in Selbstmitleid und Kummer zu suhlen, sollte ich lieber den Weihnachtsumzug genießen, den ich schon seit vielen Jahren nicht mehr besucht hatte.

Als Elfen, Weihnachtsmann, Engel, Lebkuchen und Zuckerstangen verkleidete Menschen winkten von bunten, leuchtenden Wägen mit blinkenden Tannenbäumen, echten Rentieren und opulenten Schlitten, beladen mit jeder Menge Geschenken.

Sie alle lachten, sangen, tanzten und versprühten auf magische Weise eine wundersame Vorfreude auf Weihnachten.

Der Schnee rieselte unablässig vom Himmel herab und die Straßenlaternen, sowie die zahlreichen Lichterketten und Sterne, erhellten die Straße, durch die der Umzug zog.

So musste es am Nordpol aussehen. Dort, wo der Weihnachtsmann wohnte. Da, wo sich die Spielzeugwerkstatt der Elfen befand. Dort, wo die Rentiere, die den Schlitten des Weihnachtsmanns jedes Jahr einmal um die Welt zogen, sich auf ihren nächsten Einsatz vorbereiteten.

Ich träumte mich zurück in meine Kindheit. In die Zeit, als ich noch an den Weihnachtsmann glaubte und mich mit Donna nachts auf die Lauer legte, um ihn bei seinem Einstieg durch den Schornstein auf frischer Tat zu ertappen.

Es war eine schöne Zeit gewesen. Und ich schätzte mich glücklich, in so einem behüteten Ort wie Keetna Creek aufgewachsen zu sein, wo selbst manch ein Erwachsener noch an die Existenz von Santa Claus glaubte.

Lächelnd legte ich den Arm um Donnas Schulter, während die Menge *Do they know it's Christmas* von Band Aid anstimmte, dessen Melodie aus den Lautsprechern entlang der Laternen und Umzugswägen drang.

Manchmal war das Beste und auch das Einzige, was man tun konnte, loszulassen und alles auf sich zukommen zu lassen, statt sich vorher schon den Kopf zu zerbrechen und doch zu keiner Lösung zu gelangen.

Und exakt darin würde ich mich jetzt versuchen.

17

»Erst wenn du etwas verlierst, merkst du, wie viel es dir eigentlich bedeutet. Lass es nie so weit kommen.« (Harley)

Harley

»Ach verflucht nochmal«, schimpfte ich, als ich nach einer halben Stunde immer noch vergebens nach den Dokumenten suchte, die ich dringend benötigte.

Mittlerweile hatte ich den Aktenschrank komplett verwüstet und Virginia würde mich sicherlich umbringen, wenn sie es herausfand.

Sie besaß ein ganz bestimmtes System, nach dem sie

die Akten sortierte und ablegte. Ich hatte sie zig Mal dabei beobachtet und doch keine Ahnung, wie es funktionierte. Wie konnte das sein?

Überhaupt war mir in den letzten 24 Stunden im Büro wieder einmal klargeworden, dass ich ohne Virginia vollkommen aufgeschmissen war.

Normalerweise nahmen wir immer gleichzeitig Urlaub, damit ich nicht auf sie verzichten musste. Zum ersten Mal seit einer Ewigkeit war ich hier komplett auf mich allein gestellt und so ungern ich es auch zugab: Ich kam ohne Virginia nicht mal einen Tag lang zurecht.

Sie fehlte mir. Auf allen Ebenen und in allen Belangen. Beruflich und ... privat.

Wenn ich in der Vergangenheit etwas gebraucht habe, musste ich sie nur anrufen. Aber jetzt gerade traute ich mich das nicht. Ich redete mir ein, dass ich sie nicht bei den Konzertvorbereitungen und den Proben stören wollte. Aber das war kompletter Bullshit und so dürftig, dass ich es mir nicht mal selbst abkaufte.

Mit einem kräftigen Schubs stieß ich die Schublade zu. Jedenfalls versuchte ich es. Doch durch die Akten, die jetzt allesamt durcheinander lagen, schwang die Schublade wieder auf und knallte gegen meine Hüfte.

Fuck!

Ich nahm die widerspenstigen Mappen und donnerte sie wutschnaubend auf den Boden. »Das habt ihr jetzt davon!«

»Oha ... ich komme wohl ungelegen?«, ertönte hinter mir die belustigte Stimme von Casey Corell, einem gefragten Musikagenten und Manager.

Ich drehte mich genervt zu ihm um und versuchte mit meinem Körper notdürftig das Chaos hinter mir zu verdecken.

»Hatten wir einen Termin?«, fragte ich ungehalten und rührte mich dabei nicht vom Fleck.

»Nein, nicht direkt. Aber ich habe gehört, dass du an was Großem dran bist und dachte mir, ich schau mal vorbei. Du weißt ja: Ich bin immer an guten Deals interessiert. Je größer desto besser.«

Dieses Motto bezog sich auf alles in Caseys Leben. Er mochte es gern luxuriös und verschwenderisch. Und da er extrem gut in dem war, was er tat, konnte er sich diesen mondänen Lebensstil auch leisten.

»Wo ist eigentlich mein Liebling?«, fragte er stirnrunzelnd und sah sich suchend im Vorraum meines Büros um.

»Wen meinst du?«, knurrte ich, obwohl ich es mir schon denken konnte.

»Na, Virginia. Sie macht den besten Latte in ganz L.A., wusstest du das nicht? Und ganz unter uns gesagt, sorgt ihre Anwesenheit jedes Mal von neuem dafür, dass meine ganz persönliche Latte ebenfalls total heiß wird. Weißt du zufällig, ob sie derzeit Single ist?«

Wie bitte?

Ich glaubte, mich verhört zu haben.

Casey Fucking Corell stand auf Virginia? Auf *meine* Virgin? Sein verfickter Ernst?

»Virginia ist vielbeschäftigt. Sie hat weder Zeit noch Interesse an etwas Ernstem. Sorry.«

»Wer sagt denn, dass es gleich was Ernstes sein muss?

Es reicht doch fürs Erste vollkommen aus, wenn man ein bisschen Spaß miteinander hat, oder?«

Casey grinste blöd und entblößte dabei seine weißgebleachten, perfekt aneinandergereihten Zähne.

»Ich tue jetzt mal so, als hätte ich nicht gehört, dass du dich gerade auf absolut unangebrachte Weise über meine Mitarbeiterin und engste Vertraute geäußert hast, Corell. Aber verlierst du nochmal ein unanständiges Wort über sie, haben wir beide ein gewaltiges Problem. Verstanden?«

Meine Stimme klang drohend. Humor und Gelassenheit suchte man darin vergebens. Das kapierte auch Casey Corell, dessen dümmliches, obszönes Grinsen einem entschuldigen Gesichtsausdruck wich.

»Jo Mann, seit wann bist du so eine Spaßbremse? Was ist los mit dir? Du bist doch selbst auch kein Kostverächter.«

»Nichts. Nichts ist los mit mir. Ich mag es bloß nicht, wenn jemand Virginia auf ein Sexobjekt degradiert. Denn sie ist viel mehr als das. Sie verdient es nicht, dass man so über sie redet. Und selbst wenn sie auf der Suche nach einem Partner, oder einem Typen fürs Bett wäre, würde sie auf so ein dummes Gelaber bestimmt nicht abfahren. Also überdenk besser nochmal deine Wortwahl, bevor du das nächste Mal hier aufkreuzt und hohle Sprüche klopfst.«

Bei meiner Aussage bildete sich ein wissendes Lächeln auf Caseys Visage. »Alter, ... du *stehst* auf sie. Du fährst auf deine Sekretärin ab und versuchst selbst, sie flachzulegen, stimmts? Wenn das so ist, sollte ich besser mit offenen Karten spielen. Schließlich will ich mir nicht nachsagen lassen, ich hätte dich ausgetrickst.«

»Wovon zum Teufel redest du da?«, blaffte ich ihn an und von meiner sonst so entspannten und lässigen Art war nichts mehr zu sehen.

Überhaupt war ich seit der Sache mit Virginia extrem unentspannt und grantig und diese Feststellung wiederum sorgte dafür, dass meine Laune noch weiter in den Keller sank.

»Da du mich immer so lange auf meinen Termin warten lässt, haben dein Schätzchen und ich jede Menge Zeit zum Plaudern. Deshalb weiß ich, wie verrückt sie nach Helena Aston ist und habe ihr ein Bewerbungsgespräch bei ihr verschafft.«

»*Wie bitte*?« Meine Frage hallte so laut und zornig durch den Raum, dass ich glaubte, unter dem Echo die Wände wackeln zu sehen. Hatte ich mich gerade verhört, oder versuchte dieser arrogante Fatzke wirklich, mir Virginia auszuspannen?

So oder so: Mir platzte der Kragen. Ich ging hoch wie eine Bombe und explodierte mit einem lauten, ohrenbetäubenden Knall.

»Wer glaubst du, bist du, dass du mir hinter meinem Rücken meine beste Mitarbeiterin stehlen kannst? Ich werde dafür sorgen, dass du kein einziges Geschäft mehr mit *Golden Records* abschließt. Und auch mit keinem der Künstler, die bei uns unter Vertrag sind. Schieb dir deine großen Deals und deine Millionen-Provisionen in den Arsch, Corell und mach, dass du hier rauskommst!«

»Jo, Jo, Jo, Harley, jetzt mal halblang.« Der blöde Arsch hob beschwichtigend die Hände in die Höhe und so etwas wie Panik zeichnete sich auf seinem Botox-gespritzten

Gesicht ab. »Ich wusste doch nicht, dass sie dir so wichtig ist, als ich mich an sie rangemacht habe. Hätte ich geahnt, dass sie für dich unentbehrlich ist, hätte ich nicht meine Connections spielen lassen. Ich finde sie wirklich total niedlich und dachte, dass sie mit mir ausgeht, wenn ich ihr ihren Traumjob verschaffe.«

Ich atmete tief ein. Dann wieder aus.

Ihren *Traumjob*? Ihren ... *Traumjob*?

Virginia arbeitete bereits in ihrem Traumjob. *Hier. Bei mir.*

Wie kam Casey Corell darauf, dass sie lieber für Helena Aston arbeiten würde als für mich? Helena war zwar eine der talentiertesten und beliebtesten Schauspielerinnen Hollywoods. Und es gab kaum einen Film, für dessen Hauptrolle sie nicht erst ausgewählt und anschließend ausgezeichnet wurde. Aber dass Virginia sie derart anhimmelte, dass sie deswegen ihrem Team angehören wollte ... das hatte ich nicht gewusst.

Überhaupt wusste ich herzlich wenig über Virginia, je mehr ich jetzt darüber nachdachte.

Es ging bei uns immer nur um mich. Um *meine* Wünsche. *Meine* Bedürfnisse. *Meine* Probleme. Nie ging es um sie. Für mich war Virginia selbstverständlich. Es war selbstverständlich, dass ich sie anrufen konnte, wann immer ich sie brauchte. Dass sie da war. Dass sie mein Leben organisierte. Dass sie tat, was ich ihr auftrug. Sie war alles für mich und doch war sie so selbstverständlich, dass ich nie ernsthaft in Erwägung gezogen hatte, dass ich sie eines Tages verlieren könnte. Vor unserer Reise nach Keetna Creek hatte ich nie auch nur einen Gedanken

daran verschwendet, dass sie nicht zufrieden, nicht glücklich sein könnte.

Dabei wusste ich nicht einmal, *was* sie zufrieden und
glücklich machte.

Kein Wunder, dass sie von mir wegwollte. Oder sollte
ich eher sagen: Ein Wunder, dass sie mich nicht längst
verlassen hat?

Fuck!

18

»Ich hätte nie gedacht, dass ich mal jemanden unabsichtlich ermorden würde.« (Virginia)

Virginia

Genauso schweigsam, wie Harley vor ein paar Tagen verschwunden war, kehrte er auch wieder nach Keetna Creek zurück. Als sein Jet landete und ich ihn vom nahegelegenen Flugplatz abholte, sagte er kaum ein Wort und vermied es, mich anzusehen.

Gleichzeitig lag seine Stirn jedoch in Falten und verriet mir, dass er angestrengt über etwas nachdachte.

Und damit war er nicht allein. Auch ich überlegte,

seitdem ich heute Morgen eine überraschende E-Mail von der Personalabteilung erhalten hatte, was der Anlass dafür gewesen sein könnte.

Als wir vor der Blockhütte hielten und Harley noch immer keine Anstalten machte, aus seinem Schneckenhaus zu kriechen, siegte die Ungeduld in mir und ich brach das unangenehme Schweigen zwischen uns, das meine Nerven bis aufs Äußerste strapazierte.

»Warum hast du mir eine Gehaltserhöhung gegeben? Und dann noch so eine horrende?«

Ich stellte den Motor ab und legte die Hände abwartend in meinen Schoß, während ich Harleys Reaktion auf meine Frage genauestens beobachtete.

Er hob den Blick, doch statt mich anzusehen, schaute er stur geradeaus. Was er da zu sehen hoffte, wusste ich nicht. Denn es war längst dunkel draußen und mit dem Abstellen des Motors erloschen auch die Scheinwerfer.

»Das Jahr ist fast zu Ende und du hast gute Arbeit geleistet. Also wirst du für deine erbrachte Leistung ab dem nächsten Jahr entsprechend belohnt. Das ist ein ganz normales Prozedere.«

Ein ganz normales Prozedere? Von wegen!

Harley hatte mich schon immer sehr gut bezahlt und das hier war auch nicht meine erste Gehaltserhöhung, aber dass sie gerade jetzt kam und dann auch noch derart hoch ausfiel, war ungewöhnlich.

»Wenn du dich wegen neulich Nacht freikaufen willst …«, begann ich, doch Harley ließ mich nicht ausreden, sondern fiel mir ins Wort.

»Nein. Will ich nicht. Ich will mich einfach nur für

deine außergewöhnliche Leistung und Loyalität bedanken.«

Ich zog überrascht die Brauen in die Höhe und musterte ihn eindringlich.

Sein Verhängnis war, dass ich ihn zu gut kannte, als dass er mich anlügen konnte. Ich wusste, wenn etwas im Busch war. Wenn er mir etwas verheimlichte. Mir etwas vorenthielt. So, wie in diesem Augenblick.

»Und warum gerade jetzt? Mitten in den Vorbereitungen zu dem wohl wichtigsten Konzert des Jahrzehnts? Wieso nicht erst abwarten, ob ich es nicht vergeige und das Comeback von *Falling from Grace* ein Reinfall wird?«

Harley seufzte und langte nach dem Türgriff, um auszusteigen. »Du wirst es nicht vergeigen. Das tust du nie.«

Ich beugte mich blitzschnell vor und legte die Hand auf seinen Arm, um ihn davon abzuhalten, abzuhauen.

»Was ist los Harley? Warum lassen wir nicht die dummen Spielchen und du sagst mir stattdessen die Wahrheit, hm? Was ist der wahre Grund für diese exorbitante Gehaltserhöhung? Fühlst du dich schuldig mir gegenüber? Wegen neulich Nacht?«

Bei meinen Worten schloss Harley die Augen und atmete langsam aus. Offenbar hatte ich ins Schwarze getroffen.

»Ja, ich fühle mich schuldig. Aber nicht wegen neulich Nacht. Jedenfalls ... nicht nur«, murmelte er und rieb sich durch das angespannte Gesicht. »Ich fühle mich schuldig, weil ich nicht aufmerksam genug war. Weil ich dir nicht oft genug gesagt habe, wie wichtig du mir bist. Und weil ich dich als selbstverständlich angesehen habe. Ich war mir deiner immer sicher. *Zu* sicher, wie ich jetzt lernen musste.«

Mit jedem wirren Satz, den Harley da von sich gab, wurde die Furche über meiner Nasenwurzel tiefer. Wovon redete er? Und wieso stellte er sich in ein derart schlechtes Licht?

»Ich bin ein selbstsüchtiges Arschloch, dass dich nicht verdient hat. Weder als Freundin, noch als Mitarbeiterin. Du weißt alles über mich und ich? Ich weiß so gut wie nichts über dich. Das ist egoistisch und narzisstisch zugleich. Und ich kann verstehen, dass du dich deshalb anderweitig umschaust.«

Mich anderweitig umschauen? Wo schaute ich mich denn anderweitig um? Worum ging es hier eigentlich? Ich verstand nur Bahnhof.

»Harley ...«, entgegnete ich zögernd. »Ich sehe mich nicht anderweitig um und ich bin der Meinung, dass du gerade viel zu hart mit dir ins Gericht gehst. Du stellst dich dar, als wärst du ein ichbezogenes, selbstverliebtes Arschloch, aber das bist du nicht. Du bist das genaue Gegenteil davon. Außerdem kennst du mich. In- und auswendig. Es gibt kaum etwas, das du nicht über mich weißt.«

Ein verächtliches Schnauben erfüllte den Innenraum des Wagens. Es stammte von Harley, der mir kein Wort zu glauben schien. Dabei sagte ich die Wahrheit.

»Wenn das so ist, warum willst du dann für Helena Aston arbeiten und mich verlassen, hm?«

Meine Verwirrung stieg. Ich wollte für Helena Aston arbeiten? Nicht dass ich wüsste. Ich war zwar ein

Riesenfan von ihr und kannte all ihre Filme, aber deswegen dachte ich doch noch lange nicht über einen Jobwechsel nach.

»Ich habe nicht vor, dich für Helena Aston zu verlassen, Harley. Und wenn dem so wäre, könnte mich eine Gehaltserhöhung von 24.000 Dollar im Jahr auch nicht daran hindern. Du solltest wissen, dass ich mich nicht kaufen lasse. Wenn du also befürchtest, ich würde mich anderweitig umsehen, solltest du mit mir reden. So, wie das Freunde nun mal tun. Sie reden miteinander. Offen und ehrlich.«

Eigentlich hatte ich gehofft, Harley mit dieser Aussage beschwichtigen zu können. Doch es schien, als hätten ihn meine Worte verärgert, denn der Zug um seinen Mund verhärtete sich.

»Miteinander reden also, ja? Offen und ehrlich? Dass ich nicht lache! Wenn dem so wäre: Wann genau wolltest du mir erzählen, dass du mit Casey Corell ins Bett steigst, hm? Was läuft da zwischen euch? Bist du verliebt in den Arsch? Hast du Gefühle für ihn?«

Ein hysterischer Lacher entwich meiner Kehle und ließ Harley vor Zorn erbeben.

»Was ist denn daran bitte so lustig? Ich kann an der Tatsache, dass du mit diesem Idioten rummachst, nämlich nichts Witziges finden.«

Harley war richtig sauer und ich kannte seine Launen gut genug, um zu wissen, dass er kurz davorstand, zu platzen. Doch auch ich wurde langsam aber sicher richtig wütend.

Was sollte das? Was sollten diese absurden Unterstellungen? Und wieso erdreistete *er* sich, verärgert zu sein, wenn allein *ich* diejenige war, die das Recht besaß, sich aufzuregen?

Immerhin wurde *ich* hier gerade einem Haufen absurder Lügen bezichtigt und nicht er.

»Ich habe keine Ahnung, was dir Casey erzählt hat, aber zwischen uns läuft nichts. Casey ist ein angeberischer Aufreißer, der Frauen auf ihr Äußeres reduziert. Glaubst du ernsthaft, ich würde mit so jemandem etwas anfangen? Ich bin mir wirklich mehr wert. Eigentlich dachte ich, du wüsstest das. Und was Helena Aston betrifft: Ich habe mich nicht bei ihr um einen Job beworben und ich habe es auch nicht vor. Ich bin glücklich bei *Golden Records* und sehe keinen Anlass, meinen Job dort aufzugeben. Und wenn dem nicht so wäre, könnte das Geld, mit dem du mich zu kaufen versuchst, auch nichts daran ändern. Mann, Harley ... du solltest mich wirklich besser kennen.«

Meine Hände, die sich bei meiner wutschnaubenden Verteidigungsrede in meinem Schoß zu Fäusten geballt hatten, glitten zum Lenkrad und zum Zündschloss. Ich schaltete den Motor des Wagens wieder an und wollte nur noch weg von hier.

Keine Ahnung, was mit uns los war, aber es machte mich krank und traurig zugleich, dass wir uns innerhalb von so kurzer Zeit so maßgebend voneinander entfremdet hatten.

Ich konnte nicht mehr atmen. Schaffte es nicht mehr, klar zu denken. Und die verräterischen Tränen schossen in meine Augen und drohten, überzuquellen.

»Virginia, ich ... ich wusste nicht ... also ich dachte, dass ... er klang so überzeugend und ich ... ich ...«

»Steig aus und mach die Tür zu, Harley«, unterbrach ich ihn und untermalte meine Forderung, indem ich aufs Gas stieg und den Motor aufheulen ließ. »Ich habe für heute genug gehört. Seit wann bist du so naiv, auf die Spielchen von jemandem wie Casey Corell reinzufallen? Das ist doch sonst nicht deine Art. Du lässt dich von niemandem aufs Glatteis führen. Nie. Denk mal darüber nach und tu, was auch immer du tun musst, um wieder normal zu werden. Denn jetzt gerade bist du unausstehlich.«

Harley presste die Lippen aufeinander und schien einzusehen, dass er meilenweit über das Ziel hinausgeschossen war.

»Kommst du mit rein und wir reden?«, bat er kaum hörbar und reichlich kleinlaut. »Über alles?«

Ich schüttelte den Kopf. »Heute nicht. Nein. Wir sollten uns auf das bevorstehende Konzert konzentrieren. Der Rest muss warten.«

»Bitte, Virginia ...«

Der flehende Unterton in Harleys Stimme drohte, mich weichzukochen, weshalb ich mich zur Seite beugte und die Tür für ihn öffnete. Jedenfalls wollte ich das tun. Doch zu mehr, als den Türgriff mit meinen Fingern zu streifen und der Tür einen Stoß zu verleihen, reichte meine Körpergröße nicht aus.

»Steig aus, Harley. Jetzt.«

Ein resigniertes, trauriges Seufzen ging über Harleys

Lippen und zu meiner Überraschung tat er, was ich von ihm verlangte.

Er stieg tatsächlich aus.

Ich atmete erleichtert auf und obwohl es sich absolut beschissen und falsch anfühlte, wollte ich nichts wie weg von hier. Weg von Harley. Weg von dem Mann, der mich himmelhoch fliegen, aber auch bodentief fallen lassen konnte.

Ich schloss die Augen, um noch einmal tief einzuatmen und trat auf das Gaspedal. Doch weit kam ich nicht, bevor ich einen dumpfen Knall vernahm und alle Warnlichter am Auto rot aufblinkten.

Scheiße!

Panisch riss ich die Augen auf und versuchte zu verstehen ...

Hatte ich gerade aus Versehen ein Tier umgefahren? Zwar hielten fast alle in Alaska lebenden Tiere um diese kalte Jahreszeit Winterschlaf, oder befanden sich in der Winterruhe, doch ein paar Ausnahmen gab es nichtsdestotrotz. Wölfe, oder Elche zum Beispiel.

Ich stieß die Autotür auf und sprang mit beiden Füßen in den Schnee. Mit klopfendem Herzen eilte ich um das Auto herum und schrie erschrocken auf, als ich realisierte was, oder besser gesagt, *wen* ich da umgefahren hatte.

Harley.

19

»Können Hölle und Paradies ein- und derselbe Ort sein?«
(Harley)

Harley

In einer Sekunde stand ich auf den Beinen und in der nächsten landete ich unsanft im harten Schnee.

Noch bevor ich verarbeiten konnte, was gerade geschehen war, hörte ich auch schon, wie die Fahrertür des Wagens aufgestoßen wurde und Virginia hinaussprang.

Als sie mich sah, schrie sie erschrocken auf und ließ sich neben mich auf die Knie fallen.

Hektisch tastete sie mich ab, so als wollte sie meinen Körper auf Verletzungen und Brüche absuchen. Doch aufgrund der geringen Geschwindigkeit, die der Wagen beim Anfahren gehabt hatte, sollte ich mit ein paar kleinen Kratzern davongekommen sein.

Glück im Unglück nannte man das wohl.

Eigentlich wollte ich zur Fahrerseite herübergehen, um Virginia eigenhändig aus dem Wagen zu holen, weil sie sich weigerte, auf meine Bitte, mit mir zu reden, einzugehen.

Doch offenbar hatte sie geglaubt, ich würde mich kampflos geschlagen geben und sei ins Haus gegangen, woraufhin sie, ohne genauer hinzuschauen, einfach losgefahren war und mich damit glatt umnietete.

»Geht's dir gut? Spürst du deine Beine? Tut dir dein Kopf weh? Habe ich dir weh getan? Harley? Harley? Jetzt sag doch was. Um Gottes Willen, Harley!«

Virginias panische Fragen prasselten wie ein Wolkenbruch auf mich ein und bevor ich die Chance bekam, darauf zu antworten, stellte sie mir auch schon die nächste Frage.

Ich beschloss, abzuwarten, bis sie sich beruhigte und ließ erschöpft von dem Gedankenmarathon der letzten Tage, den Kopf in den Schnee fallen.

»Nicht das Bewusstsein verlieren«, schrie Virginia aufgebracht, weil sie meine Reaktion völlig fehlinterpretierte. »Du darfst mich nicht allein lassen, hörst du? Wir sind noch nicht fertig miteinander. Bleib wach, Harley!«

Ich wollte gerade antworten, dass ich nicht vorhatte,

mich alsbald ins Jenseits zu verabschieden und dass es mir gutging, als Virginia sich zu mir hinabbeugte und ihr Ohr an meinen Mund presste, um meinen Atem zu kontrollieren.

Obwohl mich ihre offenkundige Sorge rühren sollte, belustigte sie mich in erster Linie. Virginia hatte offenbar einige Hollywood-Action-Filme zu viel gesehen, denn sie reagierte komplett über.

Bevor ich mich zurückhalten konnte, schnellte meine Zunge aus meinem Mund und stahl sich in ihre Ohrmuschel.

»Ihhhgitt«, quietschte sie und drehte ruckartig ihren Kopf, sodass sie mir in die Augen sehen konnte.

Ich zwinkerte ihr zu und grinste. »Es geht mir gut. Wirklich. Aber vielleicht öffnest du das nächste Mal beim Autofahren besser die Augen, bevor du aufs Gas trittst.«

»Wieso springst du mir auch vors Auto?«, sagte sie vorwurfsvoll. »Bist du lebensmüde, oder was hattest du vor?«

»Ich wollte dich nicht gehen lassen, ohne vorher in Ruhe mit dir zu reden«, gab ich zu. »Ich kann ohne dich nicht leben, Virgin. Und ich will es auch nicht. Der Grund, aus dem ich so ausgerastet bin, ist ein Wort mit fünf beschissenen Buchstaben: Angst. Ich hatte panische Angst davor, dass du mich verlässt, weil ich mir ein Leben ohne dich nicht vorstellen kann.«

Ihre grünen, funkelnden Augen weiteten sich bei meinen Worten ungläubig, so als hätten sie mit diesem Geständnis nicht gerechnet. Doch es entsprach der Wahrheit und ich hatte keine Lust mehr, es noch länger vor ihr zu verbergen, weil dieser Schockmoment mir bildlich vor Augen geführt hatte, wie schnell alles vorbei sein konnte. Man dachte, man hätte ewig Zeit. Schob alles von sich. Vertagte es auf später.

Aber was, wenn es kein *Später* mehr gab?

Was dann?

Dann musste man für den Rest seines Lebens mit der Schuld leben, nicht mutig genug gewesen zu sein. Die Chancen, die einem das Leben gegeben hatte, aus Feigheit nicht genutzt zu haben. Und man würde keine Möglichkeit mehr haben, irgendetwas davon rückgängig zu machen.

Nein. So wollte ich nicht enden.

Also hieß es jetzt wohl: Augen zu und durch.

Ich hob meinen Arm an – ein weiteres, wichtiges Zeichen dafür, dass Virginia mich nicht in den Rollstuhl befördert hatte – und vergrub meine Hand in ihrem kühlen, weichen Haar.

»Ich glaube, ich verliere jetzt doch gleich das Bewusstsein. Schaffst du es, mich wiederzubeleben?«

Virginia beäugte mich halb panisch, halb skeptisch. »Was, wenn ich dir dabei das Brustbein breche und sich die Rippen in deine Lunge bohren? Oder welche Knochen sitzen da nochmal?«, überlegte sie laut, während sich ihre Stimme dabei beinahe überschlug. »Ich rufe lieber Hilfe. Jemanden, der sich auskennt. Sonst habe ich dich doch noch unwissentlich umgebracht und man legt es mir als Mord aus. Man könnte behaupten, ich hätte versucht, dich umzufahren und als das nicht funktionierte, habe ich dich erstickt. Meine Schwester ...«

»Virgin«, mahnte ich sanft und zog ihren Kopf zu mir. »Halt einfach die Klappe und küss mich, okay?«

»*Was* soll ich?«

Sie hielt mitten in ihrem panischen Monolog inne und starrte mich entgeistert an.

»Küss. Mich«, wiederholte ich langsam und eindringlich, wobei ich jedes Wort betonte.

Ich hob meinen Kopf an und überbrückte die Zentimeter, die uns noch voneinander trennten. Als meine Lippen die Ihren berührten, fühlte ich mich zum ersten Mal seit Tagen wieder ruhig und angekommen.

Der Kuss hatte nichts Wildes an sich. Er war vorsichtig, bedacht und behutsam, weil ich Virginia auf keinen Fall verschrecken und ihr Zeit geben wollte, sich an mich, an *uns*, zu gewöhnen.

Der Kuss war eindringlich genug, um ihr zu zeigen, dass ich sie brauchte. Dass ich sie vermisste. Und dass ich sie begehrte. Aber auch sanft genug, um ihr zu verstehen zu geben, dass sie jederzeit aussteigen und sich mir entziehen konnte.

Doch da ich mal wieder mehr Glück als Verstand besaß, vertiefte Virginia den Kuss und ließ ihren Oberkörper auf den meinen sinken.

Im Licht der Scheinwerfer des brummenden Wagens küssten wir einander unter dem dunklen Abendhimmel im eiskalten Schnee und waren so ineinander vertieft, dass wir weder merkten, wie die Kälte in unsere Glieder kroch, noch, wie es von neuem anfing zu schneien und die dicken Flocken aus den dunkelblauen Wolken auf uns hinunterrieselten.

Erst, als Virginia zu zittern begann und ihre kalten Finger sich unter meine Jacke und meinen Pullover stahlen, unterbrach ich unseren Kuss und robbte unter dem Auto hervor, das noch immer meine Beine bedeckte.

»Wir sollten reingehen, bevor wir uns hier draußen doch noch den Tod holen. Stell dir mal vor, man findet uns so. Unser Tod würde definitiv Rätsel aufwerfen und in Keetna Creek für ordentlich Gesprächsstoff sorgen, oder?«

»Allerdings. Es wäre eine alaskaweite Sensation.«

Virginia kicherte und half mir, wieder auf die Beine zu kommen, bevor sie das Auto ausschaltete und zu mir zurückkam.

Prüfend betastete ich meine Beine und nickte dann zuversichtlich. »Alles noch dran. Wir können reingehen.«

Als ich Virginias Zögern bemerkte, streckte ich einladend meine Hand nach ihr aus. »Trau dich, Virgin. Ich verspreche dir auch, dass ich morgen früh nicht wieder durchdrehen werde, okay?«

Meine Worte ließen Virginia nachdenklich an ihrer Unterlippe nagen, doch schließlich überwand sie sich und ergriff meine ausgestreckte Hand.

Gemeinsam gingen wir ins Haus, wo die Heizung, die ich bei meiner Abreise nicht ausgeschaltet hatte, den Wohnraum auf einer halbwegs angenehmen Temperatur hielt. Dennoch froren wir beide aufgrund unseres ausgedehnten Ausflugs in den Schnee. Und so führte ich Virginia auf direktem Weg in das an das Schlafzimmer angrenzende Bad, wo ich ihr dabei half, sich auszuziehen und sie unter die heiße Dusche stellte, bevor ich ins Schlafzimmer zurückging und dort den Kamin befeuerte.

Als ich zurück ins Badezimmer kam, schlang Virginia gerade ein Handtuch um ihren Körper und stieg aus der Dusche.

»Das Kaminfeuer brennt. Ich dusche noch schnell und dann koche ich uns Tee, damit wir reden können«, sagte ich und reichte ihr den Bademantel, der an der Tür hing. »Ist dir wieder warm?«

Sie nickte, machte jedoch keine Anstalten, das Badezimmer zu verlassen.

»Brauchst du noch was?«

Sie sah mich eine Weile lang schweigend an. Dann nahm sie die Hand über ihrer Brust weg und ließ ihr Handtuch auf den Boden fallen. Der Bademantel landete direkt daneben.

Überrascht wanderten meine Augen von dem weißen Wäscheberg zu ihren Füßen an ihren nackten Beinen hinauf. Mein Blick glitt über ihre glattrasierte Pussy, ihre bezaubernden, runden Hüften, ihren Bauch, ihre üppigen Brüste, hin zu ihren filigranen Schultern, ihrem zerbrechlichen Hals und ihren geschwungenen Lippen. Als meine Augen auf die Ihren trafen, war ich schon so scharf und erregt, dass ich keinen Ton mehr herausbrachte.

Ich riss mir in Rekordschnelle die durchnässten Klamotten vom Leib und zog Virginia mit mir unter die Dusche, die noch immer lief und aus der dichter Dampf hervorquoll.

Gierig presste ich Virginia mit dem Rücken gegen die Duschwand und drückte meinen kalten Körper gegen ihr erhitztes Fleisch. Meine Lippen fanden erneut die Ihren und küssten sie, als lägen hinter ihnen Jahre und nicht bloß Minuten der Abstinenz.

Mein Schwanz klopfte gegen ihren Bauch und konnte es kaum erwarten, in sie einzudringen.

Normalerweise würde ich mir Zeit für ein Vorspiel lassen. Sie lecken. An ihren Titten spielen. Mich langsam und qualvoll an ihrer Lust aufgeilen.

Doch ich war so verhungert und verdurstet, dass ich dafür keine Kraft mehr aufbringen konnte.

Stattdessen winkelte ich ihr Bein an, schlang es mir um meine Hüften und schob mit der anderen Hand meinen prallen Ständer durch ihre Pforte in ihre enge, bereite Mitte. Das Duschwasser sorgte dabei für zusätzliche Nässe, weshalb es nicht lange dauerte, bis ich tief in Virginia steckte und begann, sie gegen die Duschwand gelehnt, zu vögeln.

Im Gegensatz zum letzten Mal trieben wir es heute härter und ungeduldiger, weil wir beide uns qualvoll nacheinander verzehrten. Wir konnten es nachher, im Bett und vor dem Kamin, immer noch langsam und zärtlich tun. Aber jetzt gerade brauchte ich es schnell und heftig.

Ich jagte unserem Orgasmus hinterher, wie die Kugel aus dem Gewehr eines Jägers seiner anvisierten Beute.

Virginia stand auf Zehenspitzen und stöhnte, während ich mich immer und immer wieder in ihr versenkte. Es fühlte sich großartig an und dennoch reichte es nicht aus.

Ich brauchte mehr. Musste sie tiefer spüren. Mich ganz in ihr verlieren.

Also hob ich auch ihr zweites Bein an, sodass sie zwischen der Wand und meiner Hüfte gefangen war und

ihr nichts anderes übrigblieb, als meine Stöße hinzu-
nehmen und sie zu genießen.

Ihre Küsse nahmen mit jeder Sekunde an Leidenschaft
zu und verschlangen mich mit Haut und Haaren. Durch
die dichten Dunstschwaden, die das heiße Wasser und
unsere erhitzten Körper bildeten, wirkte sie fast wie ein
Geist. Wunderschön und doch nicht real.

»Du bist hier, oder?«, keuchte ich atemlos an ihren
Lippen. »Sag mir, dass das hier real ist.«

»Es ist real. Das hier ... es ist echt. *Wir* sind echt«,
wisperte Virginia mit bebender Stimme und sog meine
Unterlippe zwischen ihre Zähne.

Ich umschloss ihre Hüften fester, intensivierte meine
Stöße und genoss es, mich bis zum Anschlag in ihr zu
versenken. Sie war so nass, dass ich schon befürchtete,
abzurutschen. Ein klares Zeichen dafür, dass sie dieses
kleine Lustspiel genauso antörnte wie mich.

»Willst du kommen?«, flüsterte ich in ihr Ohr.

Sie nickte und ließ ihren Hinterkopf gegen die
Duschwand fallen. »Jaaa. So verdammt sehr«, stöhnte sie
gedehnt und so erregt, dass kein Zweifel daran bestand,
wie wenig sie noch von ihrem Höhepunkt trennte.

»Wenn das so ist, erlöse ich dich und lasse dich
kommen ... unter einer Bedingung«, raunte ich und klang
dabei so, als befände ich mich inmitten des Finallaufs der
Sprinter bei den olympischen Spielen. »Ich will, dass du
meinen Namen rufst, wenn du kommst. Ich will ihn hören.
Laut und deutlich.«

»Okay.«

Virginias gehauchte Zustimmung verdampfte im Nebel

des Wassers und schwebte über uns, wie ein stummes Versprechen, das darauf wartete, eingelöst zu werden.

Zentimeter für Zentimeter zog ich mich aus ihr zurück. So lange, bis nur noch meine Spitze in ihr steckte. Dann stieß ich hart und fest zu, sodass Virginia aufschrie und nach Luft schnappte.

Ich wiederholte dieses Prozedere in einem fortwährenden Tempo, dann mit stetig kürzeren Pausen, bis Virginia so schnell und wild an die Wand genagelt wurde, dass sie sich in eine Million Splitter auflöste und ihren Orgasmus erst bemerkte, als er über sie hinwegfegte und sie ohne jegliche Gnade mit sich riss.

»Harley«, schrie sie ungläubig. »Harley ... ich ... ich ... ich komme. Ich ... ich komme.«

»Ja, Baby«, raunte ich zwischen zusammengebissenen Zähnen, während mein Herz so heftig gegen meine Brust hämmerte, dass ich schon befürchtete, jeden Moment ohnmächtig zu werden. Einzig Virginias unüberhörbare Lust hielt mich am Leben. Ich wollte keine Sekunde ihres Orgasmus verpassen. Wollte alles in mich aufsaugen. Jede noch so winzige Millisekunde. Ich musste sicherstellen, dass *ich* es war, der sie besaß. Der sie glücklich machte. Der sie vor Wonne schreien ließ. *Ich* und nicht Casey Fucking Corell.

Virginia gehörte mir. Und ich würde sie niemals loslassen. Ob sie es wollte, oder nicht. Ob sie mich darum bat, oder nicht. Es spielte keine Rolle. Denn ohne sie konnte ich nicht überleben. Ging sie, starb ich. Das wusste ich schon so verdammt lange und doch hatte ich es stets geleugnet.

Aber jetzt, wo ich mich in ihr vergaß, wo ihre Lust meine Welt aus den Angeln hob und ich in ihr meine Erlösung fand, wusste ich, dass sie meine Hölle, aber auch mein Paradies war. Sie war mein Alles. Und ohne sie war ich Nichts.

20

»Liebe ist wie russisches Roulette aus einer Pistole mit einem Magazin voller Munition. Jeder Schuss ein (tödlicher) Treffer.«
(Virginia)

Virginia

Wir lagen nebeneinander in eine warme Decke gehüllt auf dem Teppich vor dem knisternden Kamin und hingen unseren Gedanken nach, während wir einander zärtlich streichelten.

Ich genoss, wie Harleys Daumen an meinem nackten Arm entlangstrich, der unter der Decke hervorlugte.

Harley hingegen schnurrte wie ein Kater, während meine Finger durch sein Haar glitten und sanft seine Kopfhaut massierten.

Eine ganze Weile lang sagte niemand etwas, doch dann war es ausgerechnet er, der sich räusperte und das Wort ergriff.

»Es tut mir leid, dass ich neulich so ausgetickt bin. Aber dieser Ort hier und das bevorstehende Konzert machen etwas mit mir, das ich nicht in Worte fassen kann. Ich erkenne mich selbst nicht wieder.«

Ich glaubte nicht, dass Harleys aus der Balance geratener Gemütszustand etwas mit Alaska, oder dem bevorstehenden Comeback der Band zu tun hatte. Jedenfalls nicht so maßgeblich, wie er es darstellte. Vielmehr lag es an uns. An ihm und an mir. Und an dem, was wir taten.

Wir hatten eine Grenze überschritten. Zum wiederholten Male. Und obwohl wir uns damals geschworen hatten, uns nie wieder so nahe zu kommen, war es genau dazu gekommen. Zwei Mal in nur einer Woche.

»Was ist das hier für dich?«, fragte ich, obwohl ich die Antwort darauf vielleicht gar nicht hören wollte, je nachdem, wie sie ausfiel. »Ein Fehler? Ein netter Zeitvertreib abseits der Zivilisation? Ein willkommener Stressabbau? Ein Akt der Verzweiflung? Was sind wir für dich, Harley?«

Seine Hand verweilte auf meinem Arm und ich konnte spüren, wie sich seine Muskeln bei meinen Worten verspannten.

»Ganz ehrlich? Ich weiß es nicht. Ich weiß nur, dass einer von uns seinen Job verliert, wenn das hier rauskommt. Und dass ich mich als Produkt meiner Eltern nicht gerade als Partner fürs Leben eigne. Und, ... dass wir das hier nicht tun sollten, ich aber nicht damit aufhören kann. Was sagt uns das jetzt?«

»Das wir ein gewaltiges Problem haben«, seufzte ich und igelte mich unter der Decke ein.

»Und wie gedenken wir, es zu lösen?«, wollte er wissen kuschelte sich an mich.

Ich genoss seine warme Haut an der meinen und hätten wir uns nicht gerade mitten in einer ernsten Unterhaltung befunden, wäre ich binnen weniger Sekunden befriedigt und glücklich eingeschlafen.

»Das kann ich dir nicht sagen. Was ich dir aber sagen kann, ist, dass es für alles eine Lösung gibt, wenn man es nur wirklich will. Und was mich betrifft: Ich will es.«

»Du willst *was*, Virgin?«, murmelte Harley an meinen Haaren und küsste mich auf den Scheitel.

Nun galt es, allen Mut zusammen zu nehmen und meinen geheimsten, verbotensten Wunsch entweder laut auszusprechen, oder ihn für immer zu verheimlichen.

»Ich will *dich*, Harley«, sprach ich das aus, was mein Herz und meine Seele seit Jahren fühlten. »Ich will mit dir zusammen sein.«

In meinem Kopf hatte ich mir in all den Jahren zigtausend Szenarien ausgemalt, wie Harley auf dieses Geständnis reagieren könnte. Doch ein Szenario hatte ich dabei außer Acht gelassen: Dass es keine Reaktion seinerseits geben würde.

Ich drehte mich zu ihm um, weil ich glaubte, er sei über meiner Antwort eingeschlafen. Doch er lag, die Augen geöffnet, da und starrte stumm an die Decke, an der

der Schatten des Kaminfeuers in mystischen Formationen tanzte.

»Du hast dich in mich verliebt«, flüsterte er, nachdem Minuten des Schweigens verstrichen waren. »Dabei dachte ich immer, du meinst das bloß freundschaftlich. Also, dass du mich liebst.«

Ich war mir unsicher, ob ich darauf antworten sollte, denn Harley hatte keine Frage gestellt, sondern eine Feststellung geäußert. Also sagte ich nichts und fiel in sein Schweigen mit ein.

»Wie lange schon?«, brachte er nach weiteren, langen Minuten der Stille hervor. »Wie lange weißt du das schon?«

»Seitdem wir uns kennen«, gestand ich, weil ich ihn nicht belügen wollte.

Sein Kopf schnellte zu mir und in seinem Gesicht lag ein undefinierbarer Ausdruck. Auch wenn ich sonst immer wusste, was Harley gerade dachte, so hatte ich in diesem Augenblick keinen blassen Schimmer. Vielleicht, weil es dabei um mich selbst ging und mich meine Objektivität im Stich ließ. Weil mir in Bezug auf mich selbst die nötige emotionale Distanz fehlte.

»Das ist nicht dein Ernst, oder? Du hast mich nicht all die Jahre belogen, was deine wahren Gefühle für mich angeht, Virgin. Sowas würdest du nie tun. Nicht du.«

Harley klang verletzt. Und enttäuscht. Er wandte den Blick von mir ab und obwohl mich das Kaminfeuer wärmte, fröstelte ich unter seiner Abwehrhaltung.

»Ich habe dich nicht *belogen*. Ich habe es dir nur verschwiegen. Ich habe es dir nicht gesagt, weil wir vereinbart haben, unser Verhältnis auf einer professionellen

Ebene zu halten. Und genau das habe ich getan. Das heißt allerdings nicht, dass ich in der Lage bin, meine Gefühle für dich auszuschalten, wie einen Computer bei Feierabend. Aber ich kann damit leben. Ich habe mich mit der Situation abgefunden und das Thema für mich abgeschlossen. Jedenfalls bis ... bis neulich Abend.«

»Und jetzt kannst du das nicht mehr? Damit leben, meine ich.«

Harleys Stimme klang besorgt und diese Unterhaltung bewegte sich in eine Richtung, die mir nicht gefiel.

Wenn er jetzt wieder den Schwanz einzog und ein weiteres Mal die Flucht ergriff, würde ich hinschmeißen. Zwei Mal konnte man sich vielleicht aus einem tiefen, schwarzen, emotionalen Loch hervorkämpfen. Aber wenn es zum Dauerzustand wurde und man beim Aufstehen nie wusste, ob man heute fallen oder schweben würde, musste man für sich selbst einstehen und die Reißleine ziehen. Auch wenn das bedeutete, dass man sich damit selbst das Herz brach.

»Jetzt, wo ich dir gestanden habe, wie ich für dich empfinde, wäre es für uns beide eine Lüge, so weiterzumachen, als sei nie etwas geschehen. Es ist eine Sache, miteinander zu schlafen, es als Fehler zu deklarieren und zum Alltag überzugehen. Aber es ist etwas vollkommen anderes, einander ernsthafte Gefühle zu gestehen, die sich weder kontrollieren, noch abstellen lassen.«

»Fuck, Virginia ...« Harley stieß einen tiefen Seufzer aus. »Du hast mich so oft dabei beobachtet, wie ich andere Frauen abgeschleppt habe. Ich habe dich mehr als ein Mal vorgeschickt, um für mich Schluss zu machen. Das muss

dir doch verdammt weh getan haben. Eine Scheißdemüti-
gung. Wieso hast du nie was gesagt? Ich weiß, dass es hier
gerade nicht um mich geht und dass *du* diejenige bist, die
in den letzten Jahren hunderte Male von mir verletzt
wurde. Aber kannst du dir vorstellen, wie schäbig und
verraten ich mich gerade fühle? Du bist mir so verflucht
wichtig. Du bist die einzige Person in meinem Leben, die
ich nie verletzen und nie enttäuschen wollte. Und doch
habe ich genau das offenbar unendlich viele Male getan,
ohne dass ich überhaupt davon wusste. Aber *du* wusstest
es. Und du hast nie was gesagt. Ich dachte, wir beide seien
immer offen und ehrlich miteinander. Wie soll ich dir
jemals wieder vertrauen, wenn du jahrelang unaufrichtig
mir gegenüber gewesen bist?«

So gerne ich ihm auch widersprechen würde, er hatte
recht. All die Jahre habe ich vorgegeben, mit damals abgeschlossen zu haben und seine freundschaftlich verbun-
dene Vertraute zu sein. In gewisser Weise habe ich sein
Vertrauen also vorsätzlich missbraucht.

Jedoch war das nicht die Reaktion, die ich mir auf mein
Geständnis erhofft hatte. Ich hatte mir vielmehr
gewünscht, dass Harley ähnlich empfand wie ich. Dass
auch ihm unsere gemeinsame Nacht von damals nie ganz
aus dem Kopf gegangen war. Dass er sie nie wirklich
vergessen konnte. Dass er *mich* nie wirklich vergessen
konnte.

Doch offenbar stand ich mit meinen Gefühlen
alleine da.

Jedenfalls hatte Harley mit keinem einzigen Wort
verlauten lassen, dass seine Gefühle für mich über Freund-

schaft und Lust hinausgingen. Oder dass er sich eine Beziehung mit mir vorstellen könnte.

Vielleicht hatte er doch recht und es war einzig und allein dieser Ort und der Druck wegen des bevorstehenden Megakonzerts, der ihn dazu verleitete, sich auf mich einzulassen. Weil außer mir gerade niemand zur Verfügung stand. Und weil er mich mochte, wenn auch anders, als ich es mir wünschte.

Wäre es anders, hätte er nicht so reagiert, wie er es nun mal getan hat ... oder?

Tja ... ich wollte Antworten und hatte sie bekommen. Nur eben nicht die Art von Antworten, die ich mir erträumt hatte.

»Ich sollte langsam mal nach Hause fahren. Es ist schon spät«, sagte ich und schälte mich unter der Decke hervor. »Lass uns diese Diskussion nach dem Konzert weiterführen, ja? Es ist mir über Jahre gelungen, professionell und effektiv mit dir zusammen zu arbeiten und das wird es auch weiterhin. Zumindest bis zu dem Konzert der Jungs. Das sind wir Owen schuldig. Also reißen wir uns zusammen und tun so, als sei nie etwas geschehen. Darin sind wir doch geübt, nicht wahr?«

Harley setzte sich auf und bedachte mich erneut mit diesem rätselhaften Blick. Es ging ihm nahe, was hier gerade passierte, keine Frage. Aber er tat nichts, um mich aufzuhalten. Er bat mich nicht zu bleiben. Und das allein war Antwort genug.

Ich ging ins Badezimmer, schloss die Tür und zog mich eilig an. Die Sachen waren mittlerweile wieder halbwegs trocken, weshalb das Zittern, das meinen Körper erfasste und ihn nicht mehr losließ, einem anderen Grund geschuldet sein musste.

Einem Grund, den ich sehr gut kannte, an dem ich jedoch nichts ändern konnte.

Denn Gefühle ließen sich nun mal nicht erzwingen.

»Bis morgen, Harley«, murmelte ich verzagt und vermied es, ihn dabei anzusehen.

Überhaupt erlaubte ich mir nicht, den Kopf hängen zu lassen, oder gar in Tränen auszubrechen. Nicht, nachdem ich all das erst ein paar Tage zuvor getan hatte, nur um mich jetzt wieder in genau derselben Situation wiederzufinden.

Wie war das nochmal? Wer einen Fehler beging, lernte davon. Doch wer denselben Fehler zwei Mal machte, war einfach nur dumm.

Tja, das war ich dann wohl. Dumm. Dumm und naiv.

Ich hätte es besser wissen müssen. Und trotzdem hatte ich das Gefühl, richtig gehandelt zu haben. Die Wahrheit auszusprechen fühlte sich im ersten Moment vielleicht nicht gut an, aber tief in meinem Inneren wusste ich, dass ich mich dadurch endlich von den Fesseln erlöst hatte, die mich seit Jahren davon abhielten, frei zu sein.

Auf dem Nachhauseweg befiel mich eine emotionale Taubheit, die dafür sorgte, dass ich es unbehelligt bis auf mein Zimmer schaffte und nur Denali meine geknickte Stimmung bemerkte. Doch als ich von neuem geduscht und mir die Zähne geputzt hatte, sah ich in den Spiegel und erschrak bei meinem blassen, bekümmerten Anblick.

Ich würde meine Emotionen nicht ewig unterdrücken können. Irgendwann würden sie aus mir herausbrechen.

Meine Brust würde unter all dem Druck implodieren und mir das Herz herausreißen.

Und es gab nichts, was ich dagegen tun konnte.

Wann hatte ich mich jemals so hilflos gefühlt wie in diesem Moment?

Und wieso musste mir das ausgerechnet jetzt, mit dem wohl miesesten Timing aller Zeiten, passieren?

Man sagte, alles im Leben geschieht aus einem bestimmten Grund. Und alles Gute passiert zur richtigen Zeit. Nur leider ergab das aktuell absolut keinen Sinn.

War es möglich, dass sich das Leben in meinem Fall irrte? Dass ausgerechnet bei mir die Gesetze der Natur außer Kraft traten?

Eigentlich unmöglich und doch die einzig logische Erklärung. Jedenfalls für den Moment.

21

»Memo an mich selbst: Hundeschlitten fahren als Extremsportart deklarieren. Direkt nach Heli Ski, Fallschirmspringen und Tiefsee Tauchen mit Haien.« (Harley)

Harley

Das Klingeln des Handys ließ mich zusammenzucken und sorgte dafür, dass ich mir den heißen Kaffee überschüttete, den ich mir gerade gekocht hatte.

Verdammt noch mal!

Letzte Nacht hatte ich so gut wie überhaupt kein Auge

zugetan, weshalb ich heute offenbar äußerst schreckhaft war.

Die braune Brühe des flüssigen Golds lief an meinem Hemd hinab und fiel in dicken Tropfen auf den blitzeblanken Boden.

Konnte ein Tag besser beginnen als mit dem Putzlappen auf dem Boden kriechend und mit einem Kaffee besudelten Hemd, das man erst am Vortag frisch aus der Reinigung erhalten hatte?

Wohl kaum.

Über meinen Ärger vergaß ich glatt das Klingeln des Telefons und beantwortete den Anruf erst, als es erneut zu Klingeln begann. Ein Blick auf das Display verriet mir, dass es Tom war, der Musiker, den ich als Bassisten für das *Falling from Grace* Comeback-Konzert engagiert hatte.

»Tom, was gibt's?«, fragte ich, das Handy in der einen Hand, das Küchenhandtuch, das nun als Putzlappen diente, in der anderen Hand.

»Schlechte Neuigkeiten, schätze ich«, sagte er und hörte sich dabei seltsam kratzig und angeschlagen an.

Er würde sich doch nicht erkältet haben? Zwar musste er nicht singen – seine Stimme war somit eher zweitrangig, aber ich konnte nicht riskieren, dass er die anderen Bandmitglieder, allen voran Carver, unseren Leadsänger, ansteckte.

»Was ist passiert? Bist du krank?«, entgegnete ich besorgt und hörte auf, wie ein Volltrottel über den klebrigen Boden zu wischen.

»Sowas in der Art. Ich hatte einen Unfall.«

»Einen *Unfall*? Was denn für einen Unfall?«

Toms Aussage versetzte mich in höchste Alarmbereitschaft. Ruckartig richtete ich mich auf und umgriff das Handy fester. Vergessen waren die Sauerei auf dem Boden und mein verdrecktes Hemd. Jetzt gerade ging es einzig und allein um Tom und seinen Unfall.

»Ich habe einen Ausflug mit dem Hundeschlitten gemacht. Das sah irgendwie cool aus, also dachte ich, ich versuch's mal. Anfangs ging auch alles gut, aber als ich den Schlitten dann lenken durfte, haben die Hunde plötzlich richtig Gas gegeben. Der Schlitten ist aus der Kurve geflogen und mit ziemlich hohem Tempo gegen einen Baum geprallt. Tja ... und ich hatte vor lauter Schreck versäumt, rechtzeitig loszulassen.«

Ich schloss die Augen und stieß einen stummen Fluch aus.

Im Stillen klammerte ich mich an den letzten Strohhalm der Hoffnung, der mir noch blieb. »Du verarschst mich, oder? Wenn das ein Scherz sein soll, ist es kein guter.«

Im Hintergrund vernahm ich gedämpfte Stimmen, die nun lauter wurden.

»Guten Morgen. Ich bin Levi Roberts, der diensthabende Arzt.«

Scheiße.

Tom hatte also keinen Mist erzählt.

Das hier war real.

»Wo bist du jetzt?«

»In einem Krankenhaus irgendwo bei Keetna Creek. Keine Ahnung, wo genau, aber so viele Krankenhäuser gibt es hier in der Gegend nicht. Hey, Harley, sorry, aber ich muss auflegen. Der Arzt ist gerade gekommen, um mich für Untersuchungen abzuholen. Kann ich dich danach zurückrufen?«

»Musst du nicht. Ich komme zu dir und regele alles. Bin schon auf dem Weg.«

Mit diesen Worten legte ich auf und ließ das Handy mit einem resignierten Seufzer sinken.

Ich wusste zwar nicht genau, wie schwer Tom verletzt war, aber wenn er im Krankenhaus lag, bestand eine reelle Chance, dass wir auf ihn als Bassisten verzichten mussten und das wäre eine Katastrophe.

Natürlich hatte seine Gesundheit Vorrang und ich würde alles in die Wege leiten, dass er die bestmögliche Behandlung bekam. Doch für das Konzert, das unmittelbar bevorstand, könnte seine Verletzung das Aus bedeuten.

Ohne Bassisten war die Band nicht in der Lage zu spielen. Und so kurz vor knapp noch einen neuen Bassisten zu finden, der in Rekordschnelle alle Lieder einstudierte und mit der Band harmonierte, war nahezu unmöglich.

Die Jungs mochten Streithähne sein, die sich andauernd in die Wolle bekamen, aber in einem waren sie sich immer einig gewesen: Ihre Musik musste die Menschen berühren. Und das konnte sie nur, wenn die Band im Einklang war.

Ich stellte meine Kaffeetasse in die Spüle, zog mir ein frisches Hemd über und rief Virginia an, da ich in diesem Miniatur-Weihnachtsmanndorf über keinen fahrbaren Untersatz verfügte.

Hatte ich schon erwähnt, dass ich Alaska hasste? Mit

jedem Tag ein bisschen mehr?

»Harley, guten Morgen.«

Sie klang verschlafen. Wahrscheinlich war ihre Nacht genauso mies gewesen wie meine.

Kein Wunder. Ich hatte es mal wieder ordentlich verbockt und ihr haufenweise Vorwürfe gemacht, statt mich in Empathie zu üben. Ich habe mich angestellt, wie ein beschissenes Trampeltier im Weinladen und damit alle Flaschen laut klirrend zu Fall gebracht.

Eigentlich wollte ich den Morgen nutzen, um in Ruhe über gestern Abend nachzudenken und um mir zu überlegen, wie es zwischen Virginia und mir jetzt weitergehen sollte, da sich meine Gefühle für sie nicht leugnen ließen. Doch offenbar hielt das Leben andere Pläne für uns bereit.

»Ich brauche das Auto deiner Schwester. Jetzt gleich. Kann ich es haben? Oder noch besser: Kommst du mich abholen?«

»Ähm ... ja ... ja, klar. Ist alles in Ordnung?«

»Nein. Tom liegt im Krankenhaus. Er hatte einen Unfall.«

»*Was*?«, brach es aus Virginia heraus und der schockierte Tonfall ihrer Stimme verriet mir, dass sie sich des dramatischen Ausmaßes dieser Nachricht genauso bewusst war, wie ich vor fünf Minuten, als ich es erfahren hatte. »Was ist passiert?«

»Er ist mit dem Hundeschlitten gegen einen Baum geknallt«, antwortete ich und kam nicht umher, dabei fassungslos den Kopf zu schütteln.

Was hatte er sich nur dabei gedacht, so kurz vor dem Konzert noch ein derart großes Risiko einzugehen.

Hundeschlitten fahren fiel zwar nicht unter den Extremsport, den wir ausdrücklich in unseren Verträgen verboten, aber offenkundig sollten wir unsere Klausel dahingehend erweitern.

»Das ist nicht dein Ernst«, rief Virginia erschrocken aus. »Wie schlimm ist es? Kann er trotzdem spielen?«

»Keine Ahnung. Deshalb will ich umgehend ins Krankenhaus. Um mich um seine Behandlung zu kümmern und um herauszufinden, ob ich dieses verdammte Konzert, das restlos ausverkauft und in Nordamerika aktuell Gesprächsthema Nummer eins ist, absagen muss.«

»Ich begleite dich. Gib mir zehn Minuten, dann bin ich bei dir.«

Bei der Entschlossenheit die in ihrer Stimme lag, versuchte ich erst gar nicht, ihr zu widersprechen. Virginia war stur. Wenn sie sich erst mal was in den Kopf gesetzt hatte, ließ sie sich davon nicht mehr abbringen. Und obwohl das manchmal echt ermüdend sein konnte, war es eine der Qualitäten, die ich am meisten an ihr schätzte.

»In Ordnung. Bis gleich.«

Ich wusste zwar nicht, in welchem Krankenhaus Tom lag, doch ich ging davon aus, dass Virginia es tat. Sie kannte sich hier aus. Sie war hier aufgewachsen. Sie würde wissen, was zu tun war.

Und angesichts der Umstände blieb uns nichts anderes übrig, als vorerst so zu tun, als sei zwischen uns nie etwas vorgefallen.

Denn nicht wir sollten aktuell im Vordergrund stehen, sondern das Andenken an unseren Freund und Bruder, Owen Cassidy, das es zu wahren und zu retten galt.

22

»Tu was du fürchtest und die Angst stirbt. Oder du stirbst vor Angst. Je nachdem.« (Virginia)

Virginia

Ich musste lediglich ein bisschen rumtelefonieren, um herauszufinden, in welches Krankenhaus Tom eingeliefert worden war. Nicht, dass es hier viel Auswahl gäbe. Aber da Alaska sehr weitläufig war, konnte man durchaus Stunden in die falsche Richtung fahren, wenn man sich nicht vorher informierte.

Der Parkplatz des Krankenhauses war eingeschneit und wenig frequentiert, als wir eintrafen, sodass wir unmittelbar vor der Tür parken und direkt hineingehen konnten.

Als wir uns schließlich bis zu Tom durchgefragt hatten und die Tür zu seinem Krankenzimmer öffneten, verließ mich bei seinem desolaten Anblick auch der letzte Funke Hoffnung, dass sich doch noch alles zum Guten wenden würde.

Toms Arm ruhte in einer Schlinge und auch sein rechtes Bein schien ordentlich was abbekommen zu haben.

In der Verfassung würde er nicht auftreten, geschweige denn spielen können. Und er sah nicht so aus, als wäre er in ein oder zwei Tagen wieder bereit für eine mehrstündige Bühnenshow, die alle Mitglieder von *Falling from Grace* ordentlich ins Schwitzen brachte.

Übermorgen würden wir in Anchorage proben, damit wir alle Spezialeffekte, Nebelmaschinen, XXL-Video Einblendungen und schwebende Plattformen zusammen mit den Jungs testen konnten. Das würde den gesamten Tag in Anspruch nehmen. Ein Tag ohne Pause, dafür aber mit jeder Menge Bewegung.

Und Bewegung schien etwas zu sein, zu dem Tom aktuell nicht in der Verfassung war.

»Wie schlimm ist es? Was sagen die Ärzte?«, fragte Harley mit ernster Stimme.

Dass er es sich verkniff, dumme Witze zu reißen, oder Tom eine Standpauke zu halten, verriet mir, wie angespannt die Lage war und machte mich umso nervöser.

Wenn selbst Harley in Panik geriet, steuerten wir auf eine riesige, unaufhaltsame Katastrophe zu.

Tom seufzte. Es war ein verzagtes, kapitulierendes Seufzen und bestätigte nur, was wir unlängst wussten.

»Gebrochen. Sorry, Harley. Aber mein Arm ist für die nächsten Wochen nutzlos, befürchte ich.«

Bei Toms Worten bekam ich einen Tinnitus ins Ohr. Alles piepste und der Raum um mich herum begann sich zu drehen.

Ich hielt mich am Fußende des Bettes fest und stützte mich daran ab, um mir nicht anmerken zu lassen, wie sehr mich diese Nachricht bestürzte.

Denn sie bedeutete, dass wir das Benefizkonzert absagen und somit Daphne und indirekt auch Owen, enttäuschen mussten.

So viel Arbeit, Mühe und Herzblut waren in dieses Vorhaben geflossen. Und Millionen von Menschen, weit über die Grenzen Amerikas hinaus, feierten seit Tagen die grandiosen Neuigkeiten über das bevorstehende One-Off Comeback ihrer Lieblingsband.

Dass wir sie nun ihres Traumes berauben mussten ... und das so kurz vor Weihnachten ... zerriss mir das Herz.

»Ich werde mal einen Arzt suchen und mich informieren. Wer weiß, vielleicht hast du da ja was falsch verstanden«, sagte Harley. Doch an der Art, wie er es sagte, konnte ich erkennen, dass er selbst nicht daran glaubte.

Dennoch durften wir nichts unversucht lassen und wenn es eine Möglichkeit gab, dass Tom doch noch spielen konnte, mussten wir sie mit dem Arzt besprechen.

»Bin gleich wieder da. Virginia leistet dir derweil Gesellschaft.«

Ich sah Harley hinterher, der mit in die Hosentaschen

geschobenen Händen verschwand und wandte mich zähneknirschend Tom zu.

»Schöne Scheiße, was?«

Er lächelte schief, doch man merkte ihm an, dass er am liebsten losheulen würde.

»Mal ist man der Hund, mal der Baum«, murmelte ich, um die Stimmung aufzulockern, doch meine Mundwinkel wollten sich angesichts des Ausmaßes der Katastrophe nicht nach oben biegen. »Keine Angst. Harley wird sich darum kümmern, dass du so behandelt wirst, dass keine Schäden zurückbleiben. Du wirst wieder auf der Bühne stehen können.«

»Nur eben nicht rechtzeitig«, erwiderte Tom und sprach aus, was ich dachte. »Ich wollte euch wirklich nicht hängen lassen. Harley hat so viel für mich getan und die Jungs ... die sind zwar echt schräg, aber eigentlich voll in Ordnung. Ich fühle mich wie ein Verräter, sie einfach im Stich zu lassen und ihnen den vielleicht wichtigsten Tag ihrer Karriere zu versauen.«

»Uns fällt schon was ein.«

Oha! Hatte ich das gesagt? Es klang definitiv nach meiner Stimme. Nur, dass ich keine Ahnung hatte, wieso ich das behauptete. *Uns fällt schon was ein*? Was denn, bitteschön? In meinem Kopf herrschte neben der Panik, die wie ein Schneesturm darin wütete, gähnende Leere. Ich hatte nicht den blassesten Schimmer, wie wir dieses Konzert noch retten sollten.

Wenig später kehrte Harley mit düsterer Miene ins Zimmer zurück. Als er meinen Blick auffing, schüttelte er kaum merklich den Kopf.

Mist.

Ich hatte es befürchtet und nun wusste ich es mit Sicherheit: Unser Bassist würde nicht auftreten können und ohne ihn war die Band unfähig, zu spielen.

»Die Ärzte sagen, dass du flugtauglich bist. Wenn du willst, bucht Virginia dich auf einen der nächsten Flüge zurück nach L.A., damit du dich dort behandeln lassen und auskurieren kannst. Wenn du lieber hierbleiben willst, ist das auch okay. Das überlasse ich dir. Und mach dir keine Sorgen um die Kosten. Wir regeln das. Falls du dich dazu entscheidest, zurück nach L.A. zu fliegen, leite ich dir den Kontakt eines Arztes weiter, der dich dort betreuen wird«, sagte Harley zu Tom und wandte sich anschließend mir zu. »Wir müssen los. Es gibt viel zu bereden und zu regeln.«

Ich nickte zustimmend und drückte ermutigend Toms gesunden Fuß, der unter der Bettdecke hervorlugte.

»Wir telefonieren, ja? Ich ruf dich später an und dann klären wir alles Weitere. Überleg dir bis dahin, ob du hierbleiben oder lieber zurück nach Los Angeles fliegen möchtest.«

Tom schenkte Harley und mir ein dankbares Lächeln. Er war ein guter Kerl und letztendlich konnte niemand wissen, dass ein an sich harmloser Ausflug im Schnee in einer solchen Katastrophe enden würde. Tom hatte es nicht mit Absicht getan und die Tränen in seinen Augen verrieten, wie leid ihm das alles tat.

»Bitte findet einen Weg, dass das Konzert trotzdem stattfinden kann. Sagt es nicht ab, okay?«, flehte er und wischte sich eine Träne aus dem Augenwinkel.

»Wir geben unser Bestes, versprochen«, entgegnete Harley und klopfte ihm sachte auf die Schulter. »Und jetzt hör auf, dir Vorwürfe zu machen und genieß den Krankenhausaufenthalt am Arsch der Welt. Nicht jeder kann von sich behaupten, mit dem Hundeschlitten gecrasht und in Alaska im Krankenhaus gelandet zu sein. Das ist was für deine Memoiren, Alter.«

WIR SAßEN im *Keetna Inn* und tranken eine Tasse von Donnas Spezialkakao mit doppelt Sahne und dreifach Schuss. Angesichts der Umstände erschien mir das trotz der noch frühen Uhrzeit heute absolut angemessen.

Die Bar würde erst in einer Stunde öffnen, weshalb wir mit Donna und Travis alleine waren und ihnen im Detail von den Vorkommnissen berichten konnten.

»Ich habe eine ganze Liste mit Bassisten, die ich allesamt einfliegen lassen könnte. Das ist nicht das Problem«, erklärte Harley Donna gerade und trank einen weiteren Schluck von seiner Alkolade mit Sahne. »Das Problem ist die Zeit. Sie reicht nicht, um nochmal bei null anzufangen. Wir könnten überlegen, das Konzert zu verschieben, aber auch das geht nicht, weil tausende Fans schon ihre Flüge und Hotels gebucht haben. Sie kommen von überall her, nur um die Jungs noch einmal auf der Bühne zu erleben. Und dann ist da noch Daphne. Sie will unbedingt, dass das Konzert an Heiligabend stattfindet. Am Vorabend von

Weihnachten. Wegen der symbolischen Bedeutung und so …«

»Für die Normalos unter uns: Du glaubst also, dass ein neuer Bassist nicht mehr rechtzeitig alle Songs und Showbestandteile lernen und sich in die Band integrieren könnte, ja?«, fragte meine Schwester.

Harley brummte zustimmend. »Korrekt.«

»Also brauchen wir jemanden, der nicht nur über die notwendigen musikalischen Fähigkeiten verfügt, sondern auch jemanden, der zu der Band passt und der ihre Songs und ihre Bühnenshow kennt«, überlegte Donna weiter.

»Yes. Und diese Person gibt es nicht«, schlussfolgerte mein Boss und leerte geräuschvoll den restlichen Inhalt seiner Tasse.

»Diese Person gibt es wohl. Ich kenne sie. Sehr gut sogar.«

Donnas Aussage ließ uns alle abrupt aufsehen.

»Wen meinst du? Über wen redest du?«, wunderte ich mich und überlegte fieberhaft, wen meine Schwester kannte, den wir übersehen hatten.

»Ich rede über *dich*, Virginia.« Sie zwinkerte mir zu und grinste diebisch.

»Über *mich*?« Meine Frage klang in etwa so, als hätte sie mir soeben eröffnet, dass sie eineiige Fünflinge erwartet.

»Ja, *dich*«, entgegnete sie im Gegensatz zu mir vollkommen ruhig und gelassen. »Du hast doch früher in der Schule E-Bass gespielt und damit am Wochenende immer das Dach zum Abheben gebracht. Sowas verlernt man nicht, oder? Außerdem warst du bei fast allen Proben der Jungs dabei. Du kennst sie. Sie kennen dich. Und mehr noch: Sie mögen und respektieren dich. Sie vertrauen dir.«

»Und die Bühnenshow hast du auch mit ihnen zusammen auf die Beine gestellt«, hielt Travis seiner Frau bei. »Du kannst sämtliche Songs rückwärts auf Chinesisch aufsagen und bist mit jeder Bewegung auf der Bühne vertraut.«

Aus den Augenwinkeln sah ich, wie sich Harleys Kopf im Zeitlumpentempo zu mir umdrehte.

Offenbar konnte er nicht glauben, was er da hörte.

»Stimmt das?«, fragte er sichtlich verblüfft. »Du spielst? Davon hast du mir nie was erzählt. Dabei dachte ich bis gestern, dass wir uns alles erzählen. Offenbar habe ich mich da gewaltig getäuscht. In vielerlei Hinsicht.«

Der Vorwurf in seiner Stimme war nicht zu überhören und obwohl ich versuchte, die Nerven zu behalten, wurde ich wütend. Wütend, dass Harley mir indirekt unterstellte, ich sei ein schlechter und unaufrichtiger Mensch. Und das, nach allem, was ich für ihn in den letzten Jahren getan hatte.

Wenn das immer noch nicht ausreichte, um ihm zu beweisen, dass es niemanden auf der Welt gab, der ihn mehr liebte, als ich, dann verdiente er meine Gefühle und meine Aufopferung nicht. So einfach war das.

»Ich *habe* gespielt«, verteidigte ich mich energisch. »Das ist ewig her und ganz sicher nicht auf Weltstarniveau. Das bisschen Rumgeklimpere in der High-School ist nicht genug, um vor einem Millionenpublikum zu bestehen. Außerdem bin ich nicht für die Bühne gemacht. Da bekomme ich Panik und fühle mich wie ein Reh im

Scheinwerferlicht. Ich würde alles vergessen und die Band bis auf die Knochen blamieren. Also vergesst diese Schnapsidee gleich wieder.«

Ich sprang von meinem Barhocker und ergriff die Flucht, weil ich mich furchtbar unter Druck gesetzt und überrannt fühlte.

Im Damenwaschraum angekommen, spritzte ich mir kaltes Wasser ins Gesicht und kühlte meine Handgelenke unter dem Wasserstrahl des Waschbeckens.

Eventuell war es doch keine so gute Idee, sich so früh am Tag schon zu betrinken. Denn jetzt stieg mir der Alkohol zu Kopf und sorgte dafür, dass es in meinem ganzen Körper kribbelte.

Ich hatte das Wasser gerade abgestellt, als die Tür zum Waschraum aufgestoßen wurde und Harley im Türrahmen erschien.

Er überkreuzte die Arme vor der Brust und musterte mich, so als hätte er mich noch nie zuvor gesehen. So als sei ich eine Fremde, der er gerade zum ersten Mal begegnet.

»Deine Schwester meint, du seist richtig gut gewesen.«

Ich schnaubte belustigt, wobei auch ein Hauch Ironie in meiner Reaktion mitschwang.

»Meine Schwester versteht nichts von Musik, Harley. Auf ihre Meinung solltest du nichts geben.«

Er zog prüfend eine Augenbraue in die Höhe. »Also warst du *nicht* gut?«

Ich fuhr mir durch die Haare und atmete zischend aus. »Keine Ahnung ... doch, ja ... kann schon sein. Aber das ist Jahre her und war in der High-School.«

»Die Jungs haben auch nur auf High-School Niveau und auf ein paar kleineren Festivals gespielt, bevor sie über Nacht berühmt wurden. Sie haben dir also nichts voraus«, konterte Harley.

»Damals vielleicht nicht. Aber seitdem haben sie hunderte Konzerte gespielt, Alben aufgenommen und Millionen von Stunden geübt.«

»Nicht in den letzten drei Jahren«, widersprach Harley, der offenbar fest entschlossen war, das letzte Wort in dieser Diskussion zu haben. »Die Jungs sind auch aus der Übung, Virgin. Aber Musik ist keine Mathematik. Man verlernt es nicht, wenn man sich mal eine Zeit lang nicht mit den Rechenaufgaben beschäftigt. Musik fühlt man. Man fühlt sie mit dem Herzen. Und mit der Seele. Musik ist Kunst. Keine Naturwissenschaft. Und bitte lass uns jetzt nicht darüber diskutieren, ob Mathematik eine Naturwissenschaft ist, oder nicht.«

Ich schwieg, weil ich nicht wusste, was ich darauf erwidern sollte. Harley hatte nicht unrecht in dem, was er sagte. In der Musik ging es tatsächlich darum, seine Gefühle zum Ausdruck zu bringen. Und das war eine Gabe, die man sich nicht antrainieren konnte. Entweder man besaß dieses Geschenk, oder eben nicht.

Trotzdem – auch wenn Begabung und Gefühl eine tragende Rolle spielten, Technik und Übungen taten es auch. Beides davon fehlte mir.

Und so sehr ich mir auch wünschte, dass das Konzert von *Falling from Grace* stattfand, so konnte ich mir nicht vorstellen, Owens Platz einzunehmen. Es fühlte sich falsch an. Andererseits – tat ich es nicht, würden wir das Konzert absagen müssen und Millionen von Menschen enttäuschen. Einer davon war Owens Mutter, die auf uns zählte und uns ihr Vertrauen geschenkt hatte, in dem sie uns anrief und um Hilfe bat.

Konnte ich wirklich damit leben, sie und damit indirekt auch Owen hängen zu lassen?

»Okay«, seufzte ich kapitulierend und stemmte die Hände in die Hüften. »Ich werde mit den Jungs proben – vorausgesetzt sie sind einverstanden. Wenn dabei etwas halbwegs Brauchbares rauskommt, reden wir nochmal. Wenn nicht, will ich nie wieder ein Wort darüber hören, verstanden?«

Ein Lächeln zeichnete sich auf Harleys Gesicht ab. Er beugte sich vor und gab mir einen Kuss auf den Scheitel.

»Danke Virgin. Deine Schwester glaubt an dich. Und ich tue es auch, weil ich weiß, dass du alles schaffst, was du dir vornimmst. Das hast du schon immer.«

23

»Scheitern ist keine Option.« (Virginia)

Virginia

»Ist das wirklich nötig?«, stieß ich genervt hervor, als Donna im Keller unserer Eltern in den alten Kisten wühlte. »Ich finde, du übertreibst.«

»Tu ich nicht. Um ein Star zu sein, musst du dich auch wie einer fühlen. Und das kannst du nicht in Schneehosen und Rollkragenpullover.«

Sie kramte weiter in unseren verstaubten Sachen aus der High-School und zog schließlich mit einem triumphierenden Aufschrei ein Kleid daraus hervor.

»Hier ist es! Na wer sagts denn! Wusste ich doch, dass wir es nicht weggegeben haben.«

Sie stand auf und hielt ein Kleid in den Händen, das mich unwillkürlich zum Lächeln brachte.

Es war rot, womit es optimal zu meinen Haaren passte und endete knapp über meinen Knien. Doch das besondere an dem Kleid waren die Fransen. Wenn ich mich bewegte, schwangen sie hin und her und wirbelten wild durch die Luft. Ein echtes Rocker-Queen-Kleid, das ich damals für mein Leben gern auf den Konzerten getragen hatte, auf denen wir spielten. Ab und an hatte ich *Falling from Grace* damals nämlich musikalisch begleitet und es gab auch noch eine zweite Band, die mich während der High-School Zeit hin und wieder um Hilfe bat.

Aber das war Jahre her. Vieles, um nicht zu sagen alles, hatte sich seitdem verändert.

»Das Kleid passt nicht mehr.«

Damit meinte ich eigentlich, dass es nicht mehr zu der Virginia von heute passte, doch Donna verstand diese Aussage entweder nicht, oder wollte sie nicht verstehen. Denn sie winkte bloß ab.

»Ach was! Natürlich passt das noch. Du hast doch seit damals kein Gramm zugenommen. Und selbst wenn: Einen geilen Knackarsch sieht jeder gern. Harley miteingeschlossen.«

»Donna! Wir reden nicht mehr über Harley, schon vergessen?«

Ich hatte meiner Schwester nicht erzählt, dass Harley und ich seit seiner Rückkehr aus L.A. ein weiteres Mal intim miteinander geworden waren. Ich fand einfach nicht die angemessenen Worte dafür und auch der Zeitpunkt schien nie der Richtige zu sein. Außerdem wusste ich nicht, wo Harley und ich standen. Was also sollte ich ihr erzählen? Dass ich wieder mit ihm geschlafen hatte und es erneut in einem Desaster geendet hatte?

Donna war noch immer sauer auf Harley, auch wenn sie sich mir zu Liebe in seiner Gegenwart zusammenriss. Das würde sich jedoch schlagartig ändern, wenn ich ihr erzählte, was am Abend von Harleys Rückkehr nach Keenta Creek passiert war.

Sie würde ihm die Ohren langziehen und die Eier gleich mit.

Das konnte ich so kurz vor dem Konzert und mit allem, was auf dem Spiel stand nicht riskieren. Also schwieg ich, fraß den Kummer in mich hinein und lenkte mich mit dem Lampenfieber ab, das mich fest im Griff hatte.

»Du musst es anprobieren. Daran führt kein Weg vorbei. Ich leihe dir auch meine Lederstiefel. Die passen perfekt dazu. Dann bist du ein richtig scharfes Cowgirl!«

Donna klatschte vergnügt in die Hände. Sie hatte offenbar gerade den Spaß ihres Lebens. Im Gegensatz zu mir.

Ich starb fast vor Angst und Nervosität. Denn ich wollte die Jungs und auch Daphne auf keinen Fall enttäuschen, indem ich hinter ihren Erwartungen zurückblieb.

Aber ich konnte nicht mehr liefern, als ich zu bieten hatte. Nicht mehr geben, als mein Bestes. Und manchmal war selbst das Beste eben nicht gut genug.

»Schminken müssen wir dich auch. Und die Haare

musst du offen tragen. Dieser strenge Pferdeschwanz ist out. Ich bezweifle eigentlich, dass er jemals *in* war ...«

»Donna ...« Ich seufzte genervt. »Wir wissen doch noch gar nicht, ob ich wirklich mit den Jungs auftreten werde.«

»Papperlapapp.« Sie machte eine wegwerfende Handbewegung. »Harley ist gerade dabei, ihnen die freudige Botschaft zu überbringen und ich glaube nicht, dass irgendeiner von ihnen ein Problem damit haben wird, weil die Alternative die Absage des Konzertes wäre. Es ist also nicht so, als hätten Carver, Gibson und Phoenix eine Wahl.«

Ein ironisches Schnauben stahl sich über meine Lippen. »Na vielen Dank auch. Du weißt wirklich, wie man Menschen motiviert und dafür sorgt, dass sie sich wohler in ihrer Haut fühlen.«

»Dass ich dir das zutraue, habe ich dir schon dreimal gesagt, Virginia. Ich komme mir langsam vor, wie eine kaputte Schallplatte. Außerdem hätte ich dich nicht ins Spiel gebracht, wenn ich nicht an dich glauben würde.«

Donna legte das Kleid auf einer der Kisten ab und breitete ihre Arme aus.

»Komm mal her und lass dich knuddeln. Ich verrate auch niemandem, dass du die Hosen voll hast, versprochen.«

»Das musst du auch nicht«, schmunzelte ich. »Das sieht nämlich selbst ein Blinder.«

Donna nahm mich in den Arm und drückte mich fest an sich. »Süße«, flüsterte sie in mein Ohr. »Es mag zwar schon ein paar Jahre her sein, aber ich erinnere mich noch, als wäre es gestern gewesen. Jedes Mal, wenn du gespielt

hast, warst du voll in deinem Element. Du hast es geliebt.
Und wenn du erst auf der Bühne stehst und die ersten
Akkorde gespielt hast, wirst du sehen, dass du es noch
immer liebst. Du wirst alles und jeden um dich herum
ausblenden und eine richtig geile Zeit haben. Nicht jeder
bekommt die Chance, ein Rockstar zu sein. Weißt du
eigentlich, was für ein Glückspilz du bist? Und welche
Möglichkeiten sich daraus ergeben? Wir sollten dir unbedingt ein Social Media Profil erstellen. Du könntest Influ-
encerin werden. Und ich deine Managerin.«

Ich lächelte unwillkürlich und während Donna immer
weiter plapperte, genoss ich einfach nur diesen seltenen,
unverfälschten Moment aufrichtiger und bedingungsloser
Geschwisterliebe.

Als ich den Proberaum betrat, zitterten meine Hände
leicht und ich war dankbar für den E-Bass, der dabei half,
meine Nervosität zu verbergen.

Donna hatte nicht lockergelassen und darauf bestanden, mich zu schminken und mich in dieses alberne Kleid
samt Cowboy Stiefel zu stecken.

Ich fühlte mich extrem overdressed und doch musste
ich zugeben, dass die Frau, die mir da aus dem Badezim-
merspiegel entgegen gelächelt hatte, selbstbewusster und
glamouröser war, als Virginia Montgomery es je sein
könnte.

Vielleicht stimmte es also wirklich, was meine Schwester behauptete. Dass man die Zufriedenheit und Selbstsicherheit, die man im Inneren verspürte nach außen hin ausstrahlte.

Die Jungs standen bereits auf der Bühne und stimmten sich auf die bevorstehende Probe ein. Als sie mich entdeckten, nickten sie mir zu und bedeuteten mir, zu ihnen zu kommen.

»Hi Jungs, ich weiß, dass das alles andere als ideal ist, aber ...«

»Danke, Virginia«, unterbrach mich Phoenix in meiner zögerlichen Ansprache und schenkte mir ein Lächeln. Früher hatte er oft gelächelt. Doch seit dem Tod seines Bruders tat er das nur noch selten, weshalb es mir umso mehr bedeutete. »Danke, dass du zugestimmt hast, einzuspringen und die Show zu retten. Ohne dich wäre nicht nur Owen, sondern auch sein Vermächtnis tot.«

Phoenix' emotionale Worte ließen mich schlucken und sorgten dafür, dass mein Herz noch schneller zu schlagen begann. Ich durfte ihn und seine Mom nicht hängen lassen. Egal, wie sehr ich mich auch anstrengen musste, ich würde nicht eher von dieser Bühne gehen, bis ich mir meinen Platz in der Band verdient hatte.

»Das ist doch selbstverständlich. Wenn ich euch auf diese Weise helfen kann, tue ich es. Ich hoffe nur, dass ich gut genug bin.«

»Das bist du«, sagte Carver in seiner unerschütterlichen Art und drückte bekräftigend meinen Arm.

»Natürlich bist du das«, stimmte Gibson seinem besten Freund zu. »Du hältst es schon seit Jahren mit Harley als

Boss aus. Da ist so ein Konzert vor einem Millionenpublikum doch ein Kinderspiel für dich.«

Ich war mir sicher, dass er mit diesem unverhältnismäßigen Vergleich bloß die Stimmung auflockern wollte, doch als mir erneut ins Gedächtnis gerufen wurde, wie viele tausend Menschen sich dieses Konzert vor Ort und wie viele Millionen Menschen es sich vor dem Fernseher ansehen würden, wurde mir ganz flau im Magen.

Eilig drehte ich mich weg und atmete tief ein und wieder aus.

Als ich mich bückte, um meinen E-Bass abzulegen, entdeckte ich Harley, der an einen Pfeiler gelehnt dastand und mich mit diesem seltsamen Blick, den ich einfach nicht deuten konnte, bedachte.

Unsere Blicke trafen sich und als er bemerkte, dass ich ihn beim Starren erwischt hatte, wandte er sich eilig ab und lief prompt in Aimee, die in diesem Moment durch die Tür kam und aufgeregt zu quietschen begann, als sie mich entdeckte.

Sie ließ Harley stehen und kam freudestrahlend auf mich zugerannt.

»Ich dachte, du verarschst mich, als du mir geschrieben hast«, rief sie mir zu und blieb bewundernd und begeistert zugleich vor der provisorischen Bühne stehen. Ich beugte mich zu ihr hinab und umarmte sie.

»Über sowas mach ich keine Witze«, entgegnete ich und setzte mich auf den Bühnenrand. »Ich mache das hier wirklich.«

Ich sagte es mehr zu mir selbst, als zu Aimee, weil ich es immer noch nicht so ganz fassen konnte. Doch das

Schlagzeug hinter mir und der Soundcheck von Gibson belehrten mich eines Besseren.

»Danke, dass du gekommen bist.«

»Ist doch klar! Das lasse ich mir doch nicht entgehen. Wann macht ihr es offiziell? Ich will unbedingt einen Artikel über dich schreiben. Und wir müssen ein Interview machen. Und eine Fotostrecke!«

Aimee war ganz aus dem Häuschen und obwohl ich vermutete, dass es zwischen ihr und Carver hinter den Kulissen ordentlich brodelte, ließ sie sich – zumindest hier und jetzt – nichts davon anmerken.

»Ich bin doch nur ein unbedeutender Teil der Band, Aimee«, mahnte ich. »Die Aufmerksamkeit gebührt den Jungs. *Sie* sind die Stars, nicht ich.«

»Blödsinn!« Aimee zog eine beleidigte Schnute. »Du bist ein ebenbürtiges Mitglied. Ohne dich gäbe es kein Konzert. Also sei nicht so bescheiden und erkenn das an. Und jetzt geh. Die anderen warten schon. Ich setze mich derweil zu deinem Harley-Schätzchen und wedele rhythmisch mit dem Feuerzeug.«

Sie zwinkerte mir frech zu und noch bevor ich etwas erwidern konnte, hüpfte sie auch schon fröhlich pfeifend zu meinem Boss, der einen Platz in der Mitte des Raumes eingenommen hatte.

Na dann hieß es jetzt wohl alles oder nichts. Die Stunde der Wahrheit. Showtime.

24

»Rot ... die Farbe der Liebe, des Feuers, der Leidenschaft und der Hölle. Meiner ganz persönlichen Hölle.« (Harley)

Harley

Ich war heilfroh, dass es in diesem Raum Stühle gab.

Stühle, die man umdrehen und sich falsch herum draufsetzen konnte.

Welcher Rockstar und welcher Plattenboss saßen schon richtig herum und kerzengerade auf einem Stuhl? Wir waren doch keine braven Klosterschüler.

Nein, wir waren cool. Wir saßen falsch herum und breitbeinig, die Arme lässig auf der Rückenlehne abgelegt.

Nur, dass ich es dieses Mal nicht tat, um cool zu sein, sondern um meinen verräterischen Ständer zu verbergen.

Schon als Virginia den Saal betrat, war mir das Herz in die Hose gerutscht und hatte dort irgendeinen Schalter umgelegt, sodass sich mein Schwanz wie ein Schlauchboot aufpumpte.

Dieses knappe, kokette Etwas von einem Kleid, an dem nicht nur die Farbe darauf hindeutete, dass man sich daran verbrennen konnte, hatte mich vollkommen aus dem Konzept gebracht. Sowas gewagtes und extrovertiertes trug Virginia sonst nie.

Sie sah heute einfach nach *Hollywood* aus.

Glamourös, aufreizend und atemberaubend.

Wie ein gefeierter Rockstar!

Wann genau war diese Wandlung vonstatten gegangen? Und wieso hatte ich davon nichts mitbekommen?

Oder war sie noch immer ein und dieselbe Person und ich entdeckte gerade eine bisher verborgene Seite an ihr?

Sie trug ihr kupferrotes Haar offen, die Lippen feuerrot geschminkt. Ihre langen Wimpern wurden durch schwarze Wimperntusche verführerisch in Szene gesetzt. Und ihre rot-lackierten Nägel, sowie die hochhackigen Stiefel komplettierten den Look einer *Femme Fatale.*

Ich hatte kurz davorgestanden, benommen vor Lust und Liebe auf die Knie zu sinken und sie anzubeten.

Fuck!

Ungläubig schüttelte ich den Kopf über mich selbst und versuchte, mich auf das Geschehen auf der Bühne zu konzentrieren.

Nur machte es das nicht besser.

Im Gegenteil.

Denn Virginia im Feuerkleid war heiß. Aber Virginia im Feuerkleid am Bass war ... unglaublich.

Sie rockte mit den Jungs die Bühne und ließ die verdammte Sau raus.

Anfangs hatte sie sich noch zurückgehalten. Sich geziert. Doch mit jedem Song wurde sie lockerer und entspannte sich ein bisschen mehr. Bis zu dem Punkt, an dem sie losließ.

Ich hatte es gesehen. In ihren Augen. Dieser Punkt, an dem es *Klick* machte und sie ihren Verstand zum Teufel jagte. Dieser Punkt, an dem es nur noch darum ging, eine geile Zeit auf der Bühne zu haben. Dieser Punkt, an dem man dem Rausch verfiel und zu schweben begann. Der Punkt, an dem Musiker zu Rockstars wurden.

Virginia mochte sich für musikalisch eingerostet halten, doch ich wusste es besser. Und da ich meine Millionen damit verdiente, genau das zu beurteilen und richtig einzuschätzen, ließ ich darüber auch nicht mit mir diskutieren.

Sie hatte es drauf wie die ganz Großen des Showbiz.

Diese Feststellung hätte mich enorm erleichtern sollen. Denn es bedeutete, dass das Konzert und somit das One-Off Comeback von *Falling from Grace* gerettet war.

Doch momentan war ich zu angespannt, als dass ich mich darüber freuen konnte.

Ich gab mir wirklich alle Mühe, mich auf die Band zu konzentrieren und ihnen Anweisungen zuzurufen. Doch ich hatte nur Augen für sie. Für Virginia.

Gegenüber Aimee, die schon ein paar Proben beigewohnt hatte und meine Art, mitten im Song lautstark Feedback zu geben, kannte, hatte ich behauptet, ich müsste der Band Zeit geben sich an das neue Mitglied zu gewöhnen. Und dass mein Hauptaugenmerk allein deswegen auf Virginia lag, damit ich ihre Leistung objektiv beurteilen könnte.

Doch Aimee war nicht auf den Kopf gefallen. Das Funkeln in ihren Augen hatte mir verraten, dass sie mir das nicht abkaufte.

Sie wusste, dass mich Virginia gerade in den Wahnsinn trieb. Aber da sie selbst im Glashaus saß, ein bestimmtes Mitglied der Band betreffend, konnte sie nicht mit Steinen um sich werfen.

Mein Glück.

Denn so blieben mir wenigstens unangenehme Fragen und Sticheleien erspart.

Die Musik versiegte und die Jungs klatschten zufrieden mit Virginia ab.

»Solide Leistung, V«, meinte Gibson anerkennend und stimmte seine Gitarre für den nächsten Song.

Die Vertrautheit unter den vieren war nicht zu übersehen und ich glaubte, dass Virginias Anwesenheit dafür sorgte, dass es zwischen den Jungs besser harmonierte. Sie verströmte in etwa dieselbe Wirkung, wie eine Lavendelduftkerze bei einem Glas Wein nach einem anstrengenden Arbeitstag. Ihre empathische, sanftmütige Art hatte eine beruhigende Wirkung auf die Menschen in ihrem Umfeld. Auch auf mich. Naja, ... zum Teil.

Denn meine Sorge vor dem bevorstehenden Konzert

legte sich zwar bis zum Ende der Probe, doch meine Gefühlswelt geriet völlig aus den Fugen.

Wegen ihr.

Wegen Virginia.

Bis vor ein paar Tagen waren wir einfach nur Freunde gewesen. Vertraute. Weggefährten.

Und jetzt ... jetzt wusste ich nicht, wie ich all die Jahre verdrängen konnte, dass sie womöglich viel mehr für mich war als das.

Überhaupt kam ich mir vor, als wären mir während meiner Zeit in Alaska die Augen geöffnet worden. Als wäre ich all die Jahre mit Scheuklappen durch die Welt gelaufen, ohne zu kapieren, was wirklich läuft.

Und das wiederum führte dazu, dass ich mich furchtbar dumm und gleichzeitig absolut überfordert fühlte.

So etwas Intensives wie für Virginia, hatte ich noch nie zuvor für jemanden empfunden. Ich wusste gar nicht, dass ich zu so etwas überhaupt fähig war. Dabei hatte es anscheinend all die Jahre in mir geschlummert und nur darauf gewartet, hervorgelockt zu werden.

Hatte ich es verdrängt, weil ich es nicht wahrhaben wollte? Weil es alles verkomplizierte? Weil es alles verändern würde?

Keine Ahnung.

Ich atmete geräuschvoll aus und ließ den Kopf auf meinen Handrücken sinken. Was für ein Chaos.

»Harley?«, vernahm ich Carvers fragende Stimme.

»Ja?«, murmelte ich, ohne aufzusehen.

»Was denkst du? War das geil oder geil?«

Ich schnaubte. Rockstars und ihre übersteigerten Egos. Sie gehörten zusammen wie Ketchup und Pommes. Das Eine gab es nicht ohne das Andere.

»Schon recht passabel«, erwiderte ich unbeeindruckt und richtete mich auf.

Das war zwar maßlos untertrieben, aber wenn ich wollte, dass alle ihr Bestes gaben, musste ich ihnen entsprechend in den Arsch treten.

»Spielt nochmal das Intro und den vierten Song. Da hat es noch etwas gehakt. Und hört auf, das hier auf die leichte Schulter zu nehmen. Denkt daran, dass euch Millionen von Menschen zusehen werden. Da reichen 99 Prozent nicht aus. Ich will mindestens 200 von euch sehen, klar? Und jetzt los.«

25

»Es heißt: Glück im Spiel, Pech in der Liebe. Ich wusste nicht, dass diese Weisheit auch auf das Spielen eines Instrumentes zutraf.« (Virginia)

Virginia

So ungern ich es auch zugab: Donna sollte Recht behalten.

Nachdem ich den Kopf abgeschaltet und mich auf die Musik eingelassen hatte, floss die Elektrizität wie ein reißender Fluss durch meinen Körper und schwemmte mich von den Füßen.

Ich fiel in das kalte Wasser und erschrak im ersten Moment, als ich rasch an Geschwindigkeit aufnahm. Doch dann beschloss ich, nicht länger gegen den Strom anzukämpfen, sondern mich einfach treiben zu lassen.

Ich ließ mich mitreißen und genoss den wilden Ritt im Fluss der Musik.

Mit jedem Song wurde ich mutiger und nach sechs Liedern war ich voll angekommen. Ich genoss die Probe und legte meinen Fokus darauf, Spaß zu haben.

Ich machte mir keine Gedanken mehr darum, ob ich gut genug war, oder ob ich mit den Jungs mithalten konnte. Ich gab einfach mein Bestes und lebte den Moment. Kostete ihn gänzlich aus und fühlte mich dabei so lebendig, wie schon lange nicht mehr. Ich hatte Spaß. Viel Spaß.

Und vielleicht war genau das die geheime Zutat zum Erfolg, nach der immer alle so krampfhaft suchten: Spaß.

Vielleicht war es wirklich so banal und einfach. Es musste doch nicht immer kompliziert sein, auch wenn wir das nicht glauben mochten, weil wir uns das Leben gerne unnötig schwer machten und uns häufig selbst im Weg standen.

Aber wenn wir ehrlich waren, ergaben sich die besten Resultate, wenn man genoss, was man tat. Wenn man seine Arbeit liebte. Wenn sich Arbeit nicht wie Arbeit anfühlte, weil Arbeit und Leidenschaft zu einer Einheit verschmolzen.

Und genau das geschah hier gerade. Vier Menschen, die die Bühne rockten und sich dabei alles abverlangten, weil sie liebten, was sie taten.

Atemlos und mit einem zufriedenen Lächeln klatschten wir nach dem letzten Song ab.

»Das war echt cool, Virginia«, meinte Phoenix, der in etwa so häufig Komplimente verteilte, wie es im Jahr Weihnachten gab, weshalb dieses ehrliche Lob mir ein glückliches Lächeln auf das erhitzte Gesicht zauberte.

»Danke. Wenn es gut genug war, dass ich euch nicht blamiere, kann ich damit leben.«

»Du wirst uns nicht blamieren. Du wirst uns abheben lassen und dich gleich mit. Wir werden es richtig krachen lassen. Das wird gut. Richtig gut.«

Er klopfte mir kumpelhaft auf die Schulter und ging zu seinem Schlagzeug zurück.

Gibson und Carver sahen ihm verwundert hinterher. Von allen Teammitgliedern war er derjenige gewesen, bei dem Harley am meisten Überzeugungsarbeit leisten musste, damit er dem Comeback der Band zustimmte.

Doch nun hörte es sich so an, als würde er sich sogar darauf freuen und es nicht länger als Opfer sehen, das er nur seiner Mutter zu Liebe erbrachte.

»Du warst großartig«, hörte ich Aimees aufgeregtes Quietschen hinter mir, was mich dazu veranlasste den Blick von Phoenix abzuwenden. Sie stürmte auf die Bühne und ignorierte Carver dabei geflissentlich, was wohl bedeutete, dass ich nicht die Einzige war, die derzeit in einer Liebeskrise steckte.

Und das so kurz vor Weihnachten, dem Fest der Liebe …

Ich umarmte meine Freundin und traute meinen Ohren kaum, als sie flüsterte: »Harley hat dich keine

Sekunde lang aus den Augen gelassen. Er hat dich angesehen, als wolle er dich mit Haut und Haaren verspeisen.
Glaub mir, Süße: Der fährt voll auf dich ab. Da geht was!«

Sie ließ mich los, trat einen Schritt zurück und warf
einen Blick auf ihre Uhr. »Was sagst du? Lust auf einen
heißen Punch im *Keetna Inn*? Dann kannst du auch gleich
deiner Schwester erzählen, wie es heute gelaufen ist. So
wie ich sie kenne, stirbt sie schon fast vor Neugier.«

Ich lächelte und schüttelte bedauernd den Kopf. »Ein
anderes Mal gern, aber ich möchte noch ein paar Stunden
hierbleiben und alleine weiter proben. Vor zwei Personen
zu spielen, ist eine Sache. Vor zwanzig Millionen eine ganz
andere. Ich will sicherstellen, dass ich jeden Akkord im
Schlaf kenne, falls ich auf der Bühne einen Blackout
bekommen sollte.«

Aimee nickte verständnisvoll. »Da bekomme ich
allein vom Zuhören schon Panik. Du bist echt mutig,
Süße. Nur für den Fall, dass dir das noch keiner gesagt
haben sollte. Und unter uns gesagt ...« Sie beugte sich
verschwörerisch zu mir vor, »... bist du auch eine
verflucht scharfe Braut. Schärfer als das Spezialchili
deiner Schwester.«

»Und du bist ein Spinner«, prustete ich und dankte
Aimee noch einmal für ihr Kommen und ihre Unterstützung, bevor sie sich verabschiedete.

Auch Carver, Gibson und Phoenix verließen den
Proberaum bald darauf, sodass ich mit Harley, der gerade
ein Telefonat mit den Konzertveranstaltern in Anchorage
beendete, allein zurückblieb.

»Bist du soweit?«, erkundigte er sich, ohne mich dabei

jedoch anzusehen. Stattdessen schaute er angestrengt auf sein Handy.

»Das ist alles, was du zu sagen hast?«, staunte ich und ärgerte mich darüber, dass er als einziger noch kein Wort über meine Bühnenperformance verloren hatte, obwohl er derjenige war, der mich – neben Donna – überhaupt erst zu dieser verrückten Idee überredet hatte.

»Was willst du denn hören?«

Was ich hören wollte? *Was ich hören wollte?* Sein Ernst?

»Keine Ahnung, Harley. Vielleicht sowas wie: Das war total scheiße, Virginia. So wird das nichts mit dem Konzert. Oder aber: Du hast dich ganz gut geschlagen. Es besteht Hoffnung.«

Endlich sah er auf, womöglich, weil ihm meine passiv aggressive Stimmlage nicht entgangen war.

Als mich sein Blick traf, stockte mir der Atem.

Harley brannte.

In seinen tannengrünen Augen loderte das Feuer. So heiß, dass ich die Hitze, die es aussandte, bis zur Bühne spüren konnte, obwohl uns mehrere Meter voneinander trennten.

Eine prickelnde Gänsehaut breitete sich auf meinem Körper aus und zwischen meinen Beinen bildete sich eine verräterische Nässe.

»Du warst …«, setzte Harley mit rauer Stimme an und räusperte sich. »Du warst ein verdammter Rockstar und wenn ich daran denke, dass dich Millionen von Männern so sehen werden, würde ich das Konzert am liebsten abblasen.«

Wie vom Donner gerührt stand ich da und starrte Harley fassungslos an.

»Was redest du?«, brachte ich mühsam hervor, wobei meine Stimme beim letzten Wort brach. »Wieso sagst du sowas?«

»Weil es das ist, was ich fühle. Und weil ich dich nicht belügen will. Nicht dich. Nicht die Person, die mir am meisten bedeutet«, entgegnete er resigniert und kam auf mich zu.

Ich stand wie angewurzelt auf der Bühne, unfähig mich zu bewegen und beobachtete Harley mit bebendem Atem dabei, wie er die Lücke zwischen uns schloss.

»Weil es das ist, was du fühlst? Was fühlst du denn, Harley? Was ist es, dass du für mich fühlst, hm? *Lust*? Macht es dich an, mich so zu sehen?«

»Fuck und wie«, brachte er zwischen zusammengebissenen Zähnen hervor. »Es macht mich wahnsinnig.«

»Tja und mich macht dieses ständige Hin und Her wahnsinnig. Dass du mich in einer Sekunde liebst und mich in der nächsten Sekunde von dir stößt. Verhältst du dich bei all den Frauen, die du flachlegst, so?«

»Nein«, schnaubte er und klang dabei fast schon verzagt. »Nur bei einer.«

»Nur bei einer? Also nur bei mir? Na wundervoll. Und warum? Weil ich nichts weiter für dich bin, als ein dummer Fehler?«

Harley blieb unmittelbar vor der Bühne stehen und sah zu mir auf. In seinen Augen kämpften die Flammen der Leidenschaft gegen den Wind der Verzweiflung. Das Feuer wütete in seinen Pupillen und wurde durch die Kraft des Windes weiter angefacht, statt zu erlöschen. Der Sturm der Emotionen, der sich bei dem Zusammenstoß dieser Elemente formte, ließ mich erschaudern.

Harley stützte sich mit den Händen ab und kam zu mir auf die Bühne, sodass wir uns auf Augenhöhe miteinander befanden.

Er legte seine Hände um meine Handgelenke und zwang mich dazu, ihn anzusehen.

»Weil du alles für mich bist, Virginia. Und weil ich ohne dich nichts bin. Deswegen. Hast du eine Ahnung, wie furchterregend es ist, von jemandem abhängig zu sein? Seit Jahren verlasse ich mich in allem, was ich tue auf dich, weil ich niemandem so sehr vertraue, wie dir. Seit Jahren ist es einzig und allein deine Meinung, die mich interessiert, weil ich niemanden so sehr respektiere wie dich. Und seit Jahren freue ich mich jeden Tag darauf, zur Arbeit zu gehen, weil ich weiß, dass du da bist und dort auf mich wartest.«

»Ich …«

Harley schüttelte den Kopf und bedeutete mir so, dass er noch nicht fertig war.

»Mit dir ist selbst der schlimmste Tag erträglich. Und ohne dich ergibt nichts einen Sinn. Du bedeutest mir die Welt, Virginia und ich habe eine Scheißangst davor, dass meine Welt untergeht, wenn wir uns weiter in unseren Gefühlen verlieren. Du kennst mich: Früher oder später versaue ich es mir mit jeder Frau, mit der ich ausgehe. Und im Grunde genommen ist es mir egal, weil mir keine von ihnen etwas bedeutet. Aber bei dir ist das anders. Es steht zu viel auf dem Spiel. Der Einsatz ist zu hoch. Das Risiko zu groß, um das Wagnis einzugehen.«

Es fühlte sich an, als hätte sich über mir ein Gewitter zusammengebraut. Als würden die dunklen, bedrohlich wirkenden Wolken mit einem Mal ihre Schleusen öffnen und die Regentropfen wie Hagelkörner auf mich hinabfallen.

War das hier etwa gerade ein Liebesgeständnis, unmittelbar gefolgt von einer Abfuhr gewesen? Hatte Harley mir gerade zu sagen versucht, dass er auch Gefühle für mich hegte, sich aber nicht traute, ihnen nachzugeben? Dass er es bevorzugte, dass alles so blieb, wie es vor unserer Reise nach Alaska gewesen war?

»Du bist ein Feigling«, flüsterte ich und schloss die Augen, um die aufsteigenden Tränen niederzuringen, die sich darin sammelten.

»Ja, das bin ich. Ich habe zu viel Angst, dich zu verlieren und gebe mich lieber mit weniger zufrieden, wenn das bedeutet, dass du bei mir bleibst, als dass ich den Mut aufbringe, alles zu wollen und deshalb möglicherweise alles verliere«, gestand er und der Tonfall seiner Aussage verriet mir, dass es zwecklos war, ihn umzustimmen.

Harley hatte seine Entscheidung getroffen.

Und ich würde damit leben müssen. Falls ich das nicht konnte, blieb mir nichts anderes übrig, als zu gehen.

Nur wusste ich, dass ich das niemals übers Herz bringen würde. Ich war vielleicht Harleys Welt, doch er war die Sonne, die diese Welt umkreiste. Ohne ihn gäbe es für

mich nur Dunkelheit. So, wie es jetzt war, schien diese
Sonne zwar nicht immer, doch Licht und Dunkelheit wech-
selten sich in einem stetigen Rhythmus ab, sodass sich ein
Gleichgewicht ergab, mit dem ich mich arrangieren konnte.

Jedenfalls bis jetzt.

Ob es mir auch in Zukunft gelingen würde ... ich
wusste es nicht.

26

»Eine gesunde und liebende Familie ist das schönste Weihnachtsgeschenk, das man sich wünschen kann.« (Virginia)

Virginia

Zusammen mit Donna, Travis und meinen Eltern verbrachte ich den heutigen Nachmittag und Abend in dem Dorf, in dem meine Großeltern wohnten und in dem jedes Jahr einer der schönsten Weihnachtsmärkte in Alaska stattfand.

Heute Vormittag hatten Harley und ich in Keetna Creek die letzten Vorbereitungen für das nahende Konzert in Anchorage getroffen, bevor Harley nach Anchorage gefahren war, um dort vor Ort noch ein paar letzte Details zu klären.

Eigentlich wäre das meine Aufgabe gewesen, doch da ich nun ein Teil der Band war, hatte Harley darauf bestanden, dass ich mich einzig und allein auf die Musik konzentrierte und die restliche Organisation ihm überließ.

Also war er allein aufgebrochen, während ich heute noch einen letzten freien Nachmittag genießen durfte, bevor morgen Vormittag auch ich nach Anchorage aufbrechen und sich in den kommenden Tagen alles nur noch um das Konzert drehen würde.

Die Idee, den Bandmitgliedern nach den kräftezehrenden Proben der letzten Tage etwas Luft zum Atmen und Entspannen zu geben, war bloß gut gemeint gewesen, doch ich persönlich hätte es bevorzugt, mich mit Arbeit abzulenken.

Denn die Nervosität hatte mich fest im Griff und sorgte dafür, dass ich kaum noch aß und schlief.

Möglicherweise hing das auch mit Harley zusammen und dem Umstand, dass ich akzeptieren musste, dass zwischen uns nie mehr als Freundschaft sein würde. Und zwar nicht, weil wir nicht mehr als freundschaftliche Gefühle füreinander hegten, sondern weil Harley zu feige war, sich auf mehr als das einzulassen.

Wenn man jemandem seine Liebe gestand und diese Person einem sagte, dass sie diese Liebe nicht erwiderte, tat es zwar höllisch weh, aber man konnte damit abschließen.

Doch wenn man jemandem seine Liebe gestand und diese Person einem sagte, dass sie zwar ähnlich fühlte, aber diese Gefühle nicht zulassen wollte, gesellten sich zu dem Schmerz noch Wut und Verzweiflung, sodass ein heilender Abschluss in weite Ferne rückte.

Und wie das nun mal im Leben so war, bekam man immer die volle Breitseite ab. Nicht nur, dass der Druck des bevorstehenden Konzerts so schwer auf mir lastete, dass ich deswegen kaum mehr Luft bekam. Nein, gleichzeitig drohten mich auch die Gefühle für Harley unter sich zu begraben.

Es fühlte sich so an, als würde ich gefesselt und bei lebendigem Leibe begraben werden. Und es gab nichts, was ich dagegen tun konnte.

»Virginia, hey«, rief meine Schwester und lenkte meine Aufmerksamkeit so auf sich.

»Entschuldige«, murmelte ich. »Was gibt's?«

»Du gefällst mir nicht. Du wirst mit jeder Stunde, die verstreicht, blasser und schweigsamer. Bist du sicher, dass du nicht doch einen Punch trinken willst?«

Ich schüttelte den Kopf. »Kein Alkohol mehr vor dem Konzert. Ich muss meinen Körper schonen.«

Donna zog amüsiert die Augenbrauen hoch und legte mir einen Arm um die Schultern.

»Süße, wahre Rockstars stehen auf Sex, Drugs und Rock'n'roll. Sie sind keine mustergültigen Pfadfinder. Das solltest du doch besser wissen als ich.«

»Ja, mag schon sein. Aber ich bin kein Rockstar, Donna.«

Donna beugte sich verschwörerisch zu mir herüber, sodass ihre kalte Nase meine Wange streifte. »Du hast recht. Du bist kein Rockstar, sondern eine Superheldin.

Ohne deine Hilfe wäre die größte Musik*überraschung* der letzten zehn Jahre nämlich zu der größten Musik*enttäuschung* der letzten zehn Jahre geworden.«

Ich wusste, dass sie nur versuchte, mich abzulenken und zu bestärken, aber ihr Zuspruch sorgte lediglich dafür, dass mir einmal mehr vor Augen geführt wurde, welch enorme Verantwortung auf meinen Schultern lastete und welches Ausmaß die Katastrophe annehmen könnte, falls ich es vergeigte.

»Atmen, Virginia. Atmen«, zischte meine Schwester und zog mich an einen Weihnachtsmarktstand, an dem heißer Lebkuchen mit Sahne und Schokosoße verkauft wurde.

»Einmal die *Heiße Liebe* bitte«, gab sie ihre Bestellung auf und reichte sie mir kurz darauf. »Hier. Du isst das jetzt. Keine Widerrede. Wie sagt Oma immer? Essen hält Leib und Seele zusammen. Und da deine nur noch am seidenen Faden hängen, wirst du das jetzt aufessen. Sofort.«

Sie tauchte die Gabel in den dampfenden, von Schokosoße getränkten Lebkuchen und schob ihn mir zusammen mit einer riesigen Portion Sahne in den Mund.

Anfangs war mir danach, es sofort wieder auszuspucken, doch nachdem der süße und gleichzeitig würzige Geschmack in meinem Mund explodierte, schloss ich genussvoll die Augen und schluckte es runter.

»Lecker, oder?«, fragte Donna triumphierend.

»Mhm«, murmelte ich und griff nach der Gabel. »Richtig lecker.«

Donna verfolgte wachsam wie ein Gefängniswärter,

dass ich ja nur jeden Bissen vertilgte und wartete geduldig, bis ich alles aufgegessen hatte.

»Jetzt sieht die Welt doch gleich wieder viel besser aus, nicht wahr?«, kicherte sie.

Ich warf den leeren Pappteller in den Mülleimer bei dem Weihnachtsmarktstand und horchte in mich hinein.

Tatsächlich hatte sich die Aufregung ein klein wenig gelegt. Die Wärme, die sich durch den Kuchen in meinem Magen ausbreitete, beruhigte meine Nerven und lockerte das straffe Seil um meine Brust.

»So. Und jetzt lass uns den Nachmittag genießen und uns eine schöne Zeit machen. Wenn du schon mal die Chance hast, mit der ganzen Familie über den wohl kitschigsten Weihnachtsmarkt Alaskas zu schlendern, solltest du diese Gelegenheit auch auskosten. Man weiß schließlich nie, wie viele Weihnachten man noch zusammen erleben darf. Und letztendlich ist das doch auch das Einzige, was wirklich zählt, oder? Familie. Die Menschen, die man liebt.«

Donnas Worte hallten in meinen Ohren und in meinem Kopf nach. Sie hatte recht. So ungern ich es auch zugab: Sie hatte absolut recht.

Es war ein Privileg, dass meine Familie gesund und gemeinsam über einen zauberhaften Weihnachtsmarkt schlendern konnte, der keinen Wunsch unerfüllt ließ.

Stände mit hausgemachten Plätzchen reihten sich an Hütten mit heißer Schokolade und Häuschen mit Weihnachtsdekoration, Schmuck, Lederwaren, Seifen und Kerzen.

Alle Produkte stammten aus der Region und wurden in Handarbeit hergestellt.

Es gab hier nichts, was nicht mit Liebe gemacht wurde.

Genau das zeichnete diesen Markt aus.

Das und der phänomenale Gospelchor, der hier jedes Jahr eine unglaubliche Show zum Besten gab.

Ich liebte Gospel. Die Energie, die in den Liedern mitschwang, verlieh einem das Gefühl, schweben zu können. Ließ einen glauben, dass alles möglich war. Das man alles erreichen, alles schaffen konnte, wenn man es nur wollte.

Auf den Auftritt der *Melodic Sisters* freute ich mich heute am meisten. Denn mein Bauchgefühl sagte mir, dass ich die Energie und die positiven Vibes, die sie versprühten, gerade dringend brauchte, weil ich mich daran festhalten konnte.

Wir gesellten uns wieder zu unseren Eltern und Großeltern, die mit Travis um einen riesigen, üppig geschmückten Weihnachtsbaum herumstanden und ihn staunend betrachteten.

Happy Holiday von Andy Williams drang aus den Lautsprechern und ein drolliger Santa mit einem von Rentieren gezogenen Schlitten flog in einigen Metern Höhe um die Spitze des Weihnachtsbaums. An seinem Schlitten, sowie am Zaumzeug der Rentiere blinkten bunte Lichter und bei jeder Umrundung leuchtete eine Sternschnuppe über ihnen auf.

»Wie kitschig«, grinste Travis und erntete dafür einen strafenden Blick von seiner Frau.

»Weihnachten kann nie kitschig genug sein. Das ist Teil seiner Magie«, ermahnte ihn Donna tadelnd.

Meine Großmutter kicherte und auch mein Vater konnte sich ein Schmunzeln nicht verkneifen. Donna und Lizabelle Christmas, die Inhaberin des Weihnachtsdeko-Geschäfts, waren mit Abstand die größten Weihnachtsfans, die jemals in Keetna Creek gelebt hatten. Und mit ihrer Euphorie und Vorfreude sorgten sie dafür, dass kein Haus in Keetna Creek von Weihnachten verschont blieb.

Wer nicht freiwillig dekorierte, wurde freundlich aber bestimmt dazu gezwungen.

Man nannte Donna hinter vorgehaltener Hand auch gerne mal den Weihnachtssheriff, weil sie ihre Forderungen so resolut und beherzt durchboxte, dass es niemand wagte, sich ihr zu widersetzen. Allein schon, weil die Leute das Glänzen liebten, das bei einer ausufernden Weihnachtsdekoration in Donnas Augen lag.

Menschen wie sie waren wichtig für den Geist von Weihnachten. Sie sorgten dafür, dass die Zeit des Jahres, in der es darum ging, sich auf seine Werte und Prioritäten zu besinnen, nicht in Vergessenheit geriet. Sie achteten darauf, dass die Menschen sich bewusste Pausen und Auszeiten gönnten. Sich zurücklehnten und reflektierten. Und sie taten alles dafür, Menschen zusammenzubringen und unvergessliche Erinnerungen zu schaffen.

So wie heute.

Es war Donnas Idee gewesen, diesen Weihnachtsmarkt zu besuchen. Und obwohl ich anfangs weder Lust noch Nerven dafür hatte, war ich jetzt umso dankbarer dafür, mitgekommen zu sein.

Denn wo könnte ich besser Kraft für die bevorstehenden Tage schöpfen, als im Kreis der Menschen, die mich liebten, die an mich glaubten und die mich immer unterstützen.

»Ich hab' dich lieb«, flüsterte ich und umarmte Donna, die im ersten Moment leicht überrumpelt von meinem plötzlichen Gefühlsausbruch schien.

Doch dann schloss sie die Arme um mich und drückte mich fest an sich.

»Ich dich auch. Bis zum Nordpol und zurück.«

27

»Ist ein Ende mit Schrecken wirklich besser als ein Schrecken ohne Ende? Ich bin mir da nicht so sicher.« (Harley)

Harley

M orgen ... Morgen war Heilig Abend und somit der Tag der Wahrheit.

Morgen würde das Konzert stattfinden, wenn nicht im letzten Moment noch ein Schneesturm über Alaska fegte, der Weihnachtsmann mit seinem Schlitten die Zufahrt blockierte, oder uns irgendein Weltraumschrott auf den Kopf knallte, den die NASA hier aufgrund der geringen Bevölkerungsdichte abstürzen ließ.

In diesem Bundesland war eben alles möglich. Auch das Unmögliche.

Die Band hatte ihre Generalprobe soeben beendet. Ich hatte sie absichtlich auf den Vormittag gelegt, damit sie sich den Rest des Tages ausruhen und seelisch, wie moralisch auf den großen Tag morgen vorbereiten konnte.

Meine Sorgen, dass es auf der Konzertbühne nicht so gut laufen könnte, wie in dem kleinen Proberaum in Keetna Creek, waren zum Glück unbegründet gewesen.

Man hatte keinen Unterschied gemerkt und wenn, dann eher einen positiven, weil die Jungs sich ordentlich ausgetobt und abreagiert hatten. Und Virginia ... man merkte ihr die Aufregung abseits der Bühne zwar mehr als deutlich an, doch auf der Bühne war sie ein Profi. Sie würde das schaffen. Sie würde einen wahnsinnig tollen Job abliefern, auch wenn sie selbst noch daran zweifelte.

Seit unserer Unterhaltung in Keetna Creek, im Zuge derer ich ihr indirekt gestanden hatte, dass ich ihre Gefühle zwar erwiderte, ihnen aber nicht nachgeben wollte, mied mich Virginia. Auf ihre Art.

Ich konnte mit ihr nach wie vor über alle geschäftlichen und organisatorischen Belange sprechen, doch der vertraute, warmherzige und humorvolle Umgang, den wir sonst miteinander gepflegt hatten, war einer unsichtbaren, reservierten und verunsicherten Distanziertheit gewichen, die uns beide vollkommen fertig machte. Ein Grund mehr, warum wir uns voneinander fernhielten. Denn wenn wir uns nicht sahen und nicht miteinander sprachen, war es weniger offensichtlich, wie sehr wir uns voneinander entfernt hatten, obwohl es genau das war, was ich um jeden Preis hatte vermeiden wollen.

Doch wieder einmal hatte ich bei meiner Entscheidung nur an mich und nicht an Virginia gedacht. Ich hatte geglaubt, dass alles zwischen uns so bleiben würde, wie es vor unserer Reise nach Alaska gewesen war, wenn wir wieder zum Alltag übergehen würden und die Vorkommnisse in Keetna Creek vergaßen.

Dass Virginia damit aber ganz und gar nicht einverstanden sein könnte, hatte ich in meiner Überlegung nicht bedacht.

Sie war verletzt und ich der Auslöser für ihren Schmerz. Wie so oft in den letzten Jahren. Mit dem Unterschied, dass ich dieses Mal keine Ausrede dafür vorbringen konnte. Denn ich hatte gewusst, was Virginia für mich empfand. Sie hatte es mir gestanden. Und trotzdem hatte ich sie zurückgewiesen und ihr meinen Willen aufgezwungen in der Hoffnung, dass sie es einfach so hinnehmen und mir meinen Wunsch erfüllen würde.

Doch mein Bauchgefühl sagte mir, dass ich mich gewaltig verrechnet hatte und dass ich die Frau, die ich um jeden Preis behalten wollte, mit meiner Entscheidung, ihre Gefühle zu ignorieren und meine gleich mit, verjagt hatte. Und zwar für immer.

So sehr ich mir auch wünschte, dass dieses Konzert endlich begann und heil über die Bühne ging – im wahrsten Sinne des Wortes – so sehr wünschte ich mir, es würde sich noch ewig hinziehen. Denn wenn das Konzert endete, da war ich mir ziemlich sicher, würde auch Virginias und meine gemeinsame Zeit enden.

Sie würde mich verlassen.

Auch wenn ich es nicht wahrhaben wollte und es mit aller Macht verdrängte, so war ich mir dessen insgeheim schmerzlich bewusst.

»Harley, Schatz, was schaust du denn so finster? Es ist doch prima gelaufen.«

Ich sah auf und entdeckte Sadie Brown, die leitende Organisatorin der Konzerthalle, in der das morgige Konzert stattfinden würde.

Für die Verantwortung, die sie trug, war sie verdammt jung. Vielleicht Anfang oder Mitte 30. Man könnte auf die Idee kommen, sie habe sich hochgeschlafen, nicht zuletzt, weil Sadie richtig was hermachte. Doch durch die Zusammenarbeit mit ihr wusste ich, dass dem nicht so war. Sadie hatte den Job ihrer Intelligenz und Geschäftstüchtigkeit zu verdanken. Sie erinnerte mich in vielerlei Hinsicht an Virginia, auch wenn sie ihr nicht das Wasser reichen konnte. Ähnlich hübsch. Ähnlich schlau. Ähnlich charismatisch. Ähnlich unkompliziert.

Sadie kam auf mich zu und legte mir lächelnd die Hände auf die Schultern.

»Willst du mir verraten, was dich bedrückt? Wir könnten darüber reden oder dich deine Sorgen anderweitig vergessen lassen.«

Ich zog überrascht eine Augenbraue in die Höhe, weil ich meine Behauptung, Sadie hätte sich ihren Job nicht erschlafen, eventuell revidieren musste.

Als ob sie meine Gedanken erraten hätte, fügte sie schnell hinzu: »Ich unterbreite dieses Angebot nicht jedem, musst du wissen. Aber ... ich mag dich, Harley. Deine Mitarbeiterin hat immer von dir geschwärmt und seitdem sie für den verunglückten Bassisten einge- sprungen ist und wir beide stattdessen zusammenarbeiten, konnte ich mich selbst davon überzeugen, dass es stimmt, was sie über dich gesagt hat.«

Bei Sadies Worten fühlte ich mich, als würde mir jemand einen kalten Eimer Wasser über den Kopf schüt- ten. Dass eine Frau mit mir flirtete, indem sie dabei auf Virginia verwies, versetzte mir einen Stich in die Brust und sorgte dafür, dass ich mich wie ein mieser Verräter fühlte.

»Sadie, ich ...«

Eigentlich wollte ich sagen, dass ich mich geschmei- chelt fühlte, jedoch kein Interesse hatte.

Doch Sadie legte mir ihren Zeigefinger auf die Lippen und brachte mich so zum Schweigen.

»Keine Angst. Ich habe auch keine Zeit für was Festes. Außerdem lebe ich in Alaska und du in Kalifornien. Also entspann dich und mach dir keine Gedanken. Wir amüsieren uns einfach ein bisschen und dann geht jeder wieder seines Weges.«

Sie nahm ihren Finger von meinen Lippen und ich holte Luft, um ihr mitzuteilen, dass nichts davon geschehen würde, als sie sich auch schon nach vorne beugte und ihren Finger durch ihre Lippen ersetzte.

Sie presste ihren Mund seufzend auf den meinen und vergrub ihre Hände spielerisch in meinen Haaren.

Ich war so überrascht, dass ich einen Moment lang nicht wusste, wie mir geschah. Doch dann umfasste ich ihre Handgelenke und schob sie von mir, was sich schwieriger gestaltete als gedacht, weil sie im Gegensatz zu mir überhaupt nicht daran dachte, aufzuhören und ich sie nicht mit Gewalt dazu zwingen wollte.

Als ich es endlich geschafft hatte, sie von mir zu lösen, währte meine Freude darüber nur kurz. Denn keine Sekunde später gefror das Blut in meinen Adern zu Eis, bevor es sich in heiße Lava verwandelte und zischend durch meinen Körper schoss, wo es alle Nervenbahnen in höchste Alarmbereitschaft versetzte.

Virginia!

Sie stand wenige Meter von uns entfernt im Backstagebereich und der Blick mit dem sie mich bedachte, sagte mehr als tausend Worte.

»Hi. Ich wollte dich fragen, ob ich dir noch bei etwas behilflich sein kann, bevor ich ins Hotel gehe, aber offenbar hast du bereits alles, was du brauchst. In diesem Sinne: Einen schönen Abend euch beiden.«

Ich sollte die Situation, die sie offensichtlich vollkommen fehlinterpretierte schleunigst entschärfen und ihr erklären, dass zwischen Sadie und mir nicht das Geringste läuft. Ich sollte dafür sorgen, dass dieser traurige, verletzte und enttäuschte Glanz aus ihren Augen verschwindet. Ich sollte sie an den Schultern packen und ihr versichern, dass sie die einzige Frau war, die ich wollte.

Doch ich tat es nicht.

Einerseits, weil ich Sadie sonst verraten würde, dass Virginia und ich mehr füreinander waren als nur Boss und Angestellte. Und andererseits, weil das hier die Chance war, Virginia zu zeigen, dass sie jemand Besseren verdiente als mich. Das hier war meine Chance, sie davon zu überzeugen, dass ich nicht als Partner taugte. Auch wenn ich diese Situation nicht initiiert hatte, so sah es für Virginia trotzdem danach aus. Und das wiederum verleitete sie dazu, mich zum Teufel zu jagen und ihre Gefühle für mich zu begraben.

Vielleicht würde ich sie dadurch verlieren. Sehr wahrscheinlich sogar. Aber Erstens glaubte ich, sie sowieso schon verloren zu haben. Und Zweitens hatte ich kein Recht, sie zu behalten.

Virginia war kein Besitztum. Sie war kein Stofftier, das einem gehörte.

Sie war ein Mensch. Ein ganz wundervoller Mensch. Ein Mensch mit einem großen Herzen und einer reinen Seele.

Virginia verdiente es, glücklich zu sein. Sie verdiente es, auf Händen getragen zu werden. Und sie verdiente es, dass ich ihr Glück meinem vorzog.

Und genau das tat ich jetzt. Ich schwieg und besiegelte damit den Bruch zwischen uns, der unausweichlich schien.

»Harley?«, fragte sie enttäuscht und hoffnungsvoll zugleich, weil ich sie bloß anstarrte und kein Ton meine Lippen verließ. »Ich gehe dann jetzt.«

»Mhm«, murmelte ich. »Tu das. Wir kommen hier zurecht. Danke, Virginia.«

Bei meinen Worten klappte Virginias Kinnlade fassungslos hinab. Anscheinend hatte ein kleiner Teil von ihr die Hoffnung, dass sie sich irrte und diese Situation falsch einschätzte, noch nicht aufgegeben. Doch spätestens mit meiner Aussage zersprang auch dieser Teil in tausend irreparable Scherben.

Sie nickte, machte auf dem Absatz kehrt und eilte davon.

Wehmütig sah ich ihr hinterher und hielt mich mit aller Kraft davon ab, ihr nachzulaufen, sie in die Arme zu schließen und sie festzuhalten.

Als sie schon fast um die Ecke gebogen war, hielt sie noch einmal inne und blieb stehen. Es verging ein Herzschlag. Zwei. Drei. Vier.

Dann strafften sich ihre Schultern und sie drehte sich mit einem entschlossenen Gesichtsausdruck zu mir um.

»Da ist noch was«, rief sie und kam zu mir zurück.

Ich wusste, was sie sagen würde, noch bevor sie es aussprach und doch war ich nicht auf den Schmerz und die Panik vorbereitet, die mich befielen, als die unumkehrbaren Worte ihren Mund verließen.

»Ich kündige. Nach den Weihnachtstagen fliege ich nach L.A. und bereite alles für meine Nachfolge vor. Zum Jahresende möchte ich gehen. Vielleicht willst du ja Sadie meinen Posten anbieten. Ihr beiden kommt offenbar ganz prima miteinander aus. Also dann ... bye.«

Sie drehte sich ein zweites Mal um und schritt davon. Doch dieses Mal hielt sie nicht mehr an, sondern verschwand energischen Schrittes aus meinem Sichtfeld und ... aus meinem Leben.

»Was war das denn?«, wunderte sich Sadie, deren Anwesenheit ich vollkommen vergessen hatte.

»Der wohl schlimmste Augenblick meines Lebens«, murmelte ich mehr zu mir, als zu ihr. »Entschuldige mich.

Ich möchte jetzt gern allein sein. Wir sehen uns morgen früh um sieben.«

Damit ließ ich sie stehen und lief los. Ich brauchte frische Luft. Musste dringend atmen, bevor ich hier drin noch den Verstand verlor.

28

»*Mir war nicht klar, dass man vor Aufregung tatsächlich sterben kann und es nicht nur eine Redewendung ist. Bis jetzt.*«
(Virginia)

Virginia

Der große Tag. Er war gekommen. Und für mich hatte er damit begonnen, dass ich die Augen aufgeschlagen, aus dem Bett gesprungen und mich auf der Toilette übergeben hatte.

Würde ich dieses Konzert bloß organisieren, so wie es anfänglich geplant war, wäre ich nicht ein Viertel so aufgeregt, wie ich es jetzt bin.

Ich hätte nicht an meinen Fähigkeiten gezweifelt. Keine Sekunde lang. Denn ich war so routiniert in den Abläufen, dass ich mir selbst voll und ganz vertraute.

Solange ich *hinter* der Bühne stand und die Fäden in der Hand hielt, war alles in bester Ordnung. Aber *auf* der Bühne zu stehen und jegliche Kontrolle abzugeben, mit Millionen von Menschen, die mich dabei auf Schritt und Tritt beobachteten ...

Ich übergab mich erneut, weil allein der Gedanke daran mich krank vor Angst machte.

Jedes Mal, wenn ich glaubte, das Lampenfieber in den Griff bekommen zu haben, wurde ich wenig später wieder vom Gegenteil überzeugt.

Die Nervosität kam in Wellen.

Sie überrollte mich und riss mich mit sich, bis es mir gelang, wieder Luft zu holen und mich daran zu erinnern, dass ich schwimmen und es zurück ans Ufer schaffen konnte. Dass alles gut werden würde.

Doch gerade, wenn ich das rettende Ufer erreichte, kündigte sich auch schon die nächste Welle an.

Diese Angstzustände kosteten jede Menge Kraft. Kraft, die ich später auf der Bühne brauchen würde.

Ich legte den Kopf erschöpft auf meinem Arm ab und fühlte mich hundeelend, weil ich mir nicht mehr zu helfen wusste.

An Schlaf war nicht zu denken. Ich war viel zu aufgekratzt und kam nicht zur Ruhe. An Essen brachte ich ebenfalls nichts runter, weil ich es keine Minute bei mir behalten konnte. Und rausgehen, um zu spazieren oder gar eine Runde zu joggen war auch keine gute

Idee. Erstens hatte heute pünktlich zum Vorweihnachts-
abend ein starker Schneefall eingesetzt und zweitens
herrschte draußen schon seit den frühen Morgenstunden ein heilloses Chaos, weil viele Fans bereits
darauf warteten, in die Konzerthalle gelassen zu
werden.

Und da Aimee einen Artikel über mich geschrieben
und ihn mit meinem Foto versehen hatte, wusste jetzt
jeder, dass ich ein Teil der Band war. Denn der Artikel
wurde inzwischen schon zigtausende Male aufgegriffen
und von anderen Medien, sowie in den sozialen Netz-
werken fleißig geteilt.

Mich unbehelligt außerhalb des Hotels, indem ich
übernachtet hatte, fortzubewegen, war also ein schier
unmögliches Vorhaben.

Ich war gefangen. Wie ein Tiger im Käfig.

In ein paar Stunden wurde ich abgeholt und in den
Backstagebereich der Konzerthalle gebracht, wo man uns
stylen, briefen und mit den Bühnenoutfits helfen würde.

Doch bis dahin würde ich wahrscheinlich längst vor
Aufregung gestorben sein.

Ich lachte hysterisch auf und heulte unmittelbar darauf
los. Wenn mich jemand so sah, würde er mich entweder
für verrückt, oder aber für auf Droge halten.

Mit beiden Szenarien erfüllte ich wohl das gängige
Rockstar-Klischee.

Doch ich war weder verrückt, noch hatte ich was einge-
worfen. Ich hatte einfach nur furchtbare Panik davor, zu
versagen.

Mein Traum war es nie gewesen, ein Star zu sein. Ich

wollte immer im kühlen Schatten stehen und nicht im gleißenden Scheinwerferlicht.

Hinter den Kulissen dafür zu sorgen, dass alles nach Plan lief und jeder zufrieden war, erfüllte mich vollkommen. Ich musste nicht berühmt sein, um ein glückliches Leben zu führen. Im Gegenteil. Ich sah doch tagtäglich, wie anstrengend und zermürbend es war, wenn einen jeder erkannte und man nicht mal mehr im Supermarkt einkaufen konnte. Und auch ein gemütliches Essen beim Italiener war ohne die Paparazzi, die genau dokumentierten, was man aß und was man trank, unmöglich.

Man wurde auf Schritt und Tritt verfolgt und führte ein Leben der Überwachung. Und wofür? Für einen schnittigen Sportwagen, eine Villa, die mehr Zimmer besaß als man bewohnen konnte und zig Handtaschen, von denen man sowieso immer nur ein und dieselbe benutzte?

Nein danke.

Das brauchte ich nicht. Ich kam mit weit weniger aus. Nur war das jetzt nebensächlich. Denn ich tat das hier nicht für mich, sondern für die Menschen, die mir wichtig waren. Für Owen. Für die Jungs. Für Daphne. Und auch für Harley, selbst wenn er es nicht verdiente.

Bei dem Gedanken an Harley füllten sich meine Augen erneut mit Tränen und der Würgereiz meldete sich zurück.

Ich hatte gekündigt. Hatte einen Schlussstrich gezogen. Ich würde Harley verlassen, auch wenn ich das niemals für möglich gehalten hätte.

Die heißen Tränen rannen meine Wangen hinab und obwohl es warm in meinem Hotelzimmer war, fröstelte ich.

Mit letzter Kraft zog ich mein Nachthemd aus, schaltete die Dusche ein und setzte mich unter den warmen Wasserstrahl.

Mein Kopf fiel gegen die gefliese Wand und das wärmende Wasser, das in Strömen über mein Gesicht floss und die Tränen wegwischte, massierte angenehm meine angespannten Muskeln.

»Komm schon, Virginia«, sprach ich mit mir selbst und kam mir dabei reichlich durchgeknallt vor. »Du schaffst das. Du musst einfach nur an dich glauben.«

Doch das war leichter gesagt als getan.

Wütend schlug ich mit der zur Faust geballten Hand auf den Duschboden.

Ich erkannte mich nicht wieder. So, wie ich mich jetzt gerade gab, war ich nicht.

Ich war niemand, der sich hängen ließ. Der vor Angst erstarrte und sich selbst krank vor Sorge machte. Ich war kein Mensch, der sich einschüchtern ließ und an sich zweifelte. Und dass ich einfach so kampflos aufgab und mich in eine Ecke kauerte, statt mich meinen Herausforderungen zu stellen, sah mir ebenfalls nicht ähnlich.

Ich war eine Kämpferin. Ich war mutig. Und ich sah immer und in allem das Positive. Ich war jemand, der andere bestärkte. Der ihnen zur Seite stand und sie unterstütze, wenn sie Hilfe brauchten.

Warum nur gelang mir das bei anderen, bei mir selbst aber nicht?

Und machte mich dieser Umstand womöglich zu einer Heuchlerin?

Zu jemandem, der seine eigenen Worte, seine eigenen Ratschläge nicht beherzigte?

Ich verbarg das Gesicht zwischen meinen Knien und schrie auf.

»Es reicht. Hör endlich auf damit, dich in den Wahnsinn zu treiben und dich in Selbstmitleid zu ertränken. Hier geht es nicht um dich. Du tust das hier nicht für dich. Du tust es für all die Menschen da draußen, die sich durch die Musik von *Falling from Grace* miteinander verbunden fühlen. Du bist mutig. Und stark. Und talentiert. Du bekommst das hin. Glaub an dich. Das tust du doch sonst auch.«

Sichtlich erschöpft und müde, vergrub ich die Finger in meinem nassen Haar und atmete, den Kopf auf meinen angewinkelten Knien liegend, langsam ein und aus, während ich stumm die Worte wiederholte, die ich mir soeben laut und deutlich ins Gedächtnis gerufen hatte.

Du bist mutig. Du bist stark. Du bist talentiert. Du bekommst das hin.

Glaub an dich, Virginia.

Die anderen tun es doch auch.

29

»Es ist leichter, die Augen zu schließen, als sie zu öffnen. Nicht nur im Bett, sondern auch im Leben.« (Harley)

Harley

Gedanklich hakte ich den nächsten Punkt auf meiner Liste ab.

Es war lange her, seitdem ich selbst derart operativ tätig war. Normalerweise kümmerte sich Virginia um diese Abläufe. Doch da sie gezwungenermaßen zum Rockstar befördert wurde, blieb das nun an mir hängen.

»Schaffst du den Rest ohne mich?«, fragte ich Sadie,

mit der ich soeben die noch ausstehenden Punkte durch-
gegangen war.

Die meisten davon fielen in ihren Aufgabenbereich,
weshalb ich mich jetzt verdrücken und nach den Jungs,
sowie nach Virginia sehen wollte.

»Ja, alles gut«, murmelte sie, über ihre Liste gebeugt,
sodass ich mich abwandte und zur Tür der Garderobe
hinaus ging. Doch im Türrahmen blieb ich noch einmal
stehen und drehte mich zögerlich zu ihr um.

»Hör mal, Sadie ... du bist eine attraktive, intelligente
und sympathische Frau und ich bin mir sicher, dass es da
draußen jede Menge Männer gibt, die sich glücklich
schätzen würden, mit dir auszugehen, oder die Nacht mit
dir zu verbringen...«

»Aber du bist es nicht«, unterbrach sie mich und sah
lächelnd auf. »Das war es doch, was du mir mitteilen wolltest, oder?«

»Ja.« Ich nickte. »Aber es hat nichts mit dir zu tun. So
abgedroschen das auch klingen mag: Es liegt an mir.«

»Schon okay. Wenn ich gewusst hätte, dass du und
Virginia mehr als nur Kollegen seid, hätte ich nicht mit dir
geflirtet. Eigentlich hätte mir das schon klar sein müssen,
als sie so von dir geschwärmt hat. Doch *Klick* gemacht hat
es erst, als ich bemerkt habe, wie du sie ansiehst.«

»Wie ... wie ich sie *ansehe*? Was meinst du damit?«
Stirnrunzelnd musterte ich Sadie.

»Du siehst sie an, wie ein Ehemann seine Ehefrau beim
Ringe tauschen in der Kirche. Vertraut. Liebevoll. Bewundernd ... glücklich. Das zwischen euch geht schon länger,
oder?«

Ich räusperte mich. Sadie mochte zwar nett sein und wahrscheinlich war sie auch verschwiegen. Doch ich kannte sie kaum und wenn ich in den Jahren in der Musikbranche etwas gelernt hatte, dann, dass man vorsichtig sein musste, wem man was erzählte.

»Virginia und ich arbeiten zusammen.«

»Ja und? Ihr wärt nicht das erste Pärchen am Arbeitsplatz und mit Sicherheit auch nicht das Letzte. Daran ist absolut nichts auszusetzen. Ich finde das sogar ausgesprochen natürlich und logisch. Denn wieso sollte man seinen Partner *nicht* dort kennenlernen, wo man die meiste Zeit des Tages verbringt? Und noch dazu, wenn einem die Arbeit Spaß macht und man diese Freude teilt? Gemeinsame Interessen sind der Schlüssel zu einer funktionierenden Beziehung.«

Aus Sadies Mund klang das so verdammt einfach und ich wünschte, das wäre es auch. Doch das war es eben nicht.

»Ich bin Virginias Boss. Das Machtgleichgewicht zwischen uns ist nicht ausgeglichen.«

»Stimmt.« Sadie grinste belustigt. »Virginia hat dich echt gut im Griff, oder?«

Verblüfft zog ich die Brauen zusammen. »Virginia *mich*?«

»Na es liegt doch wohl auf der Hand, wer von euch beiden hier der Boss ist, Harley. Ich geb' dir mal einen kleinen Tipp, falls du nicht von alleine darauf kommst: Du bist es nicht.«

Ein spöttisches Schnauben wich über meine Lippen. »Das halte ich für ein Gerücht.«

»Tja, es ist aber nun mal Fakt. Und selbst wenn es nicht so wäre, du erscheinst mir nicht die Art von schmierigem, notgeilem Boss zu sein, der seine Untergebenen sexuell ausnutzt und erpresst. Also weiß ich ehrlich gesagt nicht, wo dein Problem liegt.«

»Das Unternehmen duldet keine Beziehung zwischen Vorgesetztem und Angestellter.« Keine Ahnung, warum ich ihr das erzählte. Ich sollte es nicht tun und doch tat es gut, mit jemandem darüber zu reden.

Normalerweise wäre Virginia dieser Jemand. Aber da es in diesem Gespräch um sie ging und sie derzeit sowieso nicht mit mir redete, blieb mir nur die Option, Selbstgespräche zu führen, oder aber diese Diskussion mit Sadie zu vertiefen.

»Du *bist* das Unternehmen, Harley.« Sadie zwinkerte mir zu. »Wenn dir etwas nicht passt, oder wenn du denkst, dass es nicht mehr zeitgemäß ist, änderst du es. Das ist doch die Erwartung an dich als Boss, oder warum sonst sitzt du auf diesem Stuhl?«

»Du vergisst, dass das Plattenlabel nicht mir gehört. Ich steuere es als Geschäftsführer zwar, aber ich mache nicht die Regeln. Das tun die Aktionäre. Die, die dank ihrer Milliarden Anteile an *Golden Records* besitzen.«

Das Klingeln meines Handys beendete unsere Unterhaltung, gerade als sie begann, richtig interessant zu werden.

Ich wusste nicht, ob ich dankbar oder verärgert über diese Störung sein sollte, denn mein Bauchgefühl sagte mir, dass ich kurz davorstand, etwas Maßgebliches zu verstehen. Und dass dieses Verständnis mein Leben grundlegend verändern könnte, wenn ich nur den Mut dafür aufbrachte.

»Entschuldige mich«, murmelte ich und nahm das Gespräch an.

Es war Donna, die mich darüber informierte, dass sie, Travis und ihre Eltern soeben in Anchorage gelandet waren und nun mit einem Shuttle zur Konzerthalle, einem umfunktionierten Stadion, gebracht wurden.

Ich hatte ihnen Front Row Karten und Backstage-Zugang besorgt, damit sie dabei sein konnten, wenn Virginia den wohl aufregendsten Abend ihres Lebens erlebte.

Das war meine Art, mich bei Virginia für ihre Hilfe und ihren Einsatz zu bedanken. Sie wusste nichts davon, dass ich ihre Familie mit dem Privatjet hatte einfliegen lassen, damit sie nicht ewig im Stau standen und auch heute Abend, pünktlich zum Weihnachtsfest, wieder nach Keenta Creek zurückfliegen konnten. Zusammen mit dem Star in ihrer Mitte. Mit Virginia.

Ich hoffte, dass sie sich darüber freute und es mir nicht übelnahm, dass ich das über ihren Kopf hinweg entschieden hatte.

Denn hätte Virginia heute Abend nicht als Teil der Band auf der Bühne gestanden, hätte ihre Familie das Konzert im Livestream verfolgt. So aber fand ich, dass sie es auf keinen Fall live und in Farbe verpassen durften. Denn so umwerfend attraktiv und talentiert Virginia auch sein mochte, es bestand kein Zweifel daran, dass sie einen Auftritt wie diesen niemals mehr wiederholen würde.

Sie tat es für Owen. Und für dessen Familie: Für die Jungs und für Daphne und auch ... für mich.

Virginia war viel mutiger als ich. Viel stärker. Deshalb verdiente sie auch einen Mann an ihrer Seite, der ihrer würdig und ebenbürtig war und nicht so einen Angsthasen wie mich. Einen feigen Egoisten, der aus Angst davor, sie zu verlieren, nicht das Wagnis einging, sie für immer zu lieben.

»Ich muss los«, informierte ich Sadie, weil mich die Gedanken an Virginia und daran, dass sie mich in Kürze verlassen würde, runterzogen und meinen Fokus von dem bevorstehenden Konzert weglenkten. »Bis nachher.«

Ich verließ den Backstagebereich, in dem schon reges Treiben herrschte und ging durch den Notausgang nach draußen, wo mir eine eisige Kälte entgegenschlug und Schneeflocken auf mich herabfielen.

Das Hotel, in dem Virginia und auch ich übernachtet hatten, lag fußläufig zum Stadion, weshalb ich ohne Jacke durch den verschneiten Park, der beides miteinander verband, hastete und dabei aus der Ferne das Hupen von Autos auf der Suche nach einem Parkplatz und die Rotorblätter von Helikoptern vernahm, die schon fleißig für die Vorberichterstattung filmten.

Im Hotel angekommen, fuhr ich mir fröstelnd über die Arme und lief zum Fahrstuhl.

Die Jungs waren bereits im Stadion angekommen und bereiteten sich – jeder auf seine Art – auf den Abend vor. Einzig Virginia hatte man heute noch nicht gesehen und da es langsam aber sicher Zeit wurde, sich auf den Weg zu machen, würde ich sie jetzt höchstpersönlich abholen.

Ich hatte es so weit wie möglich aufgeschoben, weil ich gehofft hatte, so die unangenehme Begegnung mit ihr vermeiden zu können. Doch da ich für die Bandmitglieder und somit auch für sie verantwortlich war, konnte und wollte ich niemanden vorschieben, um diesen Job für mich zu erledigen. Immerhin war sie heute Abend einer der Stars, ohne deren Anwesenheit das Konzert nicht stattfinden würde. Und darüber hinaus lag mir einfach daran zu wissen, dass es ihr gut ging, auch wenn sie nicht mit mir reden wollte.

Es war schwer genug gewesen, mich den ganzen Tag lang nicht bei ihr zu melden. Ich hatte mir Sorgen um sie gemacht, weil ich wusste, wie aufgeregt sie war und wie sehr sie jemanden brauchte, der ihr versicherte, dass alles glatt laufen würde.

Doch der Letzte, von dem sie das momentan hören wollte, war ich. Und das respektierte ich.

Ich schritt den Korridor entlang und blieb vor ihrer Tür stehen. Bevor mich der Mut verließ, hob ich die Hand und klopfte.

Kurz darauf vernahm ich Schritte, die näher kamen. Dann wurde die Tür einen Spalt breit geöffnet und Virginias Gesicht erschien im Türrahmen.

Sie wirkte blass. Dunkle Schatten lagen unter ihren Augen und ihr sonst so strahlendes Erscheinungsbild wirkte ernst und angestrengt.

»Hi. Ich bin hier, um dich abzuholen. Bist du soweit?«, sagte ich, bevor sie mir die Tür wieder vor der Nase zuschlagen konnte.

»Ich komme in einer Viertelstunde rüber. Wir sehen

uns in der Konzerthalle«, entgegnete sie kurz angebunden und wollte sich abwenden.

Doch ich stellte meine Fußspitze in den Türspalt und hielt sie davon ab, sie zu schließen.

»Ich warte auf dich und wir gehen zusammen.«

Ich würde Virginia in diesem Zustand auf keinen Fall allein lassen. Ich war lange genug in der Branche um zu wissen, was ich hier vor mir hatte: Eine Musikerin mit schrecklichem Lampenfieber.

Manche betäubten ihre Angst mit Alkohol. Oder mit Drogen. Oder aber mit Sex.

Doch Virginia war nicht der Typ dafür, auf diese Art vor ihren aufgebrachten Emotionen zu flüchten. Sie sah der Angst lieber direkt ins Auge. Und das musste verdammt viel Kraft und Nerven kosten. Vor allem, wenn man niemanden hatte, der einem dabei zur Seite stand.

Augenblicklich stellte sich das schlechte Gewissen ein und ich wurde furchtbar wütend auf mich.

Wieso nur war ich nicht früher gekommen?

Ja, ich hatte extrem viel um die Ohren gehabt, aber ich hätte delegieren können. Zumindest teilweise.

Aber nein ... ich hatte mich vor der Begegnung mit Virginia gedrückt, weil ihr Anblick mich an das erinnerte, was ich im Begriff war zu verlieren.

Schon wieder hatte ich meine Interessen vor die Ihren gestellt.

Gott, was war ich nur für ein schlechter, egoistischer Mensch.

Sie tat das einzig Richtige: Mich zu verlassen. Ich an ihrer Stelle hätte es auch getan.

Denn wie ich mich ihr gegenüber verhielt, war einfach nur erbärmlich.

»Hast du nichts Besseres zu tun, als auf mich zu warten? Sadie zu vögeln, zum Beispiel? So ein kleiner, schmutziger Quickie vor dem Konzert ... das ist doch genau dein Ding.«

»Hör auf, Virginia.«

Ich klang lauter als beabsichtigt, was sie zusammenzucken ließ.

»Hör auf damit«, wiederholte ich nun deutlich leiser und ruhiger. »Zwischen Sadie und mir läuft nichts. Sie hat da was falsch verstanden.«

»Natürlich hat sie das. Erzähl das jemandem, der dich nicht so gut kennt, wie ich. Vielleicht meiner Nachfolgerin.«

Virginias harte Worte trafen mich direkt ins Herz, doch ich ließ es mir nicht anmerken, weil ich mich jetzt auf keinen Fall mit ihr streiten wollte.

Sie stand enorm unter Storm. War schrecklich nervös. Und stand kurz davor, vor einem Millionenpublikum aufzutreten.

Was auch immer wir miteinander zu klären hatten: Jetzt war nicht der richtige Zeitpunkt dafür.

Ich verschaffte mir mithilfe meines Knies Zutritt zu ihrem Zimmer und schloss die Tür hinter mir, bevor sie etwas dagegen einwenden konnte.

»Komm her«, sagte ich, wartete aber nicht darauf, dass sie tat, was ich verlangte, sondern schloss die Lücke zwischen uns und zog Virginia in meine Arme. »Du wirst großartig sein«, murmelte ich an ihrem Haar. »Das bist du immer. Du bist der großartigste Mensch, den ich kenne. Es gibt also keinen Grund, Angst zu haben. Hör auf, dir Sorgen zu machen und freu dich stattdessen auf diesen Abend. Es ist *dein* Abend, Virginia. Du bist heute einen Abend lang ein echter Rockstar. Das ist doch total abgefahren, oder?«

Ich lachte leise an ihrem Scheitel und als Virginia ebenfalls leise zu kichern begann, entspannte ich mich. Zum ersten Mal an diesem Tag.

»Ja, das ist es wohl. Total abgefahren«, flüsterte sie und vergrub ihr Gesicht an meiner Brust.

Eine Weile lang standen wir einfach nur da und umarmten einander. Niemand sagte etwas. Wir schenkten uns gegenseitig Kraft und Zuspruch, indem wir die Wärme unserer Körper miteinander teilten und die Berührung des anderen unsere Seele streicheln ließen.

»Wir müssen langsam los«, flüsterte ich, als es Zeit wurde, sich auf den Weg zu machen.

Virginias Umarmung verstärkte sich und ich dachte schon, sie würde sich an mir festklammern, ohne mich jemals wieder loszulassen.

Doch sie überraschte mich einmal mehr, indem sie zu mir aufsah und nickte.

»In Ordnung. Ich bin bereit.«

30

»Sich fallen zu lassen, erfordert Mut. Denn man könnte hart auf dem Boden aufschlagen. Oder aber in unbekannte Höhen fliegen.« (Virginia)

Virginia

Ich blickte der Frau, die mir da aus dem Spiegel der Garderobe entgegenschaute, ins Gesicht und konnte nicht glauben, dass es sich dabei um mein Spiegelbild handelte.

Total faszinierend, was die Visagisten heutzutage alles zaubern konnten.

Von meinen Augenringen und meiner fahlen, blassen

Haut war nichts mehr zu sehen. Dafür strahlte und glitzerte mein Gesicht jetzt, als käme ich gerade von zwei Wochen Erholungsurlaub in der Südsee zurück.

»Entschuldigen Sie bitte.« Mir tippte jemand auf die Schulter und ich hob den Blick im Spiegel um zu erkennen, wer es war. »Ich suche meine Schwester. Haben Sie sie vielleicht gesehen?«

»Donna!« Ich stieß ein ungläubiges Quietschen aus und wirbelte zu ihr herum. »Was machst du denn hier?«

»Na glaubst du etwa, ich würde mir die Chance entgehen lassen, meiner kleinen Schwester beim Abrocken zuzusehen? Für wen hältst du mich?«

Ich umarmte sie stürmisch und vergaß dabei um ein Haar, dass ich frisch aus der Maske kam und mein Makeup nicht schon jetzt ruinieren durfte.

»Bist du allein gekommen?«, fragte ich, als ich sie wieder losließ und schaute mich neugierig um.

»Mom, Dad und Travis sind auch da. Sie trinken Champagner im VIP-Bereich.«

Donna wackelte vielsagend mit den Augenbrauen und brachte mich damit zum Grinsen.

»VIP- Bereich, hm? Wie seid ihr denn da reingekommen?«, schnaubte ich belustigt.

Ich hatte nicht gewusst, dass meine Familie zum Konzert kommen würde. Mein letzter Stand war, dass sie sich die Show im Livestream aus Keetna Creek anschauen würden und wir uns morgen alle zum Weihnachtslunch bei meinen Eltern trafen, bevor wir den Rest des Tages zusammen dort verbringen würden.

»Harley hat uns einfliegen lassen und uns diese schicken Pässe hier gegeben. Vielleicht ist er doch nicht so übel, wie ich dachte.«

Donna wedelte aufgedreht mit einem Ticket, das sie um den Hals trug und das einen fetten VIP-Aufdruck hatte, vor meiner Nase herum.

Man sah ihr an, dass sie mächtig stolz darauf war. Doch ich achtete kaum darauf, weil mich ihre Aussage ziemlich aus dem Konzept brachte.

Harley hatte das arrangiert? *Er* hatte dafür gesorgt, dass meine Familie an meinem großen Abend live dabei sein und mich höchstpersönlich anfeuern konnte?

Obwohl ich es ungern zugab, rührte mich diese Geste und auch, dass er bei all dem Stress offenbar keine Mühen gescheut hatte, um mir eine Freude zu bereiten.

Denn wie viel Arbeit so eine Konzertplanung darstellte, vor allem in den finalen Tagen vor Konzertbeginn und ohne erfahrene Unterstützung, das wusste ich nur allzu gut. Dass er sich also freiwillig noch mehr Arbeit aufgehalst hatte, und das bei so einem wichtigen Konzert, war wirklich bemerkenswert.

»He, was ziehst du denn für ein Gesicht? Jetzt lach mal. Immerhin wirst du gleich auf einer verdammt abgefahrenen Bühne stehen und dich richtig geil amüsieren. Komm, lass uns vorglühen. Ich glaube, Aimee, Liv, Daphne und Lloyd stehen dort vorn bei Mom und Dad. Wir sollten auf einen tollen Abend anstoßen.«

Ich ließ zu, dass sie mich mit sich zog und fand mich bald darauf inmitten einer großen Gruppe wieder, bestehend aus den anderen Bandmitgliedern, deren Familien und Freunde, sowie meiner eigenen.

Es wurde gelacht, gekuschelt und geplaudert und für ein paar wenige Minuten schien die Anspannung von Gibson, Carver, Phoenix und mir abzufallen.

Wir hatten vorhin schon kurz gesprochen und zu meiner Beruhigung war ich nicht die Einzige, die mächtig aufgeregt war. Den Jungs ging es nicht anders. Und da wir uns schon unser ganzes Leben lang kannten, musste ich mich in ihrer Gegenwart auch nicht verstellen, sondern konnte offen und ehrlich mit ihnen sein.

Normalerweise war ich diejenige, die aufgekratzte, verängstigte Musiker vor ihrem Auftritt beruhigte und ihnen gut zuredete. Doch heute stand ich auf der anderen Seite, was in vielerlei Hinsicht eine ganz neue Erfahrung für mich war.

»Tut mir leid, wenn ich die Party beenden muss«, erklang Harleys tiefe, melodische Stimme hinter mir.

Er legte seine Hände auf meine Schultern und lächelte mich bestärkend an. Dann wandte er sich den Jungs zu. »Noch eine halbe Stunde, dann ist Showtime. Zeit, euch zu verkabeln.« An die Freunde und Familien gewandt sagte er: »Sadie wird euch zu euren Plätzen führen, damit ihr die Show hautnah miterleben könnt.«

Ich verabschiedete mich von den anderen und ging mit Gibson, Carver, Phoenix und Harley in den hinteren Bühnenbereich, wo bereits die Soundtechniker und die Visagisten bereitstanden, um die letzten Handgriffe an uns zu vollführen.

»Viel Spaß da draußen«, flüsterte Harley mir zu und streifte dabei mit dem kleinen Finger meinen Handrücken.

»Lass es ordentlich krachen. Du wirst uns alle mächtig stolz machen. Das weiß ich.«

Er zwinkerte mir zu und ging dann zu den Jungs, um jedem von ihnen noch einmal abschließend auf die Schulter zu klopfen und um auch ihnen noch ein paar letzte, aufmunternde Worte ins Ohr zu flüstern.

»Noch eine Minute. Positionen einnehmen«, rief der Mann, der den Bühnenablauf koordinierte und deutete auf unsere Markierungen.

Ich schnappte mir meinen E-Bass, tauschte einen Faustgruß mit den Jungs und begab mich in die Höhle des Löwen.

Der ohrenbetäubende Applaus, der uns begrüßte, als wir die Bühne betraten, sprengte trotz des Gehörschutzes, den wir alle trugen beinahe mein Trommelfell.

Ich sah Menschen. Überall waren Menschen. Und Lichter. Millionen von Lichter. Das reinste Meer aus Lichtern, die sich in einem stetigen Rhythmus miteinander bewegten.

Himmel!

Aus dieser Perspektive hatte ich die Welt noch nie gesehen.

Sie war beängstigend aber auch verflucht beeindruckend.

Ich spürte, wie sich ein Lächeln auf meinem Gesicht ausbreitete und das flaue, taube Gefühl in meinem Magen von flatternden, prickelnden Schmetterlingen ersetzt wurde.

»Scheiße, ist das geil«, schrie ich.

Eigentlich wollte ich das bloß Gibson zurufen, der ein

paar Meter neben mir stand. Doch ich vergaß dabei glatt, dass ich verkabelt war und mich die ganze Konzerthalle hören konnte.

Als ich das Echo meiner Stimme in tausendfacher Lautstärke hörte, erschrak ich zu Tode und zuckte geschockt zusammen.

Doch offenbar waren die Konzertbesucher ganz meiner Meinung. Denn die Menge jubelte. Tausende Hände wurden in die Höhe gerissen. Und die Halle bebte.

Wow.

Vielleicht war es doch ganz cool, ein Rockstar zu sein.

Jedenfalls für einen Abend.

Phoenix gab den Takt vor und stimmte mit seinen Drumsticks den ersten Song an. Die Euphorie und Ekstase der Fans schwangen wie La-Ola Wellen zu uns herüber, sodass ich die Vibrationen unter meinen Füßen spürte.

Ein Blick auf die Jungs verriet mir, dass sie zutiefst berührt waren und mit ihren Emotionen kämpften.

Das hier bedeutete ihnen viel, um nicht zu sagen alles.

Und ich war unglaublich dankbar, ein Teil davon sein zu dürfen.

Mit einem Mal fiel alle Anspannung von mir ab. Die Angst erstarb und an ihre Stelle rückte ein Hochgefühl, das mich schweben ließ.

Ich fühlte mich federleicht und unbesiegbar. Und ich freute mich. Ich freute mich auf jeden Song, der vor uns lag. Auf jeden Moment, den wir in den kommenden Stunden miteinander teilen würden.

Denn wie konnte man sich schöner auf Weihnachten einstimmen, als den Heilig Abend inmitten von gleichge-

sinnten Menschen zu verbringen, die allesamt zusammen-
gekommen waren, um gemeinsam zu singen, zu tanzen
und zu feiern.

Mir fiel nichts ein, was das noch toppen konnte.

Ein letztes Mal ließ ich den Blick durch die bis auf den
letzten Platz ausverkaufte Halle schweifen und sog den
überwältigenden Anblick tief in mich ein, sodass ich ihn
niemals vergessen würde.

Dann schloss ich die Augen und begann zu spielen.

31

»Ein Leben ohne Virginia, ist wie ein Lied ohne Melodie. Denn ihr Herzschlag ist die Musik meines Lebens.« (Harley)

Harley

Ich sah Virginia und den Jungs nach, wie sie zu ihren Markierungen gingen und hörte, wie der zuständige Koordinator den Countdown herunterzählte.

Die Hand an das Mikrofon des Headsets gepresst, zählte er wie ein NASA-Kommandeur beim Start eines Weltraumflugs todernst mit.

»Noch fünf, vier, drei, zwei, eins ... Showtime.«

Bei jeder Sekunde, die er herunterzählte, erfasste die

Gänsehaut einen anderen Teil meines Körpers, sodass es überall an mir prickelte und piekte.

Dass ich die Luft angehalten hatte, bemerkte ich erst, als mir schwindelig vor Augen wurde.

Langsam ließ ich sie aus meinen Lungen entweichen und hoffte, so auch meinen Herzschlag ein wenig verlangsamen zu können. Denn mein Herz raste etwa in demselben Tempo, wie die eindrucksvollen Formel 1 Boliden auf einem Highspeed-Kurs.

Phoenix gab den Takt vor und stimmte den ersten Song an.

Die Halle war außer sich. Vollkommen außer Kontrolle.

Besorgt sah ich zur Hallendecke und hoffte, dass sie nicht über uns zusammenbrechen und einstürzen würde.

Das hätte uns gerade noch gefehlt.

Von meiner Position unmittelbar hinter der Bühne verfolgte ich den ersten Song und mit jeder Strophe, die fehlerlos gespielt und gesungen wurde, entspannte ich mich minimal mehr.

Nach dem dritten Song war ich so weit entspannt, dass ich wieder unter Leute gehen konnte. Außerdem sah ich von hier nur die Rückenansicht der Band. Um den eigentlichen Zauber zu erleben, würde ich *vor* die Bühne gehen müssen.

Dort, wo sich auch die Familien und Freunde der Bandmitglieder befanden.

Ich setzte das für mich so typische Grinsen auf, hinter dem ich meine Nervosität verbarg und durchquerte den hinteren Bereich der Bühne und des Backstagebereiches bis zu einem Durchgang, der direkten Zutritt zur Front Row ermöglichte und streng bewacht wurde.

Schon von weitem sah ich Daphne, die etwas abseits stand und sich mit dem Handrücken über die Augen wischte.

Ich ging zu ihr hinüber und nahm sie in den Arm.

»Alles in Ordnung?«, fragte ich unmittelbar an ihrem Ohr, um die Musik zu übertönen.

Sie nickte und lächelte glücklich. »Owen hätte es geliebt. Danke, Harley. Danke, dass du das hier möglich gemacht und so Owens Vermächtnis geschaffen hast.«

»Sein Vermächtnis hast *du* geschaffen. Mit deiner Stiftung. Ich habe nur für das nötige Kleingeld gesorgt, damit du es in seinem Sinne fortführen kannst.«

Daphne nickte erneut und presste dabei die Lippen fest aufeinander. Dieses Konzert musste sie innerlich zerreißen.

Einerseits war es ein voller Erfolg und würde viel Geld in die Kassen der Stiftung spülen, die Daphne zum Andenken ihres verstorbenen Sohnes in die Welt gerufen hatte. Andererseits erinnerte sie dieses Konzert auch an das, was sie verloren hatte.

Zwar stand einer ihrer beiden Söhne jetzt auf der Bühne und machte sie stolz, doch einst waren es zwei gewesen.

Solche Geschichten erlebte man in der Musikbranche leider viel zu oft. Mit dem Erfolg und dem Geld kamen die Probleme. Die Drogen. Der Alkohol. Der Absturz und im schlimmsten Fall eben auch der Tod.

Doch wenigstens konnte ich mich damit trösten, dass

Daphne nun ihre Bestimmung gefunden hatte. Etwas, woran sie sich festhalten konnte. Etwas, das ihr einen Grund gab, jeden Morgen aufzustehen und das Leben von neuem in Angriff zu nehmen.

Ja, natürlich. Sie hatte ihren Mann und Phoenix, die ihr beistanden und die ihr einen Grund zum Leben gaben. Doch die leeren Momente, in denen sie sich in der Vergangenheit allein und einsam gefühlt hatte, würden in Zukunft durch die Stiftungsarbeit gefüllt werden und ihrem Leben so einen neuen Sinn verleihen.

Das war immerhin ein Anfang. Und so, wie ich Daphne kannte, würde es der Anfang von etwas ganz Wunderbarem werden.

Lloyd, Daphnes Mann gesellte sich zu uns und nickte mir zu. Offenbar war er auf der Toilette, oder im Backstagebereich gewesen. Ich gab den beiden etwas Privatsphäre und widmete mich dem Geschehen auf der Bühne, wo die Band gerade eine etwas rockigere Nummer zum Besten gab.

Die Jungs performten, als seien sie nie von der Bühne verschwunden und Virginia fügte sich so perfekt in das Gesamtbild ein, dass man glauben könnte, sie sei von Anfang an dabei gewesen, was sie ja auch gewissermaßen war.

In ihrer schwarzen Lederkombi sah sie so heiß aus, dass der Boden unter ihr eigentlich wegschmelzen müsste.

Sie trug einen schwarzen Ledermini und ein ultraknappes Ledertop mit Fransen und Nieten. Dazu schwere, schwarze Boots.

Ihren roten Haaren hatte man derart viel Volumen

verliehen, dass es trotz des Longbobs an eine Löwenmähne erinnerte. Und ihre Augen waren schwarz umrandet und mit langen, schwarzen Wimpern samt Glitzersteinen versehen. Ihr blutroter Mund vervollständigte den Vamp-Look und ließ die feuchten Träume eines jeden Mannes wahrwerden.

Von einem PR-Standpunkt aus betrachtet, war Virginia der totale Jackpot. Die gesamte weibliche Bevölkerung von Nordamerika liebte die Jungs. Aber es war immer schwer gewesen, auch die Männer für die Musik zu begeistern, weil sie sich oftmals darüber ärgerten, dass ihre Frauen von Carver, Gibson, Phoenix und Owen schwärmten.

Mit Virginia wurde dieses Problem schlagartig gelöst.

Sie zog die Männer an wie Motten, die das Licht umschwirrten und sorgte mit ihrem rattenscharfen Äußeren dafür, dass die Fanbase der Jungs sich über Nacht drastisch erhöhte.

Jeder Typ würde ein Poster von Virginia in exakt diesem Aufzug in seinem Schlafzimmer haben wollen, um sich bei ihrem Anblick einen runterzuholen.

Ich schüttelte mich allein bei der Vorstellung und spürte, wie die Eifersucht in mir von neuem hochkroch.

Es war schon schwer genug gewesen, die ganzen bewundernden Blicke zu ignorieren, die Virginia hinter der Bühne zugeworfen wurden, seitdem sie aus der Maske und der Ankleide kam. Doch jetzt, wo alle Kameras auf sie gerichtet waren, sie ihren verboten sexy Körper im Rhythmus der Musik bewegte und dabei mit diesem E-Bass hantierte, wie mit einem XXL-Schwanz, ließ sich die Eifersucht nicht mehr länger unterdrücken.

Der Gedanke, dass Virginia mich verließ und dass mich zukünftig ein Leben ohne sie erwartete, ließ mich innerlich aufschreien. Vor Wut, vor Verzweiflung und vor Schmerz.

Die Ohnmacht und die Trostlosigkeit, die ich bei diesem Wissen verspürte, ließen mich an meiner Entscheidung zweifeln.

Wenn ich ehrlich zu mir war, nagten diese Zweifel schon an mir, seitdem ich Virginia von mir gestoßen und ihr erklärt hatte, dass wir unsere Gefühle füreinander nicht zulassen dürften.

Es hatte sich falsch angefühlt. Absolut falsch.

Und doch hatte ich geglaubt, richtig zu handeln.

Es wäre nicht das erste Mal gewesen, dass sich etwas Richtiges falsch anfühlte. In meinem Beruf musste ich oft Entscheidungen treffen, die logisch angemessen und emotional zermürbend waren. Und früher oder später stellte sich in diesen Fällen immer heraus, dass ich richtig gehandelt hatte, auch wenn es im ersten Moment nicht danach schien.

Doch bei Virginia ... Gott, es fühlte sich mit jedem Tag, der verstrich falscher an. Und für alle, die jetzt behaupteten, es gäbe keine Steigerung von falsch: Doch. Die gab es.

Die Musik verklang und während Gibson und Virginia mit der Gitarre und dem Bass die Melodie des nächsten Songs, einem sehr emotionalen Stück, anstimmten, griff Phoenix zum Mikrofon, erhob sich und ging zum vorderen Bühnenrand.

»Hey Leute. Schön, dass ihr heute Abend alle hier seid.«

Die Menge johlte und schrie und ich musste mir die Ohren zuhalten, damit mir unter dieser abnormalen Geräuschkulisse das Trommelfell nicht in tausend Stücke zerriss.

»Ich weiß, dass man uns weißzumachen versucht, dass die Welt ein beschissener Ort ist. Dazu braucht man nur die Zeitung zu lesen, oder die Nachrichten zu schauen. Aber was ich hier sehe, ist eine Welt voller Liebe. Eine Welt voller Zusammenhalt. Schaut euch um. Schaut nach links, schaut nach rechts, schaut hinter euch. Überall seht ihr lebensbejahende Menschen, die heute hierher gekommen sind, um gemeinsam eine tolle Zeit zu haben. Ich möchte, dass ihr euch darüber bewusst werdet, wie dankbar wir für diesen Moment sein dürfen. Für diesen einzigartigen, perfekten Moment voller Liebe.«

Phoenix machte eine kleine Pause und wischte sich über die Augen. Er war nicht der große Redner und dass ausgerechnet er das Wort ergriff, machte das Konzert noch viel besonderer als es sowieso schon war.

Gerade, als er weitersprechen wollte, löste sich Virginia von ihrem Platz, hing sich ihren Bass um und ging zu ihm.

Sie lächelte ihn mit ihrem so unvergleichlichen, warmherzigen Lächeln an und streckte ihm auffordernd die Hand hin.

»I feel it«, formte sie mit den Lippen. »Ich spüre die Liebe.«

Phoenix schluckte und sah überwältigt zur Decke, als auch Gibson und Carver nach vorne kamen und ausgerechnet Gibson Phoenix die Hand reichte.

»Spürt ihr das?«, rief Virginia in die Menge, da Phoenix

zu ergriffen war, um noch etwas sagen zu können. »Spürt ihr die Liebe? Die Liebe für die Band. Die Liebe für unseren Bruder Owen. Die Liebe für die Musik. Die Liebe für einander. Die Liebe ... sie ist überall. Sie ist da. Für jeden von uns. Wir müssen nur unser Herz öffnen und den Mut haben, sie hereinzubitten. Also seid mutig. Traut euch. Und lasst euch lieben. Ihr verdient es. Jeder von euch verdient es, geliebt zu werden.«

»Wir lieben euch, Leute«, rief Carver und unter dem Johlen und Kreischen der Fans hoben *Falling from Grace* ihre ineinander verflochtenen Hände in die Höhe, um ihre Verbundenheit auszudrücken.

»Merry Christmas euch allen«, wünschte Gibson abschließend, als sich die Menge wieder halbwegs beruhigt hatte und die Band den nächsten Song anstimmte. Ein Song, der perfekt zu der hochemotionalen Stimmung passte, die nun in der Halle herrschte.

Die Bühnentechniker dimmten die Lichter und die Leuchtstäbe, die beim Konzerteinlass verteilt wurden, kamen nun zum Einsatz.

Während die Fans lautstark mitsangen, brachten sie die Dunkelheit mit den Lichtern zum Leuchten und symbolisierten so, worüber die Band gerade sang: Dass es immer ein rettendes Licht gab, an dem man sich selbst in seinen dunkelsten Stunden orientieren konnte. Ein Licht, das einem den Weg leuchtete und Sorge trug, dass man sich nicht verlor, oder gar fürchtete. Ein Licht, das einem zu verstehen gab, dass man nicht allein war und es auch nie sein würde. Ein Licht der Hoffnung, der Liebe und der Achtsamkeit.

Möglicherweise war das hier gerade der Höhepunkt der Show, doch ich hatte weder Augen noch Ohren dafür.

Meine Gedanken kreisten einzig und allein um das, was Virginia gesagt hatte.

Die Liebe ... sie ist überall. Sie ist da. Für jeden von uns. Wir müssen nur unser Herz öffnen und den Mut haben, sie hereinzubitten. Also seid mutig. Traut euch. Und lasst euch lieben.

Fuck!

Ich fuhr mir durch die Haare und mein Herz begann zu rasen.

Ich hatte alles falsch gemacht. Alles!

All die Jahre hatte ich geglaubt, dass meine große Liebe der Musik galt und dass der Job als Plattenboss die Erfüllung meiner Träume bedeutete.

Doch das stimmte nicht.

Nicht das Erreichen dieses Ziels war das gewesen, was mir am meisten Spaß bereitet hatte, sondern der Weg dorthin. Und diesen Weg, jeden einzelnen Schritt davon, hatte ich an Virginias Seite getan.

Sie war meine Musik. Die Melodie meines Herzens. Der Klang meiner Seele.

Dieser Job ... er bedeutete mir so viel, weil Virginia dabei an meiner Seite war. Es war also nicht der Job selbst, ohne den ich nicht leben konnte, sondern Virginia. Die Frau, mit der ich jeden Tag in diesem Job verbrachte.

Ich freute mich nicht, auf die Arbeit zu gehen und mich mit all den Problemen dort rumzuschlagen, weil ich geil darauf war, Boss zu sein, sondern weil ich wusste, dass sie da sein würde, um mich zu unterstützen. Dass sie da sein würde, um mir den Tag zu versüßen. Und um mich zu lieben.

Virginia war der einzige Mensch auf dieser Welt, dem ich wirklich etwas bedeutete. Der alle Seiten, alle Macken und alle meine Ticks kannte und mich trotzdem liebte.

Ohne sie wurde mein Leben bedeutungslos.

Egal wie kompliziert und schwer es auch sein mochte: Ich konnte nicht ohne sie leben, selbst wenn ich es wollte. Es ging nicht.

Das wiederum bedeutete, dass ich sie zurückholen musste. Und zwar um jeden Preis.

Sadie hatte recht: *Ich* war der Boss. *Ich* stellte die Regeln auf. Und wenn mir die Regeln nicht gefielen, änderte ich sie.

Dass ein Vorgesetzter nicht mit einem Mitarbeiter zusammen sein durfte, mochte durchaus berechtigte Gründe haben. Doch eine Beziehung pauschal zu unterbinden, ohne den jeweiligen Fall überhaupt zu kennen, war schlichtweg falsch.

Golden Records besaß nicht das Recht, sich zwischen die Liebe zweier Menschen zu drängen. Und egal welche personalrechtlichen Herausforderungen das nach sich ziehen würde: Diese Regel musste weichen, oder zumindest so angepasst werden, dass niemand sich zwischen der Liebe und dem Job entscheiden musste, weil oftmals beides Hand in Hand ging, so wie bei Virginia und mir.

Und was meine Beziehungsunfähigkeit betraf ... meine Eltern mochten für mich keine Vorbilder gewesen sein, doch ich durfte mich dadurch weder einschränken, noch definieren lassen. Ich war ein eigenständiges, unabhängiges Individuum mit Herz und Verstand. Und bloß, weil meine Eltern es nicht auf die Reihe bekommen haben, musste das nicht automatisch auch für mich gelten, selbst wenn ich dazu neigte, genau das zu glauben. Und ja, ich hatte verdammt lange für diese Erleuchtung gebraucht, aber besser spät als nie.

Ich stand also vor der Wahl: Mutig sein und das Risiko eingehen, Virginia eines Tages zu verlieren, weil ich es vergeigte. Oder feige sein und sie zu verlieren, weil ich gar nicht erst versuchte, mutig zu sein.

Vielleicht verdiente ich sie nicht. Vielleicht war sie zu gut für mich. Sehr wahrscheinlich sogar.

Aber offenbar wollte sie mich. Offenbar sah sie etwas in mir.

Wenn ich also um sie kämpfte, tat ich das nicht nur für mich, sondern auch für sie. Unser beider Glück lag in meinen Händen. Zerbrechlich und schimmernd wie eine Blumenvase, die entweder in der Sonne erstrahlen, oder auf dem Boden in tausend Scherben zerbersten konnte.

Und ich allein entschied, was ich damit tat.

Sie mit Blumen und Wasser versehen, oder sie zerstören.

32

»Wenn Dezemberträume wahr werden, geschehen Weihnachtswunder.« (Virginia)

Virginia

»Das war unglaublich, einfach total abgefahren.«
»Shit, Alter ... ich bin vollkommen geflashed! Ich wusste, dass es geil wird, aber *so* geil?
Never!«

Die Jungs redeten alle durcheinander, während sie gierig aus den Wasserflaschen tranken, die ihnen die Crew reichte.

Wir hatten vor drei Minuten die Bühne verlassen und

noch immer verlangten die Fans lautstark nach einer Zugabe, obwohl wir schon einige davon gespielt hatten. Wenn es nach den Fans ging, hätten wir diese Bühne wohl nie wieder verlassen dürfen.

Ich lehnte mich mit dem Rücken gegen die Wand des Backstagebereiches und ließ mich einfach nur von dem aufgekratzten Geplänkel der Jungs berieseln.

Mein Kopf war voll und gleichzeitig leer. Ich konnte nicht mehr. Ich war fix und fertig. Körperlich wie emotional.

Das Konzert hatte mir alles abverlangt und obwohl ich hundemüde war, hätte ich jetzt nicht schlafen können. Dazu war ich viel zu aufgedreht und zugedröhnt. Mit Adrenalin und Glückshormonen, wohlbemerkt.

Aber ich war auch erleichtert. So unfassbar erleichtert, dass ich die ganze Welt umarmen wollte.

»Hey, geht's dir gut?«, fragte Carver, als er bemerkte, dass ich mich aus der Unterhaltung ausgeklinkt hatte.

Ich reckte den Daumen in die Höhe. »Mega gut. Aber verdammt fertig.«

Carver lachte. »Dir fehlt die Fitness. Aber die kommt, je öfter du das hier machst. Du wirst sehen, das nächste Mal fällt es dir schon leichter.«

Das nächste Mal?

Das klang ja fast so, als würde *Falling from Grace* über ein dauerhaftes Comeback, oder zumindest über ein zweites Konzert nachdenken.

Bevor ich jedoch dahingehend weiter nachhaken konnte, stürmten schon Freunde und Familie auf uns zu. Wir wurden herumgereicht wie Geschenke an Weihnachten und beschallt wie ein Sturm aus tausend Stimmen.

Obwohl ich am liebsten geflüchtet wäre, lächelte ich tapfer und ließ es über mich ergehen. Schließlich meinten sie es nur gut und freuten sich mit uns über den gigantischen Erfolg des Konzerts.

Streng genommen gehörte dieser Mega-Erfolg gebührend gefeiert. Auf einer ausschweifenden Afterparty, auf der wir es richtig krachen ließen, zum Beispiel.

Doch da morgen Weihnachten war und wir diesen Tag mit den Menschen verbringen wollten, die uns am meisten bedeuteten, würde die Afterparty ohne die Mitglieder von *Falling from Grace* stattfinden. Gut möglich, dass ein paar von uns kurz dort vorbeischauten, doch ich für meinen Teil wollte einfach nur noch nach Hause.

Da Harley Donna, Mom, Dad und Travis mit dem Jet eingeflogen hatte, hoffte ich, dass ich nachher mit ihnen zurückfliegen konnte. Denn die Straßen würden für die nächsten Stunden heillos verstopft sein und um stundenlang im Stau zu stehen, fehlte mir nach dieser Show einfach die Kraft.

Ich würde Donnas Wagen irgendwann später, in den nächsten Tagen, nach Keenta Creek zurückbringen. Irgendetwas ließe sich diesbezüglich bestimmt organisieren.

Doch jetzt stand erst einmal Weihnachten vor der Tür. Zwei Tage lang nur essen, schlafen und über Belanglosigkeiten reden.

Nun, wo das Konzert endlich aus dem Weg war, freute ich mich riesig auf das Fest.

Ich brauchte nämlich dringend eine Auszeit.

Von allem.

»Virginia?«

Ich sah auf und blickte in Harleys sturmumwobene, tannengrüne Augen.

In seinen abgewetzten Jeans und dem dunkelblauen, lässig über der Hose hängenden Hemd sah er einfach umwerfend aus. Was hätte ich jetzt darum gegeben, mich in seine Arme zu werfen und mich von ihm halten zu lassen.

Doch das durfte ich nicht.

Harley war mein Boss. Und nicht mein Partner.

Die Erkenntnis schmerzte mich von neuem und ließ mich eilig wegschauen, damit er es nicht bemerkte.

»Du warst fantastisch! So, als hättest du dein Leben lang nichts anderes getan, als die Bühnen dieser Welt zu rocken.«

»Danke«, murmelte ich und rang mich zu einem Lächeln durch.

Ich freute mich über das Kompliment. Sehr sogar. Doch die Erkenntnis, dass Harley und ich schon sehr bald getrennte Wege gehen würden, überschattete meine Freude und erstickte sie, wie der Sand das Feuer.

»Hey ...ehm ...« Harley fuhr sich verlegen durch die Haare und sah sich um. »Können wir vielleicht kurz reden? Allein?«

»Um ehrlich zu sein, bin ich ziemlich ausgelaugt und möchte eigentlich nur noch nach Hause ...«

»Bitte, Virginia. Es ist wirklich wichtig.«

Seine eindringliche Bitte ließ mich aufhorchen.

Besorgt blickte ich zu ihm auf. »Stimmt was nicht? Ist was passiert?«

Normalerweise wurde ich umgehend informiert, wenn jemand während eines Konzerts das Bewusstsein verlor, es eine Schlägerei gab, oder ein Besucher sich verletzte. Doch da ich dieses Mal während des Konzerts nicht *neben*, sondern *auf* der Bühne gestanden hatte, wurde ich darüber auch nicht in Kenntnis gesetzt. Das hieß aber nicht, dass es mich nicht interessierte. Denn mir lag viel daran, dass jeder Fan wieder heil und glücklich nach Hause kam.

»Es ist alles in bester Ordnung. Mach dir keine Sorgen«, beruhigte mich Harley und hob dabei beschwichtigend die Hände.

»Was ist dann so dringend?«

»Nicht hier ...« Er schielte zu den Menschen, die uns umgaben und trat nervös von einem Fuß auf den anderen.

»Also schön«, seufzte ich und gab nach. Ich war noch nie gut darin gewesen, Harley etwas abzuschlagen und würde es auch nie werden. Dafür liebte ich ihn zu sehr.

Ich folgte ihm in den Raum am Ende des Korridors, der als sein provisorisches Büro diente und musterte ihn abwartend.

»Also? Was ist so wichtig, dass es nicht bis nach Weihnachten warten kann?«

»Du«, erwiderte Harley und ging vor mir auf die Knie.

Erst dachte ich, er wollte sich seine Schnürsenkel binden. Doch er machte keine Anstalten nach seinen Schuhen zu greifen. Stattdessen griff er nach meinen Händen.

»Was tust du da?«, fragte ich verwundert und legte meine Hände in die seinen.

»Dich um Vergebung bitten. Auf Knien. Ich habe einen riesengroßen Fehler begangen, nicht zu meinen Gefühlen für dich zu stehen. Ich hatte Angst, dass ich es versauen und dich dadurch verlieren könnte. Also wollte ich stattdessen auf Nummer sicher gehen und es bei dem belassen, was wir all die Jahre hatten. Ich war feige, Virginia. Ein beschissener Angsthase. Aber ich bin es leid, feige zu sein. Das, was du auf der Bühne gesagt hast, ... dass die Liebe überall ist. Für jeden von uns. Und dass wir unser Herz öffnen und den Mut finden müssen, sie hereinzulassen ... Ich will diesen Mut finden. Ich will mich trauen. Ich will mich lieben lassen. Von dir. Und natürlich möchte ich ... also ich möchte dir diese Liebe ebenfalls schenken. Ich ... ich will dich auch lieben. Das tue ich zwar schon seit Jahren, aber ich habe es dir nie gezeigt, weil ich mir diese Liebe zu dir verboten habe. Das war falsch. Man darf die Liebe nicht verbieten. Sie ist das Einzige, was einem am Leben hält. Und ohne dich ... ohne deine Liebe ... ich kann ohne dich nicht überleben, Virginia. Du bist meine Welt. Mein Licht. Das Lied meines Herzens. Du bist die Melodie meiner Seele. Du bist der Rhythmus meines Lebens. Du bist alles für mich.«

Harley schlang seine Arme um meine Hüften und presste seinen Kopf an meinen Bauch.

»Bitte verlass mich nicht«, flüsterte er mit gebrochener Stimme und das heiße Nass an meinem nackten Bauch verriet mir, dass er weinte. »Ich würde es nicht ertragen. Und ja, ich weiß, ich bin ein egoistischer Bastard, immer nur von mir zu reden, statt dich mal zu fragen, was du eigentlich willst. Bitte verzeih mir.«

Ich stand da wie vom Donner gerührt, unfähig auch nur einen Ton zu sagen.

Träumte ich? Oder geschah das hier gerade wirklich?

Ich hatte es mir so oft gewünscht. Es mir unendlich viele Male in meiner Fantasie vorgestellt ... aber nie hätte ich gedacht, dass es jemals Realität werden würde.

Vor allem nicht nach den letzten Tagen.

Ich hatte die Hoffnung aufgegeben. Mich mit meinem Schicksal abgefunden. Mich auf ein Leben in Dunkelheit und Schmerz vorbereitet.

Doch diese Liebeserklärung war wohl der beste Beweis dafür, dass man die Hoffnung nie ganz aufgeben durfte. Dass man nie kapitulieren und den Kopf in den Sand stecken sollte. Dass das Leben stets für Überraschungen und unerwartete Wendungen sorgte. Und dass am Ende immer alles gut wurde. Auf die ein oder andere Art.

»Ich will dich, Harley. Ich wollte immer nur dich«, wisperte ich und strich mit meinen Fingern durch sein Haar. »Du bedeutest mir alles. Ich ... ich liebe dich.«

»Trotz allem?« Harley sah zu mir auf und wirkte verunsichert. »Ich war so ein Idiot und ich kann verstehen, wenn du mich deswegen nicht mehr willst.«

Ja, es stimmte. Er war ein Idiot. Ein echter Vollidiot. Und ich könnte ihn deswegen zappeln lassen. Dafür sorgen, dass er leidet, so wie ich gelitten habe. Dass er Tage oder gar Wochen um mich kämpfte und für den Schmerz, den er mir in den letzten Tagen zugefügt hatte, bezahlte.

Oder ich konnte Weihnachten, das Fest der Besinnlichkeit und der Liebe zum Anlass nehmen, ihm zu vergeben, weil er mich ehrlich und aufrichtig um Verzeihung gebeten hatte. Und weil er mit ziemlicher Sicherheit auch gelitten und getrauert hatte.

Ich konnte dieser Misere hier und jetzt ein Ende bereiten. Einen dicken, fetten Schlussstrich unter das Geschehene ziehen und mir endlich erlauben, glücklich zu sein.

Die Entscheidung fiel mir leicht. Denn ich wusste, was ich wollte. Und was ich brauchte, damit ich endlich wieder aus vollem Herzen und aus tiefster Seele lachen konnte.

»Steh auf«, verlangte ich sanft und wartete, bis Harley sich erhoben hatte. »Gut so. Und jetzt küss mich.«

Ich taumelte zur Wand und zog Harley mit mir, umfasste den Kragen seines Hemdes und bedeutete ihm, näher zu kommen.

»Halt mich fest und küss mich. Zeig mir, dass das hier echt ist und ich nicht bloß träume.«

Der trostlose Ausdruck von Verzweiflung und Schmerz wich aus seinen Augen. An seine Stelle trat ein hoffnungsvoller Glanz, gepaart mit grenzenloser Erleichterung.

Er nahm mein Gesicht in beide Hände, schenkte mir ein Lächeln, unter dem meine Knie weich wurden und legte seine Lippen vorsichtig auf die meinen.

»Hi«, raunte er, noch immer lächelnd.

»Hi«, erwiderte ich und küsste ihn sehnsuchtsvoll zurück.

Ich genoss die zarte Berührung seiner weichen Lippen und ließ mich fallen. Ich ließ alle Anspannung der letzten Tage und Wochen von mir abfallen und ergab mich diesem erlösenden, heilenden Kuss. Meinem schönsten

Weihnachtsgeschenk. Und meinem ganz persönlichen Weihnachtswunder.

»Du warst verdammt heiß da draußen. Weißt du das eigentlich?«, flüsterte Harley mit belegter Stimme an meinem Mund und biss neckend in meine Unterlippe. »Kannst du diesen Fummel ab jetzt bitte immer tragen?«

Ich grinste. »Nein. Definitiv nicht. Sorry.«

»Aber morgen ist Weihnachten«, protestierte er. »Darf man sich da nichts wünschen?«

»Nur die braven Kinder dürfen das. Warst du denn brav, Harley Grant?«, fragte ich mit gespielt strengem Unterton, woraufhin Harley mir verschmitzt zuzwinkerte.

»Nein«, entgegnete er. »Ich bin eher von der unartigen Sorte und habe mir in den letzten Wochen einiges zu Schulden kommen lassen.«

»Ach ja?« Ich zog amüsiert eine Augenbraue in die Höhe, als sich seine Hand unter mein knappes Top schob und er meine rechte Brust umfasste.

»Ja«, raunte er gedehnt und begann, sie zu kneten. »Ganz, ganz unartig.«

Seine andere Hand glitt an der Außenseite meines Oberschenkels entlang und stahl sich unter meinen kurzen Rock, bevor sie gierig meinen Po begrabschte.

»Wie stehst du eigentlich zu Groupies? Und zu schmutzigem Backstage-Sex?« Während er mir diese Frage stellte, vergrub er sein Gesicht an meinem Hals, den er mit hungrigen Bissen bedachte.

»Naja ... ich schätze nach der Bühnenshow hab' ich mir schon einen Orgasmus verdient, oder?«, antworte ich kokett und verkniff mir dabei ein Schmunzeln.

Harley brummte zustimmend an meiner Halsbeuge. »Hast du. Und ... darf ich ihn dir schenken ... deinen Orgasmus?«

»So ganz uneigennützig und selbstlos?«, kicherte ich.

Harley ließ mich los, griff unter meinen Rock und zog mein Höschen hinab, bis es zu Boden fiel.

»Tja, was soll ich sagen ... bei so einer scharfen Braut wie dir werde ich wohl ziemlich hart abspritzen. Aber da du eh schon schmutzig und verschwitzt bist, lohnt sich die Dusche danach umso mehr.«

»Was, wenn jemand reinkommt?«, fragte ich, bevor sich mein Verstand komplett verabschiedete und ich meinem Herz das Denken überließ.

»Dann sieht er bloß einen Rockstar, der mit einem Groupie vögelt«, entgegnete Harley breit grinsend, während er den Reißverschluss seiner Hose öffnete und seinen steifen Schwanz daraus hervorholte, an dem er seine Hand aufreizend auf- und abgleiten ließ.

»Na Süße, gefällt dir was du siehst?« Er zog belustigt eine Augenbraue in die Höhe und stahl sich einen ungestümen Kuss, während er seinen Schwanz mit seiner Hand durch meine feuchte Mitte führte und ihn mit meinem Saft einseifte.

»Aufs Vorspiel können wir wohl verzichten, wenn du jetzt schon so nass bist, Virgin. Nicht, dass du mir noch kommst, während ich es dir mit den Fingern besorge.«

Er löste sich von mir, hob mein rechtes Bein an, schlang es um seine Hüfte und platzierte mit der anderen Hand seinen Schwanz direkt an meinem Eingang.

Ich erwartete, dass er langsam und gemächlich in mich

eindrang. Doch er überraschte mich, indem er mit einem kraftvollen Ruck bis zum Anschlag in mich tauchte.

Wir schnappten beide laut japsend nach Luft, weil das Gefühl, plötzlich so eng und tief miteinander verbunden zu sein, uns schier überwältigte.

»Zu viel?«, keuchte Harley durch zusammengebissene Zähne.

Ich schüttelte den Kopf. »Genau richtig.«

»Willst du mehr?«, murmelte er an meinem Mund und legte seine Lippen fordernd auf die meinen.

»Viel mehr«, flüsterte ich und ließ zu, dass seine Zunge durch den Spalt meiner Lippen glitt und in meinen Mund tauchte, um mich neugierig zu erforschen.

Während wir uns leidenschaftlich und leise stöhnend küssten, liebte mich Harley mit langsamen, festen Stößen in einem stetigen Rhythmus.

Dabei wurde ich mit jedem Stoß in luftige Höhen befördert, sodass es sich anfühlte, als würde ich fliegen. Direkt ins Paradies.

Das Gefühl von dem Mann begehrt und genommen zu werden, den man über alles liebte, war überwältigend perfekt. Vor allem nach einem Tag wie diesem.

»Du bist die Frau meines Lebens, Virginia«, keuchte Harley, seine Stirn sanft an die meine gelehnt. »Darf ich mit dir und deiner Familie Weihnachten verbringen?«

»Du willst mit uns nach Keenta Creek kommen?«, fragte ich erstaunt und atemlos zugleich.

»Natürlich. Ich will am Weihnachtsmorgen schließlich neben der Frau aufwachen, die ich liebe.«

Es war das erste Mal, dass Harley mir so offen und

direkt gestand, dass er mich liebte und es gab keine Worte, die beschreiben konnten, wie tief und durchdringend mich dieses Geständnis berührte.

Ich schlang meine Arme um seinen Nacken und strahlte. »Das wäre das mit Abstand schönste Weihnachtsgeschenk ever.«

»Nein«, widersprach Harley entschieden und hob mich hoch, um noch tiefer und fester in mich eindringen zu können. »Das schönste Weihnachtsgeschenk bist eindeutig du, Virginia Montgomery. Und jetzt komm für mich. Zeig mir, wie sich ein echter Rockstar-Orgasmus anfühlt.«

Er verlagerte sein Gewicht und nahm mich so intensiv, dass der Höhepunkt heranfegte wie ein wütender Sturm, der alles, was seinen Weg kreuzte, erbarmungslos mit sich riss.

Ich stöhnte auf und klammerte mich an Harley fest, der seinerseits erschauderte und sich mit einem erlösenden Schrei in mir ergoss.

Schweratmend löste er seine Stirn von der meinen und lächelte liebevoll.

»Merry Christmas, Baby.«

Ich umfasste sein Kinn und zog es zärtlich zu mir heran, um seine Mundwinkel mit behutsamen Küssen zu bedecken.

»Merry Christmas, Harley«, erwiderte ich überglücklich und genoss das Gefühl von Wärme und Geborgenheit, das uns wie eine kuschelige, weiche Decke umhüllte.

EPILOG

Virginia

»Wir sehen uns dann morgen«, rief meine Mutter Harley und mir hinterher, als wir spät in der Nacht vor dem verschneiten Blockhaus ausstiegen. »Kommt einfach vorbei, wenn ihr ausgeschlafen habt.«

Mom und Dad winkten uns zu und fuhren dann davon.

Sie hatten nicht nachgefragt, als ich ihnen mitteilte, dass Harley mit uns Weihnachten feiern würde und auch nicht, als ich ihnen eröffnete, dass ich heute Nacht nicht bei Donna im Gästezimmer, sondern bei ihm in der Blockhütte schlafen würde.

Ich glaubte, sie wussten längst was hier vor sich ging, waren aber zu diskret, um sich dazu zu äußern.

Verwundern sollte es mich nicht. Denn immerhin redeten wir hier von meinen Eltern, die mich schon mein ganzes Leben lang kannten.

Nach dem Konzert und dem heißen Quickie, hatten Harley und ich schnell geduscht und zusammen mit meinen Eltern, Donna und Travis einen kurzen Abstecher auf die Aftershow Feier gemacht, die dieses Mal etwas kleiner ausfiel, weil die meisten es vorzogen, zu ihren Familien zu fahren, statt bis in die Morgenstunden zu feiern und Weihnachten zu verschlafen.

Die Kommentare der Jungs ließen mich vermuten, dass sich zu einer größeren Feier womöglich in Zukunft noch die ein oder andere Gelegenheit bieten würde. Denn das Comeback, das eigentlich als eine einmalige und letzte Zusammenkunft der zerstrittenen Band geplant war, könnte vielleicht doch von Dauer sein.

Aber das war ein Thema, mit dem wir uns nach den Feiertagen beschäftigen würden.

Jetzt galt es erst einmal sich zu entspannen und inmitten seiner Liebsten wundervolle Weihnachten zu verbringen.

»Kommst du?«, fragte Harley und streckte müde lächelnd die Hand nach mir aus.

Ich schnappte mir meinen kleinen Koffer und stieg mit ihm die Treppen zur Veranda rauf.

Wir waren beide todmüde und konnten es kaum erwarten, endlich ins Bett zu fallen.

Harley öffnete die Tür und trug unser Gepäck hinein.

Dann ging er ins Schlafzimmer, um den Kamin anzuzünden, während ich uns in der Küche noch Teewasser aufsetzen wollte.

Zwar waren wir beide fix und fertig und reif für das Land der Träume, doch nach all der Aufregung der letzten Tage und Stunden, würde uns eine heiße Tasse Tee dabei helfen, in einen erholsamen und entspannten Schlaf zu fallen.

Ich verzichtete darauf, das Licht in der Küche anzuschalten und begnügte mich stattdessen mit den beiden LED-Leuchten auf der Ablage.

Gerade, als ich den Wasserkocher gefüllt und eingeschaltet hatte, fiel mir etwas ins Auge, das mich innehalten ließ.

Mein Blick wanderte zurück zum Fenster und tatsächlich. Dort am angrenzenden Waldrand stand ein Wolf, perfekt getarnt durch die winterliche Schneelandschaft und mystisch beleuchtet vom Schein des Mondes.

Hätte er sich nicht gerade in dem Moment, als ich aus dem Fenster schaute, bewegt, hätte ich ihn wahrscheinlich nicht entdeckt. Doch so sah ich ihn. Klar und deutlich.

»Alles okay?«, vernahm ich Harleys Stimme aus dem Schlafzimmer.

Ich antwortete nicht, weil ich den Wolf nicht verschrecken wollte. Das war natürlich Unsinn, denn der Wolf würde mich kaum durch das geschlossene Fenster bis an den Waldrand hören.

Andererseits ... wer wusste schon, wie fein das Gehör dieser edlen, anmutigen Tiere war?

Seine messerscharfen Augen hatten mich jedenfalls fest im Blick und beobachteten jede meiner Bewegungen.

»Ist was, oder warum antwortest du nicht?«

Harley war aus dem Schlafzimmer gekommen und hatte sich hinter mich gestellt. Er legte seine Hände auf meine Schultern und massierte sie behutsam.

»Schau mal«, flüsterte ich und deutete mit dem Kinn auf den Wolf. »Er sieht zu uns rüber.«

Harley lachte leise an meinem Ohr, was mich verwundert die Stirn runzeln ließ. »Wieso lachst du?«

»Naja ... es ist nicht das erste Mal, dass er mir über den Weg läuft. Das letzte Mal saß er auf der Veranda und ich hielt ihn fälschlicherweise für einen Hund. Zum Glück hat er mich nicht in Stücke gerissen.«

»Er würde dir nichts tun. Wölfe werden zwar oft als aggressiv und gefährlich dargestellt, aber das sind sie, zumindest im Hinblick auf Menschen, nicht. Im Gegenteil. In Keenta Creek glauben wir, dass sie über uns wachen und uns beschützen.«

Harley strich mein Haar zur Seite und küsste glucksend meinen Hals. »Meinst du, er hält deswegen Wache? Um sich davon zu überzeugen, dass es uns gut geht?«

Ich zuckte mit den Achseln. »Wir waren ein paar Tage lang nicht hier. Gut möglich, dass er nachsehen wollte, was hier vor sich geht.«

»Weißt du, Virginia ... es gibt viele Gründe, weshalb ich dich liebe. Deine blühende Fantasie ist einer davon. Niemand kann so schön Geschichten und Märchen erzählen und dann auch noch felsenfest daran glauben, wie du.«

»Heee«, beschwerte ich mich und drehte mich zu ihm um. »Wir Menschen denken immer, wir wüssten alles. Dabei kratzt unser Wissen gerade mal an der Oberfläche. Das, was zwischen Himmel und Erde geschieht, entzieht sich unserer Vorstellungskraft und lässt sich einzig mit unserer Fantasie erklären. Die Fantasie ist das Licht, das die Schatten unseres Lebens vertreibt und es in lebendige, leuchtende Farben taucht. Wir sollten uns ihrer niemals berauben lassen.«

Mit einem amüsierten Lächeln auf den Lippen zog Harley mich zu sich heran und gab mir einen neckenden Kuss auf die Nasenspitze.

»In Ordnung, mein kleiner Aristoteles. Dann wink dem Wolf mal nett zu und bedank dich für sein Kommen. Und dann lass uns ins Bett gehen und kuscheln, ja?«

»Blödmann.« Ich schlug Harley spielerisch mit dem Handrücken gegen die Brust und quietschte überrascht auf, als er sich daraufhin abrupt vorbeugte und mein Gesicht mit tausend kleinen Küssen übersäte.

»Das kitzelt«, japste ich nach Atem ringend. »Lass das, du Schuft.«

Als Harley endlich von mir abließ und der Wasserkocher sich mit einem Klick-Ton ausschaltete, drehte ich mich zurück zu der Küchenablage, um das heiße Wasser in unsere Tassen zu gießen.

Ich reichte Harley eine der beiden Tassen und sah aus dem Fenster, wo der Wolf noch immer an Ort und Stelle stand.

Es kam mir reichlich albern vor, doch mein Bauchgefühl sagte mir, dass er wegen uns hier war. Dass er gekommen war, um nach uns zu sehen.

Also hob ich zaghaft eine Hand, verweilte einen Augenblick lang so und legte sie mir dann auf mein Herz. Ein Ausdruck der Dankbarkeit, von dem ich keine Ahnung hatte, ob der Wolf es verstand.

Doch zu meiner großen Überraschung bewegte er sich daraufhin, blickte noch ein letztes Mal zu uns herüber und verschwand dann zwischen den verschneiten Bäumen im Wald.

»Wir leben in einer Welt voller Wunder«, flüsterte ich demütig und sah dem Wolf hinterher. »Wenn wir unsere Augen nicht davor verschließen und uns bewusst Zeit dafür nehmen, sehen wir sie plötzlich überall. Die Kleinen und ... die Großen. Ist das nicht faszinierend?«

»Ja«, entgegnete Harley und küsste meinen Scheitel. »Das ist es. In jedem Augenblick verbirgt sich eine Geschichte, die darauf wartet, erzählt zu werden. Wir müssen bloß lernen, hinzuhören, damit wir verstehen, was sie versucht, uns mitzuteilen.«

Harley

»FRÖHLICHE WEIHNACHTEN«, rief Bridget überschwänglich und schielte mit einem verschmitzten Lächeln auf unsere ineinander verflochtenen Hände. »Kommt rein, kommt rein. Donna und Travis sind auch schon da. Und deine Großeltern ebenfalls.«

Wow. Dass so viele Leute in dieses kleine Haus passten, hätte ich nicht gedacht. Doch als wir das Wohnzimmer betraten, saß dort um den festlich geschmückten Weihnachtsbaum, dessen Spitze bis an die Raumdecke ragte, die ganze Montgomery Familie versammelt und unterhielt sich angeregt zu stimmiger Weihnachtsmusik, die dezent im Hintergrund lief.

Donna sah von ihrem Gespräch auf und als sie uns erblickte, bildete sich ein zufriedenes Lächeln auf ihrem Gesicht.

»Na? Hast du endlich kapiert, dass meine Schwester das Beste ist, was dir jemals passiert ist?«, rief sie mir frech zu und erhob sich aus ihrem Schneidersitz.

Sie kam gefolgt von Denali zu uns herüber und zog uns beide in eine feste Umarmung, während der Hund freudig winselnd um uns herumsprang.

»Ihr seid mir vielleicht zwei Chaoten. Aber besser spät als nie.«

Bevor ich etwas darauf erwidern konnte, drehte sich Donna auch schon um und klatschte in die Hände.

»Alle mal herhören. Für die, die es noch nicht wissen, oder ihn noch nicht kennen: Das hier ist Harley. Virginias Freund. Es hat etwas gedauert, aber ... jetzt ist es offiziell.«

»Hallo Harley«, begrüßten mich die Großeltern von Donna und Virginia hocherfreut und musterten mich neugierig.

Travis reckte schmunzelnd einen Daumen in die Höhe und Virginias Dad zwinkerte mir wissend zu.

Puh ... eigentlich hatte ich kein Problem damit, im Mittelpunkt des Geschehens zu stehen, aber gerade kam ich mir vor als stünde ich in einer Sicherheitskontrolle am Flughafen, wo man von mir verlangte, mich vor allen Anwesenden auszuziehen und nackt in den Körperscanner zu steigen. Mit erhobenen Händen selbstverständlich, sodass jeder ausgiebig mein bestes Stück betrachten konnte.

»Ich freue mich sehr, euch alle kennenzulernen«, sagte ich, nachdem ich den ersten Schreck überwunden hatte. »Danke, dass ich mit euch Weihnachten feiern darf.«

»Aber natürlich, mein Junge«, brummte Bob. »Wir Montgomeries grenzen niemanden aus. Bei uns ist jeder, der ein gutes Herz besitzt, willkommen. Setzt euch doch zu uns.«

Bridget trat neben uns und tätschelte freundschaftlich meinen Arm. »Was darf ich euch anbieten? Tee? Kakao? Punch? Kaffee?«

»Kakao bitte«, antworteten Virginia und ich unisono, was Donna ein Kichern entlockte.

»Der hat es euch angetan, was? Mein Donna-Spezialkakao.«

»Ist der etwa von dir?«, fragte ich alarmiert, weil ich nicht schon vor dem Mittagessen stockbesoffen unter dem Weihnachtsbaum herumrollen wollte.

Donnas Kichern wurde lauter. »Keine Sorge. Meinen Spezialkakao gibt es erst heute Nachmittag, wenn alle Geschenke ausgepackt und die Mägen satt und voll sind.«

Erleichtert atmete ich auf. Bei Donna wusste man eben nie so genau, was sie gerade im Schilde führte.

Virginia und ich setzten uns auf ein gemütliches Zweiersofa und aßen von Bridgets selbstgebackenen Plätzchen zu dem heißen Kakao mit Sahne und Zimt, den sie uns servierte.

So musste sich dann wohl Weihnachten anfühlen.

Warm, geborgen und umgeben von Liebe.

Der Geruch von Zedernholz und Orangenschalen lag in der Luft und der Geschmack von Vanille, Zimt und Schokolade umhüllte meine Zunge.

Wieso hatte ich dem Weihnachtsfest bisher so wenig Bedeutung zugemessen? Ihm kaum Beachtung geschenkt?

Wahrscheinlich, weil ich noch nie zuvor erfahren durfte, wie sich ein glückliches Weihnachtsfest inmitten einer liebenden Familie anfühlte.

Jetzt, da ich es wusste, würde ich nie mehr darauf verzichten wollen. Selbst wenn das bedeutete, dass ich dafür im Winter freiwillig nach Alaska fliegen musste.

Aber mal ganz ehrlich: So schlecht war dieser Ort doch eigentlich gar nicht. Er besaß eine beeindruckende Natur, herzliche Menschen, die aufeinander achteten und füreinander da waren und eine Stille und Ruhe, die man in einer Großstadt wie Los Angeles vergebens suchte.

Ich freute mich auf all die gemeinsamen Weihnachten, die noch vor Virginia und mir lagen. Und darauf, irgendwann meinen Beitrag dazu leisten zu können, dass diese besondere, warmherzige und liebenswürdige Familie weiter wuchs.

Doch bevor das geschehen konnte, gab es noch viel zu

tun. Allem voran musste ich die Regeln bei *Golden Records* ändern, damit Menschen, die sich aufrichtig liebten, ihre Liebe nicht mehr länger geheim halten mussten, aus Angst sonst ihren Job zu verlieren. Ich tat das nicht nur für Virginia und mich, sondern auch für all die anderen Menschen, die davon möglicherweise betroffen waren und deren Leben eine Regeländerung maßgeblich verändern würde. Zum Guten, wohlbemerkt.

Und dann musste ich unbedingt mit den Jungs reden. Denn sie hatten zwischen den Zeilen verlauten lassen, dass sie sich unter Umständen vorstellen könnten, einen Auftritt wie den gestrigen zu wiederholen.

Vielleicht gab es also eine reelle Chance, *Falling from Grace* wieder auf die Bühnen dieser Welt zurückzuholen. Und zwar nicht nur für ein Konzert, sondern auf Dauer.

Doch damit würde ich mich erst nach den Weihnachtstagen beschäftigen.

Jetzt gab es erstmal nur Virginia und mich. Wir hatten uns diese Auszeit redlich verdient und wir wussten auch schon, wie wir sie zu nutzen gedachten.

Als frischgebackenes Pärchen gab es da ja so einige Möglichkeiten, von denen wir keine Einzige auslassen würden.

Noch immer fiel es mir schwer zu glauben, dass Virginia mir für meine späte Einsicht vergeben und sich alles zum Guten gewendet hatte. Die Dankbarkeit, die ich aufgrund dessen verspürte, erfüllte mich mit dem Bestreben, ihr die Welt zu Füßen zu legen und sie nie wieder zu enttäuschen, geschweige denn zu verletzen.

Ob mir das gelingen würde, wusste ich nicht, doch ich

würde es versuchen. Jeden Tag von neuem. Für den Rest meines Lebens.

Denn das war es, was Virginia verdiente: Die beste Version meiner selbst.

Ich strich ihr über das kupferfarbene Haar, das im Schein der Lichterketten des Tannenbaums golden schimmerte und lauschte den Klängen von Andy Williams' Song *It's the most wonderful time of the year.*

»Bist du glücklich?«, flüsterte ich in Virginias Ohr und zog sie enger an mich.

Sie lehnte ihren Kopf an meine Schulter und seufzte zufrieden. »Ja, das bin ich. Und du?«

»Ich auch«, erwiderte ich und küsste sie zärtlich. »Weil du an meiner Seite bist.«

Du willst dich noch nicht von Harley und Virginia verabschieden?

Musst du auch nicht.

Sichere dir hier als Dankeschön für deine Treue dein
exklusives und kostenloses Bonuskapitel
zu den beiden:

https://bookhip.com/CNMJNLQ

Oder scanne alternativ diesen QR Code:

Und es geht noch weiter:

Hast du Lust auf noch mehr winter-weihnachtliche Romane?

Dann habe ich gleich **zwei Tipps für dich:** Meinen weihnachtlichen Eishockey Liebesroman **Puck for Love,** sowie die anderen drei Bände der Love in Alaska Reihe von meinen lieben Kolleginnen.

Mehr Informationen zu *Puck for Love* findest du **im Buchhandel (Amazon, Thalia, Hugendubel etc.),** oder wenn du diesen QR Code scannst:

Mehr Informationen zu der *Love in Alaska* Reihe findest du auf den folgenden Seiten.

MEHR VON AVA AVERY

Mittlerweile (stand November 2024) gibt es mehr als 30 Ava Avery Romane in den Bereichen:

Boss/CEO Romance
Mafia Romance
American Football
Eishockey
Formel 1
Daddy/Baby Romance
Sweet Romance (Italien)

All diese Romane sind als eBook, Taschenbuch und für Kindle Unlimited erhältlich. Viele dieser Romane gibt es auch als Hörbuch.

Eine Übersicht all meiner Romane erhältst du auf Amazon, oder indem du diesen QR-Code scannst:

LOVE IN ALASKA BAND 2

Coming Home for a Christmas Kiss von Hannah Kaiser

 Gibson Hunt hasst seine Heimat Keetna Creek in Alaska. Und er hasst Weihnachten; vielleicht sogar noch ein bisschen mehr als Keetna Creek. Doch nun muss er ausgerechnet über die Feiertage dorthin zurück, um mit *Falling from Grace*, seiner Band, die früher internationale Erfolge gefeiert, sich aber vor zwei Jahren nach einem Schicksalsschlag aufgelöst hat, ein Benefiz-Konzert zu geben. Als wäre das nicht schon alles schlimm genug, zwingt ihn seine Schwester auch noch dazu, in diesem Jahr die Weihnachtsdekoration zu übernehmen und Gibson wird klar, dass er das niemals alleine hinbekommt. Also wendet er sich an Lizabelle Christmas, Keetna Creeks

Expertin für Weihnachten. Für Gibson ein Albtraum und tatsächlich findet er Lizabelle genauso schrecklich, wie ihren Nachnamen. Jedenfalls so lange, bis er merkt, dass sie ihm viel mehr unter die Haut geht, als es gut sein kann. Doch wenn er sich das eingesteht, müsste er sein ganzes Leben auf den Kopf stellen. Lohnt es sich, dieses Wagnis einzugehen?

LOVE IN ALASKA BAND 3

Coming Home for my Best Friend's Sister von Saskia Louis

Wie vergisst du einen Rockstar ... wenn jeder seiner Songs von dir handelt?

Carver wollte immer nur drei Dinge: Reich sein, berühmt sein und Aimee Hunt. Jetzt ist er ein Weltstar, der mehr Millionen auf seinem Konto als - angedichtete! - Frauengeschichten hat ... und es wäre wirklich besser, wenn er Aimee nie wiedersehen würde. Dumm, dass er zurück in seine Heimatstadt muss. Noch dümmer, dass sein bester Freund und Bandkollege dabei ist. Denn Aimee ist seine verdammte kleine Schwester.

Aimee will nur eins: Carver ignorieren. Doch das kann sie nicht, wenn sie die nächsten Wochen als Journalistin seine Band begleiten muss. Sie hat Jahre damit zugebracht, den Mistkerl zu vergessen und hasst jede Sekunde, in der sie vor ihrem Bruder so tun muss, als wäre alles in Ordnung zwischen ihnen. Niemand hat sie je so verletzt wie Carver … und niemanden hat sie je so sehr gewollt.

LOVE IN ALASKA BAND 4

**Coming Home for destiny von
Sienna Danes**

Als Phoenix Cassidy, Drummer der
erfolgreichen Band Falling from
Grace, nach dem Tod seines Bruders
erstmals nach Hause zurückkehrt, will
er nur eins: seine Ruhe und ein ange-
nehmes Thanksgiving mit seinen
Eltern. Doch ein defekter Wagen und andere unerwartete
Ereignisse sorgen dafür, dass er seiner Mechanikerin plötzlich näherkommt, als er je angenommen hätte.

Liv Carson hat sich ihren Ruf als taffe Werkstattbesitzerin
hart erarbeitet. Was sie in ihrem Leben nicht braucht, ist
ein arroganter Ex-Rockstar, schon gar keiner, der ihr unter
die Haut geht wie niemand vor ihm. Wäre dies das einzige

Problem, käme sie damit zurecht. Doch Phoenix' Nähe rüttelt an weit mehr als nur an ihrem Herzen.

Geheimisse, Missverständnisse und ein Oldtimer sorgen für eine turbulente Vorweihnachtszeit in der Kleinstadt Keetna Creek am Rande Alaskas.

Über die Autorin

 Ava Avery ist Autorin aus Leiden-
schaft. Sie ist mehrfach ausgezeich-
nete Bild-Bestseller & Kindle #1
Autorin. Ihre Bücher verkauften sich
über 500.000 Mal und wurden in
sechs Sprachen übersetzt.

Wenn sie sich in drei Wörtern
beschreiben müsste, dann wären das: Freigeist, Abenteu-
rerin und Romantikerin.

Ihre Lieblingsautorin ist Enid Blyton. Mit den 5 Freunden,
Hanni und Nanni, sowie Tina und Tini hat Ava ihre Liebe
zum Lesen und später zum Schreiben entdeckt.

Neben dem Schreiben ist Ava eine begeisterte
Weltenbummlerin. Fremde Länder, Kulturen und
Menschen kennenzulernen, ist für sie eine Quelle der
Inspiration und Freude. Italien nimmt dabei einen beson-
deren Platz in ihrem Herzen ein.

BLEIB AUF DEM LAUFENDEN

Erhalte deinen EXKLUSIVEN 0 EURO Ava Avery Roman & 20+ Bonuskapitel, wenn du dich auf meiner Website zu meinem Newsletter anmeldest. Alternativ scanne einfach diesen QR-Code:

Website:
www.avaavery.de
Instagram:
avaavery.autorin
TikTok:
@avaaverybooks
Facebook:
www.facebook.com/avaavery.autorin

ALLES LIEBE FÜR DICH

Hat dir dieser Ava Avery Liebesroman gefallen? Ich würde mich über eine **Rezension** oder eine **Bewertung** von dir sehr freuen, egal ob 3 oder 30 Sätze lang. Jede Rückmeldung ist ein wunderbarer Liebesbeweis an meine Geschichten und schenkt mir das Wissen, dass meine Bücher euch ein paar Stunden oder Tage voller Freude geschenkt haben.

Natürlich darfst du diesen Liebesroman auch gerne weiterempfehlen.

Liebe Grüße,

Deine Ava